春天该很好 你若尚在场

——杨伟平诗文集

杨伟平 著

青海人民出版社

图书在版编目（CIP）数据

春天该很好　你若尚在场：杨伟平诗文集／杨伟平
著. -- 西宁：青海人民出版社，2022.9
ISBN 978-7-225-06367-6

Ⅰ．①春… Ⅱ．①杨… Ⅲ．①诗集－中国－当代②散
文集－中国－当代 Ⅳ．①I217.2

中国版本图书馆CIP数据核字(2022)第133334号

春天该很好　你若尚在场
——杨伟平诗文集

杨伟平　著

出 版 人　樊原成
出版发行　青海人民出版社有限责任公司
　　　　　西宁市五四西路71号　邮政编码:810023　电话:(0971)6143426(总编室)
发行热线　(0971)6143516/6137730
网　　址　http://www.qhrmcbs.com
印　　刷　西宁罗兰印务有限公司
经　　销　新华书店
开　　本　787mm×1092mm　1/16
印　　张　32
字　　数　460千
版　　次　2022年9月第1版　2022年9月第1次印刷
书　　号　ISBN 978-7-225-06367-6
定　　价　98.00元

序 言

在词汇的段落里泅渡

去年冬天，我正在西藏昌都市郊前往卡若遗址的 214 国道上行走，一边走一边观看着路边的风景。澜沧江从我的身旁弯曲着平静地流淌，远处落成不久的跨越澜沧江的高速公路大桥上车辆稀少，江畔的树叶已经发黄、飘落……这时手机响了，是杨伟平，他在电话那头告诉我他准备出版一本诗歌散文集，嘱我为他将要出版的诗文集写个序言。我告诉他我正在一个长途旅行的路上，等回到西宁时已到年底了，时间上恐怕来不及，不如另请别人。但他在电话里诚恳地说还是希望我写这个序，其意也殷殷，其情也切切，我实在不好再推辞他对我信任之下做出的这一重托了。

一月有余的穿越三个省区、行程 8000 公里的长途旅行结束后，我回到了西宁，就像一辆汽车经过长途跋涉后需要进行检修一样，我也住院进行了一次全面体检。出院后不久，一部由印刷厂打印出的厚厚的书稿《春天该很好 你若尚在场——杨伟平诗文集》的清样摆在了我的书桌上。

我和杨伟平是在几年前的一个与文化有关的聚会上结识的，当时在场的有教育界的一些专家和学者，杨伟平就属于教育界专家学者之列。后来，随着交往、晤面次数的增多，我才知道，他是青海省语文特级教师、正高级教师，青海省优秀专业技术人才，西宁市第二批名师、西宁市第二批"引才聚才555计划"领军（培养）人才，中国教育学会会员，青海省专家人才联合会会员，有40余篇专业论文发表在全国教育教学类核心期刊和省、市级刊物上，主编、参编了20余种正式出版的教材以及校本教材、教科研内部资料，撰写出版了语文教学研究专著《高中语文基于问题的教学实践与研究》，合著有《高中语文以读促写教学策略研究》等，还主持、参与了10余项国家、省、市级科研课题……这一系列在他专业内或者说本职工作中获得的众多成果和荣誉，对于曾经当过中学教师的我来说，深知这些成绩的重要价值和获得这些成绩的不易。

但更让我惊奇的是，作为一位长期在教育教学岗位上担任过教师、中学校长、全市教育科研部门责任人的教育界专家，杨伟平在繁重的教学实践和教育科研工作之余，在业余时间创作出了大量的文学作品，发表、入选在《星星诗刊》《青海日报》《西海都市报》《当代诗人文选》《中外诗歌散文精品集》等报刊、书章上，并成为《现代作家文学》的签约作家。不必说，我的敬佩之情油然而生。

以前我对杨伟平诗歌、散文作品的阅读十分有限，但在这个网络发达的时代，时不时能在一些网络媒体上看到他的作品，在微信上也经常会看到杨伟平自己在朋友圈发布的诗歌新作。可是，这样的阅读是碎片化的，不足以全面了解他的创作样貌，而通过对这本诗文集清样的仔细阅读，我对杨伟平的文学创作特点和写作经历有了较为清晰的感受和了解。

这部诗文集由诗歌和散文两大部分组成，诗歌部分收录了200多首诗歌，散文部分则由30余篇散文组成，可以看出，这部书稿是作者杨伟平付出了许多心血之后的文学结晶。从这部诗文集中可以看出，杨伟平的诗歌和散文题材广泛、情意真切，无论是对亲人故土的怀念，对草原生活的追忆，对个人情感的抒怀，对凡常生活的记述，对人生经历的回顾，对音乐文学的品读，乃至于身处异乡城镇时的沉思，都有独特的思考和眼光。读完之后感觉到，这是一部作者的生活成长史，也是一部记录了作者心路历程的心灵史。

时光如水，匆匆流淌。在 20 多年的业余写作历程中，杨伟平用文学和自己交流对话，和生活相伴而行，在无数个孤灯相伴的夜晚沉思、回忆、冥想，用一行行文字向亲人和这个世界吐露心声。于是，我们看到了诗歌《今夜，来自草原的消息》《留得住时光的小镇》《草原的执念》《荒原》《塘格拉玛的风》《走马草原》《你嘱咐我倾听草原》《草原上的挡羊娃》等中的草原，不论这草原是忧伤的、孤独的、寒冷的，还是热烈的，但这就是诗人曾经生活过、爱恋过的草原，是他心灵深处亲切而难以忘怀的草原。于是，我们就看到了这样的诗句：

这个冬天
就像寡妇的眼泪
动辄在凄凉怨恨中
飘落冷若冰霜的雪花
……
冬夜　来自草原的消息
触发了你属于草原的神经
在城市躁动的车流声里
你飘在冬夜昏暗的星空
重见草原

——《今夜，来自草原的消息》

十一月　在共和切吉大草原 在塘格拉玛

那是你记忆里永远抹不去的忧伤

十一月　整个草原笼罩在冰冻之中

一切植物早已在寒冷中死去

一切动物包括你　一旦失去阳光和牛粪燃烧的炉火

都会即刻死去

此刻　大风　塘格拉玛的大风统治着这草原

在大风的呼啸声中

还没有被冻死的羊和牦牛还有人 艰难的行走在

这不朽的草原

——《塘格拉玛的风》

不想走了，也走不动了。

此刻，这里有你梦中情人般的九月的草原。

累了。躺在这已染秋黄的草地，

让疲惫的双腿得以伸展，

让劳损的心归属于这野性的草原

等待。等待这死亡之夜的到来。

在离去之前，你还想仰望这荒原最神奇的剧幕，

星汉灿烂，天空澄澈，

你妄图最后一次找寻你一生期冀的那颗最亮的星。

有流星划落，你来不及祈祷。

苍穹之下，情感奔突。

这忧伤的人生里，充满死亡般的浪漫。

——《荒原》

我被这样的诗句所吸引，接着读完全诗。但是我发现，尽管是环境如此严酷的草原，依然是诗人魂牵梦绕的地方，他被草原上的青年时代的情感深深吸引。于是，草原便成了他诗歌的一个主题。

此外，在杨伟平的文学创作主题中，母爱、亲情、爱情是他作品中的一个重要命题。在诗歌《母亲，请在故乡等我》《母亲的歌》《想起母亲的尕面片》《五月的追念——写在母亲节》中，作者倾注了对母亲的深爱之情，礼赞着母爱的伟大。在《母爱如海》《飘落往事化香泥》《永远的乡愁，我家的庄廓院》《遥远的思念》等散文作品中，作者娓娓叙说着和父母亲在一起生活时的幸福时光，感念着姐姐的关心之情，诉说着对妻儿的思念和关心。在《绝恋》这篇散文中，作者大胆地描写了在草原上青年时代的生活和情感经历，仔细读完感觉颇有传奇色彩。是的，谁的生活中不会有一点传奇呢？但是很多作者是不会去写的，这样，我们也就不奇怪出不了缪塞《一个世纪儿的忏悔》这样的作品了！

杨伟平的很多散文，如《看看生活》《明天从今夜启程》《午夜独航》《站在梦想的翅膀上回望》等都是以第二人称的口吻写的，好像是在给自己的朋友诉说、告白，又好像是自言自语般的内心独白或喃喃自语，以此抒发自己隐秘的内心情感，通过这样的方式表达对生活和世界的看法，具有与众不同的感染力。在杨伟平的诗文中，浪漫情怀和学者思维相交融，兼具着作家的灵动和教育工作者的缜密。如他的《风吹不去心中的古典》以唐诗宋词的古典之美来抒发心中追求的美好境界。《给平凡的日子加点糖》通过品读纳兰性德的词，领悟到人们确实需要对情感的执着。《浅斟酽品——易中天》则通过对易中天先生众多作品的阅读，深深认可易中天的观点、人品和学识。从此中可以看出作者的认知能力和阅读领悟力。

我感觉，作为作家的杨伟平心思敏捷、内心丰富，对自己生活过的地方充满热爱，他善于描写生活中凡常的细节和小事，以此抒发胸臆。他到过的丽江、束河古镇、成都、扬州、西安、南京、开封、兰州、泸沽湖、壶口、麦积山、嘉峪关、鸣沙山、月牙泉等都出现在他的诗中，在他的心中得到情感的回应，这一定程度上证明了他的勤奋，也体现了他的文学应激能力。

同时我还注意到，在他的诗文中贵德、玉皇阁、切吉大草原、德吉滩、胜利路、交通巷、共字桥、海湖新区、唐道 637、海宏一号、萨尔斯堡、湟水河、小桥大街、门源十字、建北桥、乐都、火烧沟、力盟、骟马台大桥、拉脊山、宗喀拉泽、阿什贡、大堡子镇、陶北村、西山植物园、北川河、G6 高速、大水桥、昆仑路、黄河路、中心广场、西川南路、塔尔寺、丹噶尔、互助北山、青海湖、坎布拉、玉树、南朔山、浦宁之珠、麒麟湾公园等地名和地方出现在他的作品中，不论这些地方或地名是否出名，但都是构成他诗歌、文学意象的元素，成了他的文学坐标，或可说是他的情感坐标。

面对这个纷繁的世界，杨伟平以他的从容韧性坚守着内心，以作家的眼光观察、记录、反映我们身处的时代，如同他在《时光的河流》诗中写到的：这么多年来，你在词汇的段落里泅渡，或思或想，或喜或悲。

作为文学之路上的同道者，我们一起共勉！是为序。

葛建中

2021 年 5 月 31 日

目 录

诗 歌 部

散 文 部

诗 歌 部

春天该很好　你若尚在场

你用新绿抚慰了一冬的枯黄
你用温暖告别了一季的忧伤
是你点染了小城的底色
是你温柔了那围城中晦涩的心房

如果不愿悲伤
你就坦然面对春雨赠予你的良辰美景
如果不够孤独
你就欣然接受春花送给你的忠贞爱情

如果喜欢心醉
你就去绿色的草原放纵温情
如果为了爱恋
你就去远方田野找寻她的身影

别再抗拒这美好春华
别滞留在过往流浪的悲伤
不曾爱恋何必心痛
没有梦想何必远方

把青春记述在绿色的篇章
把幸福交给春天去绽放
春天该很好　你若尚在场
约你同行　上演一场昆仑之恋　地老天荒

冬夜，燃起温暖的炉火

冬夜　燃起温暖的炉火
那是　母亲老屋散发出的温暖
那是　火炉上花椒姜片茯砖熬出的芳香
炉膛里悄然燃烧的火苗
映射少言的母亲的目光
母亲与世无争的淡然　营造出家的宁静
呵护着　我们年幼的心灵

冬夜　燃起温暖的炉火
那是　母亲老屋散发出的温暖
那是　砂锅里炖出的醇香的羊肉
那些封尘的记忆　旧时光的影子
仿佛在燃烧的火光中重现
母亲佝偻着脊背　操持着家的团圆
大年三十的忙碌　镌刻在儿女的内心

冬夜　燃起温暖的炉火
那是　母亲老屋散发出的温暖
那是铝锅里洋芋和红薯的香甜
每一个有炉火的黑夜　飘散着母亲的味道
母亲静静注视儿女安好的那份满足

不乞求回报不奢求赠予
母亲的质朴　繁衍着家的根脉

冬夜　燃起温暖的炉火
那是　母亲老屋散发出的温暖
那是围着火炉聆听母亲讲述往日时光
开水壶的蒸汽掀动壶盖发出啪嗒啪嗒的声响
在没有电视和手机的夜晚
亲情触手可及
沉甸甸装满人心

冬夜　又想起了温暖的炉火
母亲逝去　老屋空荡
炉火已灭　思念犹存
母亲的温暖　像炉火一般
连接记忆的线索
没有炉火的夜　就不会有冬的暖
冬夜　燃起我们心中的炉火
温暖心扉　让记忆的炉火照亮我们的余生

母亲，请在故乡等我

——写在2016年母亲节

又是一个属于母亲的节日
我　无法抑制住　思念
泪流成行
写下泣不成声的　诗行

在贵德　母亲的故乡
在黄河之滨
在即将春暖花开的季节
母亲　就这样离去
母亲生于斯　又归于斯
也许　这也是一种幸福

在贵德　这座小城
母亲的身影　从此逝去
在贵德　这座小城
母亲的足迹　从此漫灭
母亲的音容　从此只能烙在我的心中
母亲　你累了　累了　就去天堂休息
在五月的季节
我唯独　思念母亲
在贵德之南的　高岗之上

您的儿女在薄奠他们的母亲
香火缥缈
记忆中的思绪永远飘摇
一个平凡的母亲
走出了一条不平凡的路

从此　再也看不到　当我离家时
母亲站在家门口躬身远送的目光和背影
从此　再也听不到　夏夜里与母亲在屋檐下
母亲诉说年轻时她的故事和对我的叮咛

当日出越过山涧
我未老　而母已去
当幸福生活　刚刚饱满
子欲养　而亲不待
我浓浓的乡愁全是对母亲的思念

母亲　请在故乡等我
我知道　我也有老去的一天
母亲　您别太孤独
叶落终有归根的日子
当我落去的那一天
也就是我回归您身边的日子

炊烟起了　请在门口等我
夕阳下了　请在山边等我

叶子黄了　请在树下等我
生命累了　请在天堂等我

母亲　请在故乡等我
今夜　我不想别人
唯独　想您
今夜　在喧嚣的城市
我　独自　黯然　想您

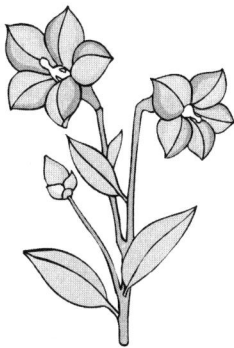

母亲的歌

五月是情牵母亲的日子
离开母亲臂弯的孩子
就像大海里失去航标的小船
母爱在生活里是一场场剧情
母爱在脑海里是一幕幕场景
满满的岁月感里
这爱都有包浆
记忆在梦中蔓延　直击心灵
既然离别是宿命
何不让它更极致
你养我一回　我念你一生

岁月的沉积和人生如水的漂泊里
流动着深入灵魂的声音
我想这世界欠她一场演奏会
或欠她一首历经沧桑的歌
我来填词
爱来作曲
我的琴声呜咽　我的伤感如雨
离合岁月　重温回首蓦然间动人的旋律
梦里　两鬓斑白的母亲在首席指挥

想起母亲的尕面片

五月的风景装扮了小城
站立在玉皇阁之侧土城墙的背脊之上
凝视黄河宛如少女的身姿清澈绵延
思绪如马心情如刀
年轻时的暖阳在伤感的笼罩下破云而出

麦田　村落　我温暖的家
慈爱　善良　我的母亲
安静的儿子在五月想你
就像这清静的黄河
在五月流过我的心脏

炊烟如鸟的飞翔　升起在农家的小院
厨房里飘来
羊肉萝卜臊子的香味
四溢在母亲尕面片的锅头
母亲的味道深入骨头

寂静中　对母亲的思念在云端飘起
端起没有了母亲味道的面片
泪像黄河之水奔涌

水是山的依恋　　风是雨的呼唤
母亲是我的故乡

五月的暖阳在麦田升温　　心在发芽
长成思念母亲的绿荫
追忆母亲尕面片的醇香
从想念到达怀念
是我与母亲最短的距离
黄河依然缓缓地流过
从母亲和我的身旁

冬夜，来自草原的消息

这个冬天
就像寡妇的眼泪
动辄在凄凉怨恨中
飘落冷若冰霜的雪花

风似草原夜晚狼的嚎叫
穿过街道和楼宇
你穿着羊皮夹克
站在三十楼的楼顶
极尽眺望
曾经草原的岸

注目那寒冷的方向
风的气息里
飘来　草原的　味道
与此同时
你看到微信里
传来草原的消息

你们还好吗
那边冷吗

挂念中
你回想起
切吉大草原
那十二月塘格拉玛的风

凄凉的苍穹之下
风吹走了你的青春
荒凉的草原之上
风沙埋没了你的达娃央宗

在醉酒的寒夜里
风情属于草原的精灵
在帐房的孤灯下
相拥在羊皮大衣的温暖里

冬夜　来自草原的消息
触发了你属于草原的神经
在城市躁动的车流声里
你飘在冬夜昏暗的星空
重见草原

车行草原

车飞驰。在草原
仿佛一支离弦的箭射向爱的心脏
风断裂。在半开的车窗
就像温柔被撕成碎片
打在你饱经沧桑的脸庞

草原已见枯黄
而你犹记草原之上青葱的温柔
旷野无边如梦飞翔
你醉死在黑青稞的汁液里

在这如故的唐蕃古道
唱响十万首草原恋歌
在这芨芨草疯长鹰隼遨游的地域里
演绎十万年古今绝恋
今天,是否能重见你的温柔面庞
今夜,是否能重建与你不渝的恋情
像在德吉滩许过的愿
此生今世拥你入怀

留得住时光的小镇

在你的心里
永远住着这么一个小镇
有草原　有羊群　有帐房
有你夜晚喝醉后摇晃的影子
还有那美丽的藏族姑娘

今夜
不眠之灯引导着你
让你梦游在
往昔你曾热爱的小镇
你猜想　立过秋了
那里又开始弥漫清冷
寂静的清秋里
天空高远而蔚蓝
你的情悠长而深邃

你在想
当鸿雁飞过小镇的上空
它是否能留下对草原的依恋
你在想
当兀鹫盘旋在蔚蓝的天空

它是否能拒绝草原对它的温存

小镇的夜晚
寂静的就像今晚你的心情
小镇的轮廓
清晰的让你身临其境
在流转的时光里
你无法想象小镇现在的模样
你一个人的离去
留下了　曾经充满梦想的草原
你一个人的离去
定格了　你曾经年少的时光

在小镇　带不走的是你的青春
在小镇　带不走的是你的温情
在小镇　你带走了属于草原的记忆
在小镇　你带走了你对人生的渴望

夜是记录过往的影片
辗转的守夜人
在光与影流转中
交换痛苦和欢乐的碎片
伤感的歌声里
你追逐着草原上风的旋律
凄厉的风沙里
你怀抱着一场风花雪月的梦境

是小镇　留住了此生你最难忘的时光
当你情感里开满了素朴的格桑花
你在三千米海拔的高度倾诉衷肠
蚌壳的幸福是它珍藏了沙粒
你的幸福是在生命里留下了草原
多想在平庸的生活里拥抱你
我的小镇　我的草原　还有那充满温情的姑娘

草原的执念

不经意间眺望西山
黄叶已然满山
触景生情　你莫名地惦念起
草原上的枯黄
那在风中瑟瑟摇摆的芨芨草

你再次想念起冬日草原之上
那个不为人知的小镇
你不知道这没有经得同意的念想
是不是显得突兀和荒唐

睹物思人　你的思念泛滥成河
你乘着思绪而去
拉住流年来到草原
牦牛绵羊还有那依然破旧的帐房
你饱含热泪　心中思想
不管是多远的远方
原来有了你的流浪才觉故乡的温情

在草原　你又看见深邃夜空里最温柔的月亮
在草原　你又见到那靓丽奔放的藏族姑娘

她为你献上洁白的哈达
端来冒着热气的酥油奶茶和大盘的开锅羊肉
异域的温情比炉膛里的牛粪火还要温暖热烈

今夜　你猜想风从布满衰草的草原吹过
当时间掉落的尘埃
爬满生命的钟摆
你愿守候在未知里
呼吸来自草原风沙的气息

今夜　你独自走在城市午夜的街道
你听见城市的夜在哭泣
呜咽声中　有一种悲伤
那是你的经历停留在过往
那是你的怀抱里装满了辽远的草原
你的思绪穿过城市边缘　不断地在草原跋涉
你经霜的眼睛里　透露着渴望
到底是怎样的终点
才配得上这一路的颠沛流离

冬天：一个村庄的午后

黄河边上一个土土的村庄
村庄里土土的庄廓墙里
矮矮的土房子

冬天的午后
青草枯黄的老城墙头闪耀着耀眼的光芒
冬天的午后
树叶落尽的果树枝头挂着矮矮的太阳

冬天乡村午后正暖的阳光下
庄廓院门前　矮矮的
母亲　坐在矮矮的板凳上

宁静的乡村显得很温暖　矮矮的
母亲坐在旧时光里　纳着鞋底
矮矮的旧时光里流动着乡村的安详和幸福

春天，你喜欢的民谣

你喜欢的民谣　爱人
这是春天唱给你的
优美的文案　纯情的旋律
你的心扉
在春天的门前倚着恋歌打开

和着鹅黄的新绿
吉他弹拨去一冬的风尘
桃花十里　渐染河湟的层林
民谣似酒　在原上轻轻飘荡

春天的民谣只为你
花开想你　寂寞中的美丽
在万物萌动中　且听风吟

德吉村之夜

黄河从这里坦然穿过

给这里留下了碧波　沙滩　悠闲和梦幻

当你拖着陈旧的疲惫

目睹黄河的秀美和抒情

眉目之间的山河让你清澈明朗

你可以像孩子一样天真烂漫

你可以像哲人一样充满情思

你甚至可以模拟青春　追忆或虚幻出波澜的爱情

一切随你　你极尽自由

分享这自然赐予你的精神

你在晚霞落日中　迎来了黄河之畔——

这个属于德吉村的浪漫的夜晚

空灵寂静和素朴中

达巴家的农家小院里

飘出手抓羊肉和青稞酒温馨的醇香

酒酣之后是尽情地舞蹈

藏族的拉伊混杂着青海的花儿

关于月亮的歌声回荡在黄河岸边的沙滩　直至午夜

关于前一天夜晚酒醉狂欢的情景浓缩在

第二天清晨每个人戏谑的话语里

喝一杯加盐的藏茶暖彻心扉

聆听风从黄河之岸吹过的声音

你在属于自己的时区里冥想

在德吉村的月夜里

你独享着属于你的闲散时光以及你体会到的幸福

在德吉村达巴家的小屋里

在月光映射下鼾声四起的土炕上

醉意蒙眬的你

体会着物是人非的浪漫

多愁善感的你

体会着大河的过往　无法释然

重温柔软沙滩之后临别的中午

达巴显得忧郁而满足

或许他在体会

短暂的相聚和劳动获得的幸福

而你和他不同

你在体会　昨晚片刻的幸福

德吉的内涵是幸福

德吉是幸福密码

注：德吉村，在青海省黄南藏族自治州尖扎县昂拉乡，位于尖扎县东南部的黄河岸边，自然环境优美秀丽，在村内就可以看见宽阔清澈的黄河。这是尖扎县将易地搬迁作为打赢脱贫攻坚战的重要举措。这座黄河边上的美丽幸福村，以"文化旅游＋精准扶贫＋乡村振兴"的模式带动更多贫困户就业，引导群众走向旅游脱贫之路。被农业农村部评选为"中国美丽休闲乡村"，被网友赞誉为青海的"小三亚"。

风中的塔尔寺

八瓣莲花山下，佛光闪耀
风吹过宫殿的上空
虔诚的人们在这神圣的殿堂顶礼膜拜
转经轮在轮回中吱吱作响
诵经声萦绕在耳畔或天际
煨桑台上青烟与佛香缭绕
路马随风在空中飘荡
这一切结成信仰、爱或者是祈愿
要么，听它用诵经声继续歌唱
要么，给予塔尔寺更多的想象

我分明感到周围的雪山与塔尔寺佛光的庄严
远古的理想，在宗教的追求下成为圆满
燃烧的落日下，八瓣莲花幻化成千年花香，
像酥油花般绽放
冥冥中感受到一种神秘的力量
旷古的风一直在吹，云朵在蔚蓝的天际飘荡，
在山的脊背上飞翔
更多的信徒与子民匍匐着身体，虔诚地磕着长头跪拜
在白墙与红墙的时空里，僧人在普度众生的经卷中修炼，
与酥油灯、唐卡、经幡一起成为心灵的寄托
仰望这佛祖与神灵的庇佑，期待美好与永生
因为慈悲，所以懂得

丽江，只为那一见钟情的美丽

一

感受丽江的柔软时光
不用去邂逅
不用在丽江等谁
不思归去
只为那一见钟情的美丽

二

丽江的古朴和凝重
闪烁着纳西族的古老风情
渐染微醺着你的　是
江南水乡的浪漫情致
和高原古镇粗犷的姻缘
犹如
清澈甘洌的丽水金沙
和浓酽的普洱相得益彰

三

其实　你也真的很羡慕
着一袭白裙的姑娘　和
浓妆艳抹有着异域色彩的女人
在一米阳光
在衣袂飘飘的舞台
在芝华士的醺醉中
你欲罢不能
在灵魂的静默中
无论歌手深情地放歌
你都无法深入那首乐曲的情怀
浮光掠影里
你用成熟看管着年龄
只为那一见钟情的美丽

四

在古朴的文林村
独坐幽簧里
你感受
古典的美丽
天空的幸福
和你的幸福
用心摘下一片诗意的寄托
圆熟了一颗文化苦旅的梦
在雨打芭蕉的清晨

你打开音乐
浅斟低唱
谁会是你窗前的绿肥红瘦

五

等待　等待
请不要在丽江四方街等我
我只是个过客
也不要在丽江大冰的小屋想我
我是一片捉摸不定的云
在丽江
你可以　演绎一段刻铭心的爱情
也可以　诠释一段平淡的人生
跨过高山和大海
你的思绪在时空里穿梭
丽江　只为那一见钟情的美丽
丽江　情到深处人孤独

在 七 宝

一

经历了江南景色侵袭之后
独坐漫时光茶吧
七宝和我
还有独具江南气息的茶艺女郎
品茶
品往后余生

二

这是繁华都市角落中的一片清净
撇开谎言般无畏的人们
让属于自己的世界凝滞
思绪扇形般打开
风景并非眼前的江南水乡
时空切换成西北的小镇
你的梦孤独　悠长
脚印斑斑驳驳
你在思想的河水中流动
在难以预料的命途里

人生非此即彼

三

住在时光里的人们
为着美食和享乐而奋斗不息
在时光的左岸
茶叶浮沉　香烟明灭
生命只是一个诺言
荣耀和奋斗从未形成正比
追求的情欲带着鲜血
布满人生角角落落
一切都在黑暗的怀抱
一切终将从辉煌趋于平淡

四

对高山的追求使你远离高山
对亲人的渴望使你逐渐失去亲人
苦难大于快乐的航船上
成熟者最先归于大地
信仰与欲望没有尽头
你无法挽住机缘的长发
在冥想的寂静中
心与狼群对喊
悲哀地耗尽你的柔情

五

在七宝
你度过一段最闲散的生活
观最美的景
喝最好的茶
想最值得想念的人
度过这短暂的最美好的一个下午
过一段平凡又正常的生活
让人生
难得一次奢侈

注：七宝，系上海市七宝古镇。

情牵丹噶尔

果不其然，今夜入梦
城堡，古老的城堡在宿命中
等待着你的到来
寂静的清晨行走在飘着细雨的
茶马古道海藏咽喉的丹噶尔古城的街巷
重温一段悠长而古老的文明

岁月斑驳中，捕捉你流逝的身影
穿行在排灯尚明的茶马互市
聆听繁华集市里的吆喝声和叫卖声
注目在城隍庙精巧的雕刻里
为这座城延续千年的美好祈愿
博物馆里飘来你曾经的容颜
把你的过往，记录成陶罐、青铜和泛黄的照片
凭吊在这西部边陲的文庙前
孔子儒雅的风范，教化着塞外马背上的人心

古老的藏地经幡飞舞
G6 京藏高速上车流如水
碾过古道的车辙追赶古老的驼队
想起文成公主感伤的踽踽独行在赤岭

梦里充满追忆与柔情，飘摇梦的依恋

在哈拉库图泛着星光的城池里
我听见日月山的召唤
古老和现代在我的时空里穿梭
像所罗门的咒语尘封你的思想
像毕加索的油画裸露我们的腰身
无言里，落日下，似有神谕：
过了湟源一路向西就是日月山
翻过日月山一路向东就是丹噶尔

今夜我独饮丹噶尔的老酒
醉死在这故土的月光里

注：丹噶尔古城，位于青海省湟源县，地处黄河北岸，西海之滨，湟水源头，距西宁市40公里。被誉为"海藏咽喉""茶马商都"。丹噶尔，即藏语"东科尔"的蒙古语音译，意为"白海螺"。唐蕃古道与丝绸南路在这里穿越。

哈拉库图古城，位于青海省湟源县日月乡哈拉库图村。据《丹噶尔厅志》载，为清乾隆四年（1739年）修筑，乾隆五年竣工，设守备驻防。

幸福是一种灵魂的茶香

冬的尽头是暖阳
语言的尽头是音乐

昨夜浓睡不消残酒
午后阳光透过窗棂

慵懒的蜷卧在阳台的沙发里
聆听舒缓的音乐

对面西山的雪色渐渐隐去
隐约可见枝条的绿意

抓一把春天放在杯中
用纯净的热情唤醒

新绿的希望在杯中飘舞
流光岁月里你仿佛置身事外

幸福是一种灵魂的茶香
是一颗歌唱的心的和声

荒 原

不想走了，也走不动了。
此刻，这里有你梦中情人般的九月的草原。

累了。躺在这已染秋黄的草地，
让疲惫的双腿得以伸展，
让劳损的心归属于这野性的草原。
等待。等待这死亡之夜的到来。
在离去之前，你还想仰望这荒原最神奇的剧幕，
星汉灿烂，天空澄澈，
你妄图最后一次找寻你一生期冀的那颗最亮的星。
有流星划落，你来不及祈祷。
苍穹之下，情感奔突。
这忧伤的人生里，充满死亡般的浪漫。

不是你认为的每一种浪漫都适合别人，
不是每一个多情地眷顾里你都是主角，
但今夜你是这荒原里唯一敢为所欲为的主客。

八月的梦游者

成都的午夜没有诗
有的是湿热和蚊子
蚊子告诉你
它喜欢喝酒的人

不想去玉林路的小酒馆
你已经过了浪漫的年龄
你没有朋友
唯一的伴侣就是酒

你在昏暗的排档里
喝下你的孤独
和来自远方的哀伤

今夜没有诗
诗人都醉了
不是诗人的人　却
写着一首首不是诗歌的诗歌

微风吹拂着你流汗的面庞
你忧郁的眼神

透露着心底的苍凉
远处传来思念的歌声
歌声是一种悲伤

漂泊　异动混淆着你的视听
你想呼唤
你想维护你成为套路的生活
一切痛的领悟
归于零的空白

今夜　你远在他乡
品味经历和变老的叹息
故乡安置不下肉身
他乡容纳不了灵魂

空灵虚静的思绪里
拆开折叠的心事
慢慢调养你的心情
蚊子鼓鼓吃饱的肚子
你又冲泡了一杯好茶

如生活所述

西风瑟瑟　城市的街道清冷
行人竖起衣领抗拒着冬的凄寒
匆忙的街道　匆忙的路人
你身在城市心系茫茫的草原

路途遥远万水千山
隔离不断你对草原的思念
头顶风雪你用深情呼唤　那
风中的牛羊风中的帐房
心怀爱恋你用柔情抚慰　那
风中的向往风中的希望
生活
所能给你的，不过是
冬天本身的意义

你依旧迷恋曾经的往事
固态的情绪，总是能在风沙中
找到它们，然后
于你体内不断升温

草原在更远方，心却在更近处
以大漠孤烟的姿态缓缓上升
以长河落日的悲壮定格生命
你在冬天品味你的生活
风早已止息，风留下的是风的苍茫
深情依然在孕育，绽放成永远的莲花

白露之夜

白露之夜，西宁的街道已显秋凉
预计短袖也穿不了几天
这样的天气，就像吵翻了的恋人
不仅各自走散，接下来注定独守冬的煎熬

今夜你在古城台的二路公交车站苦等
颓废的欲望，等车的情绪，化成一支支华子的烟雾
无聊望天，城市夜晚的天空早已是汽车尾气的天堂
望眼欲穿，你再次想起共和草原的天际，
想起自由奔走的牛羊和那条帐房前忠厚的老狗

你无法驾驭困顿与自由，更无法掌握幸福与爱恋
身边与遥远都不能赴你一面之约
嬗变的岁月养育善变的心
你怀抱词语却无法表达
生活里的词汇在情感面前是那样的晦涩

又迎来了一个九月，而这个九月充满着不幸
一号一个老人悄然离你而去
十号你已然年过半百
忽而，想起了二十七号，那个有鲜花有温柔的日子

那是前年的二十七号，也是去年的二十七号
而今，孤独与苦闷在白露中萧瑟成晚秋

你苟延残喘地在白天忙碌
你愤世嫉俗地在夜晚让酒精沐浴着你的心灵
你为了寄托的焚烧烟草吞云吐雾
你故作高雅地品尝着今年的碧螺春
你也曾想冠切云带长铗披明月兮佩宝璐
然而，生活不被你一人左右，断肠人都在天涯

谁让谁的梦受伤，谁让谁欲哭无泪
且思且行，这桎梏在你心里已然打破
今夜，在白露的梦里先不回家
以新宁广场为中心，让思绪飘散：
去小桥大街的门源十字忆忆往昔
去胜利路感受一下街道的灯火阑珊
去五四大街回想夏夜的嘈杂闹热
去南山路的藏吧吃两个阿卡包子
去海湖新区的唐道添酒回灯重开宴
饮不尽的豪爽唱不完的歌，空空荡荡

别样的存在

当我们装模作样的互道安好，然后各自沉入黑暗
成为一道墙，一种失意，一种寂寞，一种孤独
眼眸里，尽是温柔，
斑驳深处，心无所属

寄意于夏夜里虫鸣的状态。想起蝶的挣扎
在破茧中演绎蝶舞蹁跹。试着忽略沉默下的伤
幻想在最好的岁月里遇见

行走在风中，风载不动你这般多的愁
在尘封回首的怪圈里。生命无能为力
疲惫轻锁窗棂
执念与黑暗对视

草原或者酒馆

草原帐房门前
比人淳朴的老狗
静静地守候
博大的草原哺育了狗的心胸
沉稳静默中透露着坚守
极尽忠诚地与主人相守相伴
星光之下的交谈
不离不弃
打死都不会背叛的老狗

孤独静坐酒馆
影子知己般如鬼魅对视危坐
红酒和绿茶
散发灵魂浮躁的色彩
影子随光线往来翕忽
如文字的游戏在夜里嬗变
有人喜欢淳朴真诚有人醉心玄虚伪善
迷茫的头望向窗外
人心比原野荒芜　寻觅
草原时空里孤独守候的老狗

沉 浸

春有春的柔情
夏有夏的来意
花为情种
只为这千百度的灿烂风情

晴午正好
柳色青青如烟雨
花间流水
与君共度华年
青葱好时光

爱如禅
只为这一世情缘
尘缘在
人间萍客共聚
花似剑舞
人间百味
爱恨难收
且在红尘中品茶酌酒

池塘边的老柳

等校园池塘边的那棵老柳

吐出新绿的时候

夏日也已如期而至

午后的池塘显得很清新

锦鲤若无其事地在水中漂游

偶尔有风吹过

沉浸在清凉中的你

忽然感到又一届学子即将远行

就像那柳絮借助风之力

随风飘出这个园子

继而飘向天空乃至远方

而我只能想一棵老柳　关于对天空的梦想

而我只能写一棵老柳　关于对天空的爱情

年复一年在老柳的生长里　编织许多相似的梦

初春的城

城市也有失去喧嚣的时刻
在这个特定的初春
它静得就像座丛林
繁华的踪影难以寻找
零星的行人紧戴口罩　匆忙
行走在空旷的街道

街面显得冷落萧条
两旁的店铺门户紧闭
整座城市
都沉寂于艰难的时光里

当我的目光在百叶窗和栅栏的挟持中
游移　总感到有一种潜在的不安
然而　生命需要坚强　美好需要盼望
期待
一声三月的惊雷　击碎这阴霾
挣扎出来　惊心的绚烂

春天的民谣

北方春日　夕阳暮色里
风儿正轻叩窗栏
晚风舞着轻纱
吹动泛有绿意的白杨

你独自走在唐道的街头
繁华让你把心收紧
清风伴着春寒的灵魂
悠悠向晚　春天的躁动拨弄着心与灵的修行

你看不清春天里有多少孤独的人
你想不到春天里有多少正在孤独的人
你说不明有多少人正期待着绿色的春天
城市的夜里　在没有绿意和花开的状态
人心多少会平添失意与惆怅

独自开车经过繁华的胜利路
在东交通巷的转角　那里有你常去的小酒馆
沏白茶一杯　细看绿芽的沉浮
你在春天的清风里淡泊
独守寂寞一份　品味尘世的余香

你在春天的寂静里等待

这里没有宋词里的婉约和忧伤
这里似乎只有风吹古典的凄美
这里没有红袖添香的友人
这里似乎只有你想象中绿意渐浓的世界

春风即将沉醉的晚上
离愁风干后即将凋零
灯火阑珊　霓虹装点了夜河堤岸的纷呈
柔情似水　浪漫携风摇曳成不眠的思绪
拒绝笙歌　芳香渐浓
聆听乐音　书写私语
谱写一曲属于春天的民谣

今夜　你困顿在西部的城市里
在希望的灯影里做一帘幽梦
酌一杯老酒　酝酿一场宿醉
沉眠在春天的清浅里
你双眸凝神
盼望着　春风十里

注：唐道，西宁市海湖新区"唐道·637"人文商业街区，位于海湖新区核心板块。

池塘里的水鸭和白鹅

没有寻问过
它们是怎样来到这一片池塘
并游走在绿水和美丽的沙洲上
它们栖息在芦苇和荷花丛中,以塘为家
当我们听到它们的鸣叫
当我们看到它们在沙洲安闲的拨弄着羽毛
忽而联想起曾经爱过的女人
款步向你走来并投入你的怀抱
那曾经的美好
浮现在我们苍老的眼前
是啊,这水鸭和白鹅是多么的满足和知足呀
而女人们
却总是在得到与失去中
记录曾经的容颜

村庄、烟圈和我

推开太阳身边的晴空
让晚霞更红一点
黄昏下的村庄是你的家乡
你是家乡漂泊在外的浪子

扯开包裹月亮的裙服
让月亮更圆一点
月亮是你黑夜里的新娘
独舞的灵魂或许不会孤单

点燃香烟的躯体
让尼古丁侵蚀你的没心没肺
表面豪横内心柔软
在烟圈里吞吐寂寞

你是村庄的孩子
五谷盼你早归
你是大地的孩子
月下望乡秋是归期
你不是神的孩子
烟雾散尽　骨头里静静地长出带血的庄稼

淡淡的告别

清晨
你一个人静静地等待
离开的　班机

离开
愿意　抑或　不愿意
并非你自己的决定

在来与走之间
在这属于烟花的城市
在这杨柳岸
飘香的桂花依然淡淡绽放

沉迷还是心碎
有　抑或　没有
来自你的情绪

你来之前
城市里的故事继续
你走之后
故事在你的心里滋长

来时　别太激动
走时　别太黯然
来时很近
走后未必遥远

淡蓝色的时光

海湖新区共字桥北
穿过高楼林立的海宏一号
欧式风情的萨尔斯堡
坐落在美丽的水街旁

你心情轻松地漫步在水街
她的旁边是昼夜不息的湟水河
蓦然见黄昏　黄昏在水面洒下霓虹
晚风吹过悠闲的时光

天空一丝淡蓝　你临水独坐
听水声深情而又温柔
水不说话
淡蓝水色似乎能懂得你的心

喜欢那种淡到极致的美
尘烟几许
浅思淡行

喜欢那种静到极致的美
不急不躁

不温不火

喜欢那种闲散到极致的美
款步有声
舒缓有序

喜欢那种遐想到极致的美
一弯浅笑
万千深情

灯火里美丽的萨尔斯堡
夜幕下妖媚的水街
一个城市街角里的浪漫

你于淡蓝时光深处
被时光淘洗了身子
桥边不曾有故人
又忆一腔含笑的温暖如初
记忆翻开浪花的温柔
此时音乐盛开

当风吹过

我坐在中午的宾馆，阳光异常的明媚
别致的一楼景观阳台外面是亭台水榭
喷泉随着飘来的音乐优雅起伏
有风，很明显来自湖上
它吹过田田的荷塘
荷花颤动，水面荡漾起阵阵涟漪
鱼戏莲间，犹如和谐的爱情场景
而你，时而远眺，时而凝视

斟一杯香茗，在阳台的躺椅上独坐
你仰头看见湛蓝的天空
也可以低头听见虫鸣
难得，这一时安闲与寂静的状态
忙碌久了的日子，苍白如同水中的鸟
在这样的时光里感觉逍遥又有些无措
不觉的静默中，落日浑圆染成血色
当风吹过，你想细数这安静地属于一个人的黄昏
在无人的夜晚，怎奈清浅的时光里
这淡淡的喜悦和浅浅的忧伤

冬夜穿过小桥大街南

冬夜穿过熟悉的小桥大街南
看着这熟悉的城市的街巷
久违的感觉忽而又变得有些陌生
这是你曾经日夜穿梭过的街道
你感觉你的灵魂在踽踽独行
你沉醉在小桥门源十字的晚风里

夕阳和那倦鸟已然远去
告别和隐退等着你来临
深沉的夜　深沉的心
微醺之后的你竖起风衣领
你望着建北桥上渐行渐远的身影
漆黑夜里只留下惘然
你知道从此归去　只待月照离人的心

这个深夜里
你穿过幽暗的小桥大街南
你行走在灯火辉煌的胜利路上
你平静地让冷风任意吹凉你的心情
情令你困倦　寂寞让你彷徨
夜上浓妆　生命里的夜晚

日子过得苍白
谁带走那冷漠的美丽
痴恋中有的只是昙花一现的温情
生命里没有永远
都市的恋歌尽管凄婉　但求共醉
今夜　你萧瑟在风雪中

注：小桥大街，在西宁市城北区。

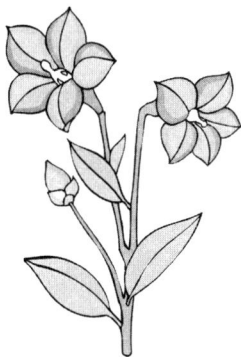

冬夜的温暖

一条铁律
寻求温暖
冬天的主题

炉火燃烧　内心温暖
身体的满足溢于言表
寒冷阵阵袭来
冬夜
在没有炉火的城市里
你依着　温暖
沉思

生活需要温暖
灵魂亦需温暖
点一支烟助凝思
温一壶酒慰风尘

翻动书页
在思绪飞翔的冬夜
陪伴温暖

归　程

钟声即将敲响
难道你还想留恋
昨日匆忙的身影
指间太宽　岁月太瘦
人们赶路　到达
你必须明白出发的意义

一场雪后的原野上
斑斓与凄怆同在
其实　并没有好或者坏
有的仅仅是直觉
宛如过客
留下的仅仅是行走的足音

远处西山的轮廓渐渐模糊
隔壁小女孩的琴声还是那么悠扬
窗外今夜的灯火似乎比往日更明亮
车流从未停歇

在归程里
响起你最爱听的短笛

你心里说　远去吧昨天
你又说　归来吧游子
在这样的道路上　你
走着　走着

和时间交谈

秋天的暖阳下在阳台的沙发上敞开自己
你意识到自己被寂静感染
窗外西山的风景已透出秋意
偶有鸟鸣和汽车的鸣笛打乱你的思绪
时间流淌就像茶盏中飘香的绿茶由浓转淡
意识的流动就像指尖的香烟缥缈升腾
你无法逾越寂寞消除想念
你无法逾越精神远离爱的河岸
你不知道别人在这样的时光里如何打发自己
估计日子也就这样或喜或忧或忙或闲
而你却想和时间里的记忆做一次交谈
你想起春天里你与春花的遇见
你想起夏天里你与骄阳的爱恋
就像一些文字在记忆里连缀成片段
记录甜蜜又饱含忧伤

黑夜之味

最好的阳光总在最明媚的山冈
最黑的黑夜总在最苦痛的心尖

最好的阳光　可以打开来晒
阳光的味道　像爱人的心

最黑的黑夜　潜藏着一种挣扎的痛
黑夜的味道
是反省是求索是苦痛中希冀的爱恋

黑暗中的星辰　是黑夜心上的伤疤
要想疗伤　定要避光
乘着夜的黑马驰骋

灵魂徘徊于白昼和黑夜
太阳的眼睛　黑夜的眼睛和你的眼睛游走

撕开这夜
让浓黑的夜色流淌
浸染在你的心田
不是你钟爱这黑夜
黑夜深深地爱着你的芳香

互助北山·才伦多庄园之夜

以一种风的呼唤
飞过十二盘生肖公路
极速蜿蜒
穿过高山峡谷
穿过你急切的心灵
而后　萦绕在浪士当的绿水青山里

以一种行者的目光
游离在充满绿意的草甸和亘古的大森林
仰视神龙潭大瀑布
你可以因寄所托
凝望烟雨迷离的胡勒天池
你颇感浮生若梦
门岗瀑布置身于鹅黄葱绿的苍山林海
你静止思绪感慨生命
你穿过那片留有故事的白桦林和红桦林
它勾起了你对过往的回忆
天空依然湛蓝
刻满誓言的树皮早已了无踪影
那年　在林间与你相邀的姑娘
或许一如你　白发渐染

以一种过客的姿势

寓居在素朴又充满藏域风情的才伦多庄园

品茶小憩　饮酒赏月

坦然悠闲中

你缓缓地放逐沉重的伤感

静谧的月色里

你在发呆亭里静听大通河水逝去的喧响

伴着水声

你似乎听见有人对你说

我愿意为你忘记自己

只赴一场

前路不明的旅途

风穿过心

独坐西山
眺望季节染黄的木叶
天空之下的孩子
渐感　冬意弥深
你在想
这个冬天　会不会不再寒冷

一阵风过后
吹落那些婆娑的天使
这种状态
让你有些沉醉
这种现状
让你有些凄迷

你一会儿醉眼蒙眬
又一会儿逢秋寂寥
你似乎醉在远方
又似乎愁在近旁

爱和恨是一对孪生
矛与盾形影相随

此刻　你点燃一支香烟
在吞云吐雾中
飘扬思绪

秋天是一个怎样的季节
你永远了解它的主题
秋天是一壶好酒
只怕你酒量不佳
醉梦中　你妄图抵达下一个春天
可惜　梦醒之时
你和你身边的风景
已如泛黄的书本

风　穿过你心
没有太多的柔情之于你
风　穿过你心
也没有太多的泪水之于你
风不知道吹向哪个方向
天空下的孩子
坐在秋天的尾巴上发呆

吉 他

琴声是一种欲望
此刻　听琴
就像在空旷的原野
躺在满天明亮的星空下
静静地欣赏闪过的流星雨一样

喜欢这孤单的吉他　手指上的探戈
就像面对着有趣有识的灵魂
听这古典的呼唤
激发最原始的形态

指尖的老茧早已褪去
琴谱早已尘封在了书柜
几首熟悉的曲子已记不清旋律
曾经的姑娘还在模糊的记忆里

很想把你从墙上取下
很想把你拥在怀里
却没有勇气
只能静静地看着你
在落日时分倾听
回想过去
在那春风里

嘉峪关南

也曾想
壮士仗剑走天涯
也曾有
醉卧沙场的从军梦

一路向西
当我跨过祁连山脉的时候
当我直面大漠孤烟的时候
漫道雄关
嘉峪关南

历史如烟
当我　平地伫望
铸剑为犁巍峨兀立的雄关时
思绪竟如此邈远

嘉峪关　雄浑并于苍凉
戈壁上下　时空流转
长河落日中
有我千百度的追寻

我在关口徘徊
我在城堞之上逡巡
苍穹高远　鹰击长空
山脉重叠　长城蜿蜒

当风吹过嘉峪关南
一种崇敬
一种回想
荡涤心田

当风吹过嘉峪关南
一种厚重
一种震撼
充斥身体

我试图去寻找历史沉重的足迹
我试图去还原过往的一幕幕场景
历史铸就的这雄伟的城关
历史记录的这恢宏的故事
让我难以平静

嘉峪关　我心中的雄关
从日出到日落
从生命到生命
从悲壮到永恒
你这坚守河西戈壁咽喉的王
我要站在蔚蓝的天空下为你书写祭文

深蓝裙子的女人

晚风
吹起在日暮时分的广场
悠闲的人群中　飘动着
朵朵鲜花
那是夏夜里　美女们的裙
穿行在深蓝的天空

夏日的夜晚很温柔
又似乎很多情
你忽而很关注那朵深蓝的裙
就像你喜欢今晚的夜色

深蓝的裙在夜空飘摇
一定要有人去仰望　去欣赏
可别　辜负了这美好的风景

江南之霾

逢着冬日的一场雾霾
心被困在了第九层楼宇间

清晨　因为一曲《江南》
弹拨出对江南的眷顾

看不清　远处落雪的西山
看不清　高楼林立中的行人

今夜　又想起江南

怀想中　依稀浮现江南浣女的笑声
怀想中　依稀浮现越女呢哝的轻音

诗人云：心即是琴
今夜于雾霾中窃听心霾

既然　于迷蒙中
难以触及江南的细腻
就在西部小城活成粗犷

既然　在迷蒙中
难以拥有江南的情怀
就用西北的醇酒
酝酿一袭如水的月光

清晨　在吴丝蜀桐的乐音中品味江南
夜晚　于锦瑟的弦柱间追忆逝水年华

此情可待
唯愿深长

解忧小酒馆

把你当成老友的小酒馆
再次在这个忧郁的夏天
向你贩卖着没有忧愁的宁静

在最细的雨中
呼吸着小窗外飘来的别样的丁香
在最安静的卡座里
品味最香涩的西柚茶
音乐在昏暗的空气里飘动
夏日像一杯茶在寂静中越熬越浓

忧愁的影子在灯下晃动
思想无法汇聚成一个主题
思绪流淌不时激起感慨的涟漪
孤独将你安葬在这方寸之间
墓穴里有沉迷的舞蹈

你喝醉了小酒馆的酒
你唤醒了小酒馆的茶
你激发了小酒馆咖啡的泡沫
然后　身体像断枝落地的平静

在不被了解的沉思里
在思想纠缠的孤独里
在注定等待的尘埃里
你淹没在音乐啤酒和诗歌里

浮想在打烊声中停止
在午夜的烟火里站起
明天是阴是晴　远处的故事继续
静静地走向街的尽头
影子消失在视线里

静 心

冬日温暖的山岗
鸟雀呼晴
独自凭栏的午后
不再一晌贪欢
燎沉香
点支烟
世事沧桑
不思量　自难忘

怀念唐朝
更念杜康
把时光化作夜光杯
用月光斟满一壶酒
一饮便醉
醉心于山间明月
只听潺潺流水
看鱼戏莲间

从此哪管途中与你相见
从此谁愿触摸你的指尖
夜来幽梦忽还乡

明月夜　心已归

小楫轻舟
穿越　穿越
温一壶酒
摆两碟菜
煮酒话桑不望西楼

从此　田园书房暂疗伤
不敢对长亭晚
不问晓风残月
只听燕雀啼鸣
只看风过柳欢

咖啡之夜

多少年来　你始终在夜晚活着
那些心底的念头时常让人感动
温情波澜
你不想埋葬你的记忆

记不清　是谁将你安放此处
总之　是一种酒醉后的萌动
卡布奇诺的确丝滑醇厚
然而　谈不上浪漫
你对面的座位空无他人

午夜的街角
冷风呼啸而过
你等待计程车的到来
你朦胧中想起
大约在某个冬季　与此雷同的夜晚

作为一个纪念
其实　你也就是想　重温
小说中一个虚构的情境
生活里一个梦境中的故事
场景变了　咖啡也就寡淡无味
路灯黯然　睡不着的人儿你可曾睡去

蓝色的泪和深情的眼睛

当飞驰的车
穿过哈城
翻越了文成公主忧郁驻足的古老日月山
你就看到了曾经倒着流淌的河流

于是　你也不经意地回头一瞥
那种回头望乡的依恋感
是你　在感受了空旷的绿色草原
带给你的寂静和苍凉之后
留下的抛却繁华深入藏地的空虚

草原　一望无边
羊群和牦牛装点着草地
天空　鹰在盘旋
时而　有风呼啸而来
此时　你飘飞的思绪和灵魂
感受着塞外游子的心扉
你清楚地明白
这是一般游客所无法感受和感知的
文化情节

一朵格桑花

抑或是一朵蒲公英

把你引向深蓝色的湖泊

波光粼粼的倒影中

你仿佛看到穿着氆氇盛装的玛吉阿米

若有所思地朝你走来

她分明有些忧郁

当措温波湖成为天空流下的

一颗蓝色的眼泪的时候

你分明看到了玛吉阿米千年不变的

深情的眼睛

浪士当以北

葬我
连同我的思想

当我投入你丰满的怀抱的时候
当我尊享那彩虹故乡的荣光的时候
如传奇般漂缈的烟花水色
使我万般无言
美丽使我的思想空白

在浪士当以北
我在森林中静静地　航行
大通河永日在寂寞中　流淌
大河之声传达着爱或者恨的　音韵
森林在寂静中　疯长
枝干的姿势似广场舞大妈们的　舞蹈

在浪士当以北
有许多的画面和声音
瀑布天池　飞流急湍
山峦叠翠　花鸟虫鸣
而美丽不因你的存在而存在

在浪士当以北
红桦林如清秀柔美的女子　风情万种
白桦林如阳刚雄健的男子　神韵尽显
温柔与阳刚上演着亘古不变的爱情
一若春夏秋冬的轮回　生生不息

在浪士当以北
我渴望与你做一次深彻的谈话
回忆曾经与你触碰的往事
回忆曾经与你缱绻的恋情
我在森林中伸出双臂
试图再次拥抱你
而太阳已携你沉于彼岸
我的思绪和狂想烂在了你的怀抱

在浪士当以北
我躺在似坟丘的山冈上　一动不动
失去或者错过　失落使你不堪
抑或是青稞酒
使你醉去　不愿醒来
没有人知道繁华的背后　有多少孤独和落寞

注：浪士当，系青海互助北山风景区。

老 歌

夜深人静
当那曾经相识的旋律又抚过耳畔
心弦在不经意间被拨动
依旧是那样的入耳、入心、入魂
岁月匆匆，任时光划过
老歌历久弥新，深沉而悠扬
老歌唱出了人生的篇章
如清茶的缕缕芳香，缥缥缈缈

老歌是时光里的回忆
伴着轻柔旋律，温情的歌词，喃喃的歌声
震颤心底，隽秀往昔
沉浸其中，怦然心动
有许多事，在你还不懂得珍惜之前已成旧事
有许多人，在你还来不及用心之前已成过客
红尘往事，不堪回首，回忆渗入心扉
你莫名地感到一种冲动和感伤

老歌是生命里的情怀
静谧的夜晚
怀旧的老歌总是承载着那一段美丽的过往

像一颗绚烂的流星划破空旷的夜空
然后，坠入心湖，泛起一道道爱恋的涟漪
感悟青春岁月里的情怀，老歌荡醒了沉睡的往事
生命中的每一份情感都被音符包裹，充盈着璀璨的夜空
老歌唱尽了人间的爱恨情愁

老歌是生活里的感动
聆听老歌，感念自己的年轻时代
聆听老歌，沉迷于音乐里怀念美好
就像翻开那泛黄的日记，拾起一段段破碎的灵魂
品味老歌，只为感动生活，在最美的过往里成长
老歌灵动婉转，在我们生命长河里成为一剂佐料
品味老歌，灵魂在时空里穿越
抚今追昔，幸福和快乐就在每一个灵动悦耳的音符里

沙的姿态

晚霞　开在十月的沙海
染红　土黄色的世界
没有风　万籁俱寂
沙的姿态
恰似少女身体的曲线
自然的母体散发出的韵味　让风景如画

寂寞　长在旅人的心海
浸染　孤独的情怀
孤独是旅人的伴侣
心海是你憧憬的方向

大漠驼铃　黄沙清泉
它是你的背景
你是它的风景

在大漠
有一种思绪　倾尽一生
在大漠
有一种爱恋　终其一生
沙是静的

温柔以对的是她的生
沙是动的
为情所困的是她的死
人生芜杂　需以静观之
真情已动
在晚霞的落日里　似沙般温柔缠绵

另一种秋思

夕阳涂上胭脂
月亮打足底粉
这一红一白
粉饰我黑夜的忧伤

果实远走
叶片陨落
蜜和酒
这是我秋日的主要调味品
一个甜得像承诺
一个辣得如诀别

我以为秋风是清新和自由的
今天它却醉而胡言
没有什么是不朽的

柳湾彩陶——阳光下的舞蹈

寄情于山水不如钟情于历史
山水有情历史有爱
河湟谷地南凉古都——
乐都　一个有着五千年历史文明之地
刀耕火种的远古先民　繁衍生息
孕育出斑斓的柳湾彩陶
穿越悠远时空
依然能感知到这片羌戎故地
远古的遗韵和厚重的历史

历史是人类文明的一部生活史
历史是人类文明的一部奋斗史
历史是人类文明的一部思想史
历史是人类文明的一部发展史
在古老的黄河上游　青海湖的东西部
河湟谷地农业区域的先民
在自然的生活里
日出而作　日入而息
临河而饮　耕田而食
在洋溢着青春的活力和欢乐的气氛中
手足相接成圆圈　优美的身姿伴随着古老的歌声翩翩起舞

烧制彩陶　绘画出理想中甜美的梦
蛙纹彩陶瓮　提梁罐　鸮面罐　裸体人像彩陶壶
造就高原地区空前繁荣的彩陶艺术
半山　马厂　齐家　辛店汇聚成文明的马家窑文化
神秘的万字纹符号
或许在表达对太阳的极端崇拜
蛙的图腾　孕育着生命的繁衍
彩陶的花纹推动着新石器时代的高峰
呼唤着　青铜器时代的到来

抚摸　凝视彩陶上的时光
远去的先民　历历在目
河湟的风一度再起
似乎　他们离我们越来越近
似乎　我们已经越走越远
风吹不去心中的古典

在彩陶的王国　在彩陶的故乡
你观赏彩陶的艺术
感悟这远古人类的文明
你做着这属于中国的梦　你体会着青海的情
柳湾仿佛湟水河畔的一颗明珠
以绚丽的文化底蕴为积淀
周身却散发着朝气蓬勃的生命力
伴随着团结的舞蹈
安静地听着属于河湟的歌谣
枕一抹黄土复苏一段历经千年的梦

泸沽湖——只为最美的你

一

格姆女神安详地躺在
湛蓝的天空之下
身边依偎着波平如镜的
梦幻的泸沽湖
我是踏着白云来的
下降的过程中
感受你的神奇　神秘
一切恍如隔世

当美景遇见诗歌的时候
除了烂漫
唯有浪漫

二

泸沽湖原始的风光
如吉他和手鼓流泻而下的乐音
在湖面和山间跌宕　变幻
猪槽船划动的桨声里

我的灵魂与你的旋律一起　袅袅荡漾

我的迷恋　从白天到黑夜
在你绝世的娇颜之间　心花怒放
我的沉醉　从你的面容到你的指间
在你华美的怀抱里　缠绵悱恻

静默　交融　浮想
在你的倒影里　映现着我灵魂的思绪
泸沽湖　我只为最美的你

三

在泸沽湖畔
在属于摩梭人的王国里
你感受生命的自由与独立
你感受性灵的质朴与原始
你听风语　悟水情
红尘中　人世间
在母系的世界里
愿一切美好不相负

这一天　我在
摩梭人700多年的情感时光里徜徉
这一天　跨过草海
在走婚桥上期待泸沽的恋情

这一天　月光下
我已经神往于摩梭族古老的情歌

转山转湖转风景
看云看水看人情
在泸沽湖的星空下
在泸沽湖平和的生活里
演绎着多少动人和心酸的爱情
在这绝世的美好里
泸沽湖　我只愿做你的情人

四

时光静静地　流过
滇西古老神秘女儿的国度
远景落在客栈的观景草坪之上
沏一壶茶
点一支烟
喝一杯清酒
狗悠闲地啃着你吃剩的骨头
唯美　穿过你的身边

经历了视觉的梦幻之后
你显得很安静
存在的只有浮想
逝去的只有时光

水性杨花在阳光下黯然绽放
你的思绪又一度飘摇
你放浪形骸
你像热恋中的痴狂　难以自拔
你黯然忧郁
仿佛又陷入冥想　魂归自然

经历了一次爱的旅行之后
绚烂归于平淡
凝成爱的箴言

别把情欲带入这神圣之地
只念你　记住你所钟情的女子
泸沽湖　你是我远方的诗篇
泸沽湖　我只为最美的你
如愿此生有幸　我会如期归来

路 歌
——献给岁末

钟声是一种欲望
诱惑着你抚今追昔
敲响是一种祈愿
敲响是一种仪式

你念及过往与明朝
沿着街道　踽踽独行
你喜欢冷风吹
你喜欢寂静的夜

在生命的情节里
你导演或者上演
一场属于你的戏
或生动或拙劣

钟声就是这样
敲响或者休止
道路就是这样
行进或者停滞

生命是个诺言

钟声即告白
爱与被爱之间
谱写成新年的乐章

落 花

我来晚了
没能赶上你犹抱琵琶半遮面的娇羞登场
我来晚了
没能赶上你展露容颜 T 台走秀的盛宴

我来时
你已卸尽粉墨浓妆
我来时
落红一地已长满相思

五月的原野
泛滥着爱的余香
诗意的村庄里
散发着生命的恋情
平静美丽中看不见你的忧伤
你在枝头换了容颜
青春长成葱绿
你长发飞舞体态婀娜
从温柔妩媚到气质隽永
被风吹拂的生命幻化成另一种形态
而　不变的是你的芳心

赴一场前世的约定
此时更真实地拥你入怀
天空作证

麦积山情思

一刹沉甸甸的麦子
被赋予了山的高大和灵异
一座孤峰崛起的山崖
成了众佛的家园和领地

是信仰的力量
是工匠的智慧
把佛的精魂镌刻在山的血肉里
打造出对佛的笃信
寄托佛对众生的普度

带着对粮食的崇敬
带着对生命的渴望
带着对佛的信仰
在苍穹下
在秀丽的烟雨中
膜拜　膜拜
让菩提之梦在麦垛之上飞翔千年

落雪，碰触了岁月的温柔

又是落雪的日子
你打开存储于三年前记忆的闸门
记忆中
生命和幸福，依存于家里的一棵老树
那棵老树是母亲
在这岁末的最后一天，在休假的闲静里
看着母亲的照片
你回想着与母亲生活的日子
窗外，雪花飞扬
窗内，一颗潮湿的心
雪是飘动的柔软的心
雪是能让人抒情的梦

又是落雪的日子
你翻动摆放在书柜里未读完的书
人生与哲学，依存于精神与心灵的鸡汤
那是生活深度地告慰
在这岁末的最后一天，在休闲的时光里
回顾过往的匆忙，一切在静好中释然
在岁末，雪花飘舞
在岁末，你有一颗坚持的心

雪是飘舞的六角的梦
雪是迎来春天的信使

又是落雪的日子
你回想存留在记忆中的过往
爱你的和你爱的人，萦绕在你的心头
那是灵魂的傍依与相守
在这岁末的最后一天，在温暖的书房里
你想象人生的美好，脸颊刻上幸福的微笑
在岁末，雪霁初晴的城市
在岁末，属于过客的你，保留了一颗诗人的心
你让词语呼吸，你让温情蔓延
来人生一趟，要看见太阳
能听见寂静，也要听见喧响

又是落雪的日子
崎岖之旅，期待唯美
落雪，碰触了岁月的温柔
这个冬天，凄风冰寒、心绪感伤中
你养活了一场场大雪
这个冬天，孤苦寂寞、母忧怀想里
你感受了亲情的可贵
这个冬天，晨钟暮鼓、情意绵绵中
你构建了幸福的愿景
人之幸福，在于心之幸福
人之柔软，在于情之所至
雪在飞，飞出心灵的梦想
雪在舞，舞出明天的朝阳

落 英

流浪的诗人啊
在婆娑的世界里孤独的行走
这是你的命运吗？
我爱的人啊
当幸福即将接踵而来
你却褪去夜色中爱的华章
冷暖看遍，爱情成劫
这是你的命运吗？

无法揣测神农氏尝尽百草
口中的苦涩
忘记你是一种对我的折磨
当你在城市身着华服
幸福地漫步在繁华街道
我却在远处，淡淡地看你

有一种缺席如在场般真实
这么多年的时光过去
你的笑容依然清晰
我的心依然寄存在你不愿收容的心房
思念，依然难以割舍

我想你了，想你的人并不快乐

落英飘飞之时
感伤正悬于某处
于词汇空白处，独赏曾经相约的草原
骑上爱恋的枣红马　追寻
而我的表白却如夜色一样羞涩
在散场之前，我竟委屈地落下泪来

哦，我阿佛洛狄忒般的爱人
我是你疼痛的姿势
今夜，我眸子深处的爱恋
不朽于此
翻开的白昼与深夜里
在心上，我还能熟读你多久
方能以沉默的爱，与这落英病入膏肓

啊，爱人，如果你还能自夜中与我对语
我愿再牵你十指纤纤的素手

评　价

以窗外西山四季花木的荣枯
来印证这一年的经历
以微信相册记录的内容
来反映这一年的思想
以二十四节气写成的每一首诗
来抒发这一年的情感
以一颦一笑一愁一苦的容颜
来分析这一年的爱恨
以昼夜的作息
来考量这一年的奋斗与努力
年终述职还算全面
合格还是优秀
到头来只是感动了自己

旗 袍

江南古朴的街巷
一袭旗袍点染了春天
惊讶于这丰盈和婀娜
再来点音乐
别样的风景开始弥漫

古典开始上演
这岁月积淀的妩媚
犹如江南莲花的绽放
出水芙蓉般亭亭玉立
温婉了一帘幽梦

一种美丽
如弧圈荡漾的涟漪
这烟雨江南里行走的一簇美艳
一种优雅
如青石板上响起的跫音
这水乡里弄中飘动的流年芳菲
一种诗意
如邂逅古典的诗词
这唐诗宋词里散发的浓情闺怨

诗意的女子在烟雨中走过
小桥流水中飘浮着陈年女儿红般醉人的香
烟雨朦胧
烟是你的情　雨是你的怨
白墙黛瓦的背景中定格了空谷幽兰的梦

东交通巷

沿着长长的胜利路

我在寻找一种过往

密集的车流惊扰着我的心扉

过街天桥处

传来一曲感人的民谣

把我引向曾经憧憬的梦

在东交通巷街边寂静的小茶屋

我静坐

等你

那一如春花般香气袭人的往日的影子

耳 语

昨夜

你再次入梦

对我喃喃耳语

于是 我看见长发飞舞的黑眼睛的姑娘

在蓝色如水的月光下 与我

做泰坦尼克号船头迎风飞翔的姿势

我在飞翔

飞翔的是我的心脏

随着你的耳语

我醉倒在你的身旁

深沉的夜晚醉倒在苍茫的大地

或许在黎明 穿水晶鞋的你悄然离去

也不遗憾 经历了这最美的梦

关于风景和梦

美好的风景最好不要写。更不能拍，不能画。
甜蜜的梦最好不要说。更不能想，不能做。
风景在心里，想到极致就最美。
甜蜜的梦也在心里，心里甜了，梦也会在夜里开花。

拉脊山垭口一瞥

拉脊山，高远
盘旋到三千八百米的垭口
站在峰顶，吹风
而后，响亮地撒尿
凭谁问：不亦高大上乎？

良 宵

晚霞在新绿的天边投影
风早已止息
风留下的是风过之后的宁静

难得今晚没有酒局
难得一家人和谐地在一起共进晚餐
难得安度一个属于自己的最好夜晚

儿在专注地上网课
妻在沉迷地追剧
我在浮想中编织着一半烟火一半诗意的梦

故 乡

目击众神垂青的故乡
撩动我长满一地的乡愁

鸣沙山·月牙泉

丝路驼队
在沙的风鸣声中穿梭
驼铃声声
千年的古道复活了

沙漠清泉
一颗眼泪跌落
变成沙洲中的翡翠
塞外的新月期盼着圆

等 雨

你像一阵风
风过
了无踪影
我是把伞
一生只在等雨

祈 祷

我祈祷，一个惬意的正午时光
你会来到我身旁。一定会给我一个惊天的喜悦

阳光煦暖。街道里行走着花红柳绿
我穿行，熟悉的巷道和高大的楼宇

寒冬里冰封已久的心，在你的微笑里融化
我愿意化作春风，吹过你的指尖和长发

思

微风拂过落日的草原
琴声忧伤
芨芨草深处美丽的回眸
映入脑海的痛

唯 一

晚霞映红你的秀颜，
我刚好路过；
清风拂过你的长发，
我正好回眸；
此去经年，记住你温婉的一笑。
奈何，奈何，
一生一世，
不如一生一次。

心　音

于百千万亿劫的时光里
静听　虚静中想你
佛心缱默　难度该死的尘心

影 子

走过那条街

不见了你的踪迹

嗅一阵冷风

细雨迷蒙在小酒馆的窗前

饮一杯酒

醉了我心

舀一碗水

喝下你的影子

冥　想

俯仰浮沉之间

冥想自己的另一半

晨起　白昼中为生活和理想欣然奋进的行者

暮落　黑夜里为爱和恨黯然落泪的歌者

大抵如此

视

昼与夜的交替
或光明
或黑暗

目光与目光的对视
或真诚
或虚伪

夜河的左岸与右岸
你闪动狼一样眼光
分辨　分辨
良善与丑恶
真实与谎言
敬佩与嫉妒

你悬疑未决
等待天明

在壶口

黄河　瀑布　喧嚣声
在壶口　我感受到一种力量
那力量来自自然

峡谷　河水　冲击力
在壶口　我感受到一种精神
那精神来自民族

为你重生

我跳进黑火
烧出一个黎明
我坠入星河
化作一颗流星
为你点亮
生命里一刹那的永恒

在 群 加

风在弹奏着班得瑞的天籁之音
原始森林中悠扬的乐音
让你，在梦幻一般的童话里打开更多的梦
山鸟啼鸣雾霭升腾的青松翠柏中
动静相宜的意境里增添着神秘
群加，自然野性的图腾
雨水冲洗后的草地呈现新鲜的牧场
阳光下的林海和山丘，仿佛女人的身段和曲线
淙淙溪流恰是古筝琴弦之上流淌的旋律
一阵风过，枝叶的摇曳声中奏响涛声
这来自自然的呼唤
这来自远山的呼唤
这来自心灵的呼唤
冥冥之中，在群加
即将上演一场人与自然亘古不变的爱情

在河边沉浸的一刻钟

它寂静
没有波浪声
在不很清澈的身影里
却涌动着一种情绪
就如同我们的生活里没有激情
却也不得不奔涌向前

突然，就秋天了

似乎离愁都是
待到秋黄伤感的
只是偶然察觉满地枯黄
它枯萎得如我的心魂一样
我走在凄风冷雨中却分不清
是心冷寂
还是夜冰凉

题 红 叶

分别并不是回回都那般浪漫

泪花和目光

人面和桃花

毕竟模糊

究竟难辨

又一个去年今日

仿古人题红叶

于浅浅流水

诗亡

人已远

红叶莫题诗

在山中

在山中
人们竞相追逐着美景
在山中
人们陶醉在美景的繁华里
所到之处
都是那样的沁人心脾
所到之处
都是那样的心旷神怡
拿起手机
无端地拍照
拿起手机
记录这说不清为何而美的美景

其实　美景美不美它就在那里
朝晖夕阴　四季轮回
一如那美丽的女子
你爱或不爱　她都美丽如故
美在心中是一种感觉
而钟爱一定需要一种情怀
诗可以纠正你的狭隘
知道山中的美景为谁而生

我旁边是你

夜幕　打开一扇窗
不经意向远处眺望
等你之间
路边传来悠扬的乐曲
微风拂过
目光跟随风去找寻你的方向

思念由来已久
于是
把灯点亮
把水烧开
把茶沏好
准备好生命希冀的美好
期待今夜　能与你同游

山旁边是山
水旁边是水
树旁边是树
我左手旁边是你的右手
我旁边是你

无　题

千百万人在阳光下欢呼
光明
在今天或明天以后
温暖充满
心间

幸福成为一种休闲
眼睛透过书房之窗
映入西山金秋的美景
目光所及的思绪
温情在风中饱满
香茗伴着书页地翻动
一种情怀涉及一种心情

秋天的花映着你的明月

来自玉树雪夜的消息
——有感于一段来自玉树雪夜的视频

玉树的雪，好似夏夜空中的流萤。
琼楼玉宇，上演格萨尔王的史诗。
你在高阁，似文成公主当年的心境。
你观风景，难以入眠。
我们看景，景与人共。
是乡愁还是爱恋？
激起夜的一片涟漪。

贵德·珍珠寺偶拾

金钱 美女 权利 费尽心机
经幡 嘛呢 僧人 心似莲花

一种人活成世间俗子
一种人炼成蚌中佛陀

无 端

人面秋月的夜，与清茶相对而饮。

这是品位还是品味？

几度秋凉的窗前，浊酒与谁能共？

不知是乡愁还是离愁？

是遁入了空灵，

还是落入了凡尘？

那份无从解脱的慵懒，像清辉的夜一样让人怅然若失。

育人者拯救不了灵魂，医者医不好自己的病。

影子里行走着泛黄的记忆(一)

还没有来得及用爱恋去呵护这个春天
春花已然绝情别恋
绿叶像林中胜利的王
替代了醉人的春香

都说春夜迷人
城市夜色的街灯下
影子里却行走着泛黄的关于爱的记忆

影子里行走着泛黄的记忆(二)

风早已止息
风留下的是风的呼唤
雨早已停歇
雨留下的是雨的疤痕
你早已远去
你留下的是你给我的蒙太奇式的冥想

譬如画家笔下的半张人物素描
譬如歌唱家乐音里的一段优美的旋律
譬如作家笔下的一个让人遗憾的爱情故事
你的离去让我沦为夜晚的某个悲剧
幕落　我的希望毁灭给人看

都说城市的午夜迷人
有家的孩子谁会在午夜流浪
都说城市的夜色像酒
固态的情绪来不及融化心已黯然
影子里行走着泛黄的记忆

黑暗中你看不清你的容颜
头骨里忽而听见一丝微弱的声音
流浪的孩子
母亲的一声呼唤　带你回故乡

想　你

吟一首古诗，填一阕清词
守一轮明月，倾尽我的相思
烫一壶茶，
喝下你的影子
斟一杯酒，
饮尽你的柔情
念你，如甘泉烈酒于心
想你，似脉脉含羞柔情
闭一双眼，篆刻你的样子
思念无恙，心头眉间为你绽放

有 感

一个人行走于光阴的陌上，
流年的风轻轻吹过，
遇到的虽不都是姹紫嫣红的风景，
却也是心怀素雅，
没有太多的波澜。
也许早已过了喜欢炫耀和喧闹的年龄，
从前喜欢的鲜衣怒马，
已逐渐被平淡所替代，
从前那么在意别人的目光，
现在只想照顾自己的冷暖。

二　月

正月的风继续在吹
太多的人沉浸于年的味道
年轻人期盼着临近的情人节
而另一些人却与诗对峙

把蜡烛燃成青灯
让浪漫在词语中行走
古典抑或现代
脑海里充满水的柔媚
夜正趋于完美

必有一种形式
选择每个人
日子在思想中生长
每种选择必会对应一个梦
歌唱或者沉思

在二月早晨的寒冷中
一只鸟在草原窠臼里觉醒
它嘴里叨念着：
二月该怎么过
它在考虑某些思想和人生

千 姿 湖

当我一本正经地注视你，细雨中的你
芦苇丛中的你，以及
黄河湾流处的你
我们用相机拍下美丽湿地的景象
和那些美丽女子的影像
一只只黑天鹅，轻盈起落
充斥在一派绿色之中，诗意丛生
像一幅幅水墨画卷

整个下午，我都置身在这
千姿百态的湿地的长廊下
这里的天蓝得要命
这里的水绿得要死
这里是一个可以思想和等待的地方
在水一方里，有伊人宛在水中央

注：千姿湖，海南州贵德县境内千姿湖湿地公园。

青 海 湖

都说这湖是青藏高原上的一颗明珠
都说这湖里有仓央嘉措的故事
远处雪山之下，近处美丽的草原旁
蔚蓝的天空中，碧绿的湖就在那里了

湖泊湛蓝犹如天空的湛蓝
蓝透了人心
面对如此之境，敬意油然，灵感失语
历史早已远去
传说早已无人顾及
你看，青海湖她就在那里
她的周围开满格桑花、油菜花，牛羊遍地

在常人的眼里风景就是风景
只有美与不美的区别
在诗人的眼里风景也是风景
审美与唯美折磨着语言
而我被这澄澈的湖水渐染思绪
清凉或孤寂中将情感寄托给飞翔在湖上鸥鸟

清晨之诗

清晨　当你睁开醉眼
四周安放着温柔的黎明
城市的清晨开始苏醒
车流行进
黎明的光芒开始照耀

时光有了温度
黑夜走了
太阳出来了
北方有你喜欢的如一面湖水的蓝天
你迎来了眉间的笑

打开微信先给亲爱的朋友
问个安吧
然后搜索一下天下要闻
看看世界是否安好
然后去直觉这新的一天
会经历怎样的人生痛痒

不想再对着窗子发呆
浓墨难书心事

不想再蹉跎自己的生命
人生难问归期
不想再蓦然回首
寒夜难寄相思
时间的过客里
本应去看一场花事去赏一湖春水

流光中许多人行色匆匆
你也步履婆娑
尽管足迹斑驳
但你愿挤出一个灿烂的笑容
无畏人海的拥挤
无畏山海的高大
若一切都云成烟雨
你想用尽余生的勇气摆渡灵魂
去寻求这世间的温暖
勒笔大漠孤烟　长风万里
一路风尘　赴时光之约
在清晨迎来春暖花开

清守的日子

一

偏爱冬日清晨的第一缕暖阳
偏爱一个人越过山丘看远处的风景
潇洒地抽烟
偏爱一个人静坐酒吧的角落
幽暗的灯光下
伴着悠扬的音乐
缓缓地喝一杯地道的白兰地
生活平淡无奇　　日升月落
清守的日子里
无人等候中　　品味时不我予的哀愁

二

你的心灵止于繁华三千和旷世荒凉
也许你经历了深深灵魂的寂寞
焐烫了孤独和忧伤
也许你饱尝了久久爱恋的荒芜
冰冻了爱与被爱的伤害
人世沧桑　　庸人自扰

清守的日子里

简单和平淡抗拒着那极不可信的爱情

三

无眠的夜晚你从不失忆

你想起你在黄河的左岸

信誓旦旦　仗剑天涯

寒冬的街头你从不寒冷

你想起你在黄河的右岸

脉脉温情　柔情似水

飘雪的日子你创造着激情和浪漫

你甚至向往江南雨天的日子

走过青石板的沧桑小巷

追随一种优雅的古典

爱不如期待

回首来路　蹉跎岁月　你走得好孤独

清守的日子里

你用简单的文字复杂的心绪抒发这红尘莫测的深情

四

凛冽的风在灯火里亲切地扫过城市的街道

你打开车门竖起衣领行走在大西门落满枯叶的老街

你感觉世界虚伪地看着你

而你的双眸透露出孩子般的真诚

这城市隐约有种堕落的美

霓虹里人影如鬼魅

你回味这世界的变化　　而你也早生华发

你拨通手机打向天空的网络

听筒的那端　　熟悉的口音来自别人的家

虽然好似回到昨天　　但你绝口不提伤悲

清守的日子　　酒精把一切都烧成灰

五

风掠过记忆的年轮　　却带不走岁月留下的斑驳

驻足回眸　　倾听白昼遗落在黑夜的惆怅

清守的日子　　你总在回忆一个换不回温柔的过往

日子苍白　　似水流年

清守的日子　　你总在期许一个让你感伤的愿望

缘起缘灭　　患得患失

或许人生就是这样

情到深处人孤独　　人到中年自飘零

秋光里的一天

你很留意这个秋天
当秋天的色彩涌入你的双眸
当你听到金黄树叶沙沙作响地飘落满地
一种临近冬天的躁动
让你颇感秋天是你不及的梦

然而今天
难得你安闲无比
清晨在秋光里你拨弄完你的花草
中午小憩之后
煦暖的阳光照进书房
为信念所伤的人　四顾茫然

你喝茶　抽烟
书桌上放着一本朋友推荐已久的新书
你从春天就开始读它
转眼到了秋天还没读完
一个人的颓废让人感到疼痛

你站起身　伸伸懒腰
变得像秋天这样安静　再安静

这个下午
书页开始翻动　再翻动
预计这个冬天
当白雪飘飞的时候
文字会愈合你的伤口
收获会挂满沉甸甸的枝头

雨前或者雪后

雨都下在以前，
所有的回忆都有声音。
雪都落在以后，
所有的希望都很安静。
你若深情，
我便是雨巷中打伞的清欢女子，
眉宇间丁香般的愁绪化作暗香。
你若不弃，
我便将一冬的落雪，绽放到荼靡，
青梅醉饮细数落花舞娉婷。

三角梅

盛开的三角梅，
压弯了枝条，
在春天里，
繁华了久居家中蔽塞已久的人心。

在春天里，
为你写诗，
以诗歌的名义抒发浪漫等待春风。
二月的阴暗已去，阳光正好。
三角梅的绽放是希望的重生，
期待让生命中所有的虚幻，
伴着嫣红化成如烟柳色。

秋天的格律

绿色慢慢变旧

城的夜幕下，透过婆娑枝叶的窗口

依稀中，一枝相思的笛声不休

你任由，心门深锁，阻挡袭人花香来叩

秋天，属于一壶离愁，难以入喉

又，怎能够解忧

心绪莫名悲伤的时候

偏爱上一整夜的　醉酒

雨声淅沥，酒暖思谁瘦，她终会走

被折下的柳，寓意竟是挽留

她萧瑟道别以后　枫染红尘谁看透

青春一转瞬就成昨，人影散乱，草色幽幽，你不忍重游

流年漫过阁楼，一片落叶落在我胸口

关于，这景色凉芜的气候

突然心动，有你不同

比露冷，比海棠花瘦

148

时光独白

这个夏天
一段持续的高温
让内心有些焦灼
还没有看够春花
转眼盛夏不再
韶光逝去杳无踪影　而你
人在路上
心在草原

一场雨后
在城市的街角
你驾车驶过暮色苍茫
一路向西
奔向你曾经的大草原
一路上你收听远方和诗歌
恋人早已不见踪影
你颇感孤单

熟悉的芨芨草挺拔生长
天空中偶然有雄鹰飞过
你内心偶有伤感

伤感的是一种枯倦的情怀
你内心偶有孤单
孤单的不是身影而是草原

在草原你与时光独白
在草原你与思想对白
你呼唤着心中的达娃央宗
你呼唤着曾经逝去的青春

在自由的草原
你做自由的梦
草原是绿色的海
舞动着精灵的波涛
你不想做草原的王
你只想平复一颗躁动的心

你知道最好的开始是现在
这个夏天
你与时光独白
你会背上吉他离开城市
这个夏天
你与思想对白
你带着理想梦回草原
在草原有你的达娃央宗
还有你的灵魂
你想看看那里有没有轮回

注：诗中的草原指青海省海南藏族自治州共和县切吉大草原。

时光的河流

这么多年来　你
在词汇的段落里泅渡
或思或想
或喜或悲
你悲欢是歌　离合成舞

这么多年来　你
在文字的篇章里徘徊
或爱恋或孤独
或钟情或迷惘
你轻笑是诗　哀愁成词

这么多年来　你
在诗词的意境里沉溺
或豪迈或婉约
或高亢或凄婉
你归来是风　离去如雨

知否　知否
你沿着患得患失的道路
在时光的河流里

且看风尘
你像一只小鸟在光阴里飘落
绽放着美丽的虚无

知否　知否
无论你有多少才情
毕竟是可有可无的人
在时光的河流里
且听风吟
远去的日子如月影轻飞
月上西楼
你已断肠

知否　知否
这情感的箭
刺的都是用情致疾的人
在时光的河流里
热肠释尽冰霜
你在思想的白纸上纵马
两盏淡酒后
身后是寂静的麦田

梦醒时分
笙歌的曲调堆满了古朴的院落
在时光的河流里
快将尘埃掸落
你慵倦的挽着委婉缠绵的冬天
嗅着她的余香

心　洞

此时的夜色里我想起远方
此刻的夜色里我在收拢远方

推开白日里耳边的嘈杂
安静中让思绪凝结成夜晚的露珠

仰望窗外寂静生长的夜空
环顾屋内日益负重的头颅

被时光喂养的人
被情感养肥的人

任思绪高如山巅蜿蜒如河流
任温情疯长成茂盛的青草和庄稼

柔软如羊毛的心房若有灵犀
内心之门定然在夜色里洞开

把夜河的音符谱成小夜曲
编织一个属于今晚的美好文案

老去的岁月里总有挥之不去的念想
不老的思念里总有人驻守在你的心魂

水墨色调

疏淡清浅
清冷又似乎凝重
渐染之墨犹如思绪的展开
所谓空白
或许就是一些残梦

在黑与白之间
其实只有两种选择
于清醒时选择白
于梦途里选择黑

我对世界而言
可以被任意涂改和替换
悲伤　欢乐
且歌　且舞
是山海如画 还是画如山海
你已不再计较

路灯下
有和我一样的人
用思绪织成世界

水墨在宣纸上浸染
人世的音乐
在跨年的最后一晚响起
道路　灯火　朋友　家园　忧伤还有欢乐

把回忆还给　过去
让憧憬寄托　未来
那年月无痕
如清风翻书
墨散画成
痴望一个无解的世界
为谁而泣
为谁而欢

晚　景

火烧沟的黄昏
色调荫翳
高楼和高楼之间
界限分明

女人肩头　长发胡乱地飘动
目光呆滞　如钢筋水泥的本色
还好　总有人注意

被人关注　总还是好的
最怕　你来或走
在别人看来
是那么的不重要

一个问题　油然而生
今夜始于何处
在这无用的时刻

秋天的殇歌

一

这个长假
你没有趋之若鹜
像众人奴隶般
拥堵在被自己驱使的道路中
顶礼膜拜自然与人文的风物
既然思接千载视通万里
其实最美的风景在你心里
最真的文化就在书香里

二

你累了
需要在这个难得的清秋假日里
静一静
静静地坐在飘窗前
隔着玻璃窗品茶
品味对面西山
略微泛黄的秋花和秋树
回复到一个人最自然的状态

品味生活的价值和意义

三

在浮躁的年代
空虚着人的头脑和心绪
一切都那样匆忙地行进着
一切都那样的玩世不恭
在芸芸众生里
人们关心今天和明天的享乐
唯独不敢揣摩自己的心扉
空虚占据生活
颓废的一代看不到生命和生活的意义

四

你时常经过花开的地方
花开的地方总有歌声在回荡
花开的地方应该是有故事的地方
花开的地方应该会有浪漫的生活
你时常这样妄想
花开花落花香自来
饮一壶浊酒醉看百花深处的愁
今夜太漫长秋夜清露梦离殇

五

那年你在布达拉宫的佛前
许愿说
你也想像仓央嘉措一样
做一个属于自己的佛
经年之后你不敢越过谎言
去拥抱任何理想
你不敢正视眼睛与眼睛的对望
梦在继续　而你
早已迷失在黑色的夜里

六

懂诗的人
一定懂得生活
一定懂得苦恨离愁
一定懂得情深意长
把酒临风喜气洋洋
对酒当歌人生几何
交杯换盏爱恨情仇
红袖添香的夜晚
你低声轮唱
诗在你的阳台上徜徉
懂诗的人一定会在浪漫的一天
挽你爱的人携手去看天边的落日

并肩听林间的鸟语

七

十月的风格不变
将时光踩碎
将那些细碎流年的光影串起
你关上窗
拔下耳机
倒掉剩茶
你变得清醒
窗外枯黄的叶子随风舞动
你祈祷拥有一颗透明的心
你可以去思念也可以去爱
你可以痛苦也可以去喜悦
你懂得付出的价值
寒冷的冬天即将来临
在这个娑婆世界
等待一次冬日的暖阳
在秋天之后的这个冬天
你的心一定很温暖
盼望如期归来

失　眠

失眠是一种痛苦
而醒来即是自由
暗夜寂静之中
孤灯渲染黑色的世界

夜的海洋波澜不惊
辗转反侧的身体像被困的兽
脑子颇具灵感碰触胡思乱想的火花
肉体倍受煎熬瘫软在温床

意念吞噬意志
内心起伏于春天无端的花事
用情者感伤花残春去
痛苦的悸动让心不寒而栗

黑夜酿成血色的酒
用它灌醉背叛的心
没有比醒来更难得的珍贵
即使大梦一场也难赋深情
拉开窗帘宣告夜的死亡
打开窗户接受清晨一缕自由的光

桃花绝恋

一树粉红桃花炽热绽放
眼中热烈　心内沧桑

像恋人的初恋绽露织锦的色彩
像浓郁的恋情吐露甜蜜的芬芳
像伟大的爱情　似雨的花瓣最终在风中坠落
定格在一抹血色
如刀　染红心头

爱到尽头覆水难收
情到深处人便孤独
桃花开　桃花落
血染的风采
枯萎在激情过后

一季的过往恰似温柔的绽放与凋落
酒徒不负杯中的酒
善变的爱情似花瓣一揉即碎
孤独的鬼
注定困在情的深渊
尘缘难解　一如桃花

秋天的西柚茶

太阳在我面前落下
我沉入一种孤单
别人都去了远方
我失魂落魄
提着酒瓶寻找秋天

夜晚悄悄来临
夜色环绕着我
我是个醉客　我在呼唤
还有没有酒友
我是喝不醉的武松
但我无虎可打

月亮高悬在我的顶空
我的思绪划破了
那淹没在漆黑夜下的蓝色天空
既然喝不成酒　那就喝茶
来一杯西柚茶
苦中的甜涩　苦中的清香
深秋重生
音乐清扬

纵使今夜的生活里　没有酒
纵使这秋天的味道里　没有风景
品味也更情长

如果云知道

如果云知道
我飞向你的身边
是为了　圆我心中的那个儿时的梦
那么　就请你助我飞翔
别让思念成为心中的痛

如果云知道
当盼望成为现实
那么　就请你放逐我在蓝天
让心飞向革命圣地——延安
追寻　宝塔山下　延河桥边
父亲留下的身影

如果云知道
我的思念是那样的急迫
就请你带我去宝塔山上　望一望
让我感受三山两河中孕育出的伟大力量
感受革命摇篮中无数英雄志士的丰功伟绩

如果云知道
过往需要记忆　历史需要缅怀

就请你带我
到杨家岭上走一遭
去枣园的窑洞里乘个凉
让我穿越到那段战争年代
在　延安抗大　或许我也是一名革命青年

如果云知道
信念不倒　思想不灭
生命之火就会永远燃烧
革命的意志永不磨灭
延安精神永放光芒
黄土高坡
信天游还在唱　山丹花还在开
风流人物代代传

晚 风

月色倾心的夜晚
坐在力盟临街的小酒馆
喝一杯杰克丹尼
灯火中，传来晚风的悠扬恋曲

你左手明媚，右手忧伤
乘着酒意
忽而感慨
青春那么短，思念那么长

温柔的晚风，轻轻吹过
华美的梦里
牵动温婉的深情
触动疼痛的心瓣

温柔的晚风，轻轻掠过
城市的灯火下
夜阑珊，心未央
雨千滴，泪两行

温柔的晚风，轻轻拂过

思念微漾
在纷杂的烟火里
共醉一生清梦

温柔的晚风，轻轻扑过
故乡的城市里
你是不是过客
雨中剪烛，醉饮相思

温柔的晚风，轻轻走过
如流水般泄漏，滴落成冰
模糊的泪水，沉溺于纤细的纠结与彷徨
终究抵不过晚风轻扬

塘格拉玛的风

十一月　在共和切吉大草原　在塘格拉玛
那是你记忆里永远抹不去的忧伤
十一月　整个草原笼罩在冰冻之中
一切植物早已在寒冷中死去
一切动物包括你　一旦失去阳光和牛粪燃烧的炉火
都会即刻死去
此刻　大风　塘格拉玛的大风统治着这草原
在大风的呼啸声中
还没有被冻死的羊和牦牛还有人　艰难地行走在
这不朽的草原

十一月　在共和切吉大草原　在塘格拉玛
那是你的生命之所以变得百毒不侵的源泉
最猖狂的是那从草原飞过的黑风
你不知道这风来自哪里并吹向哪里
这魔鬼般不散的幽灵
伴着女鬼般凄厉的呜咽声　漫卷着豆粒大的尘沙　向一切袭来
此刻　大风　塘格拉玛的大风统治着这草原
在黑风的叫嚣声中
还没有被冻死的羊和牦牛还有你　艰难地生活在
这个期待着生机的草原

十一月　在高原古城　在海湖新区

城市的阳光胜过炉火的温暖

五颜六色的裙服　装点着冬日祥和的唐道和万达

高楼林立你看不到草原　车流呼啸你再也听不见风声

毋宁说艰难困苦玉汝于成　毋宁说梅花香自苦寒来

当命运将你置身于生命的缘分

你的经历教会你面对一段岁月

今夜　你拨开楼宇　你脑海里映现一片清辉之下广袤的草原

塘格拉玛的风亲切地从你的眼前　从你的耳畔疯狂地掠过

你零距离的与她相拥　你竖起耳朵聆听这亲爱的物语

你的眼神里蕴藏着一种哀伤　但你内心暖如艳阳

恰似情人温存的甜蜜

注：塘格拉玛，地名，藏语音译，即现在青海省海南藏族自治州共和县塘格木镇。

我在拉脊山口等你

黑城，拉脊山下古老的城堡
骟马台大桥，通向拉脊山深长隧道的必经之地
山道盘旋
海拔 3820 米的拉脊山口赫然眼前
目光所及至高处，4188 米的高度
寻觅，寻觅
那是格萨尔史诗般神秘的宗喀拉则
眺望，眺望
那是为了兑现你我的诺言与约定

正如，你所说的那样
凛冽的风吹着，你的思想像经幡一样舞动
正如，你思想的那样
这里远离了尘世，接近纯净
这里没有虚伪，更没有世事的纷扰

你在 4000 米海拔的高度
观云，看景
你在 4000 米海拔的高度
叛逆，义无反顾
你来，按照你我的约定和诺言来

你来，我等你，在这山口真诚地翘盼
天空蔚蓝，白云低浮
寂寥茫然的风，冻不死情怀
你泛滥语言和词语描绘这一切美好

抛却你的担心和困扰
放下时间和生命的焦虑
坚定和深邃的目光指引着你
做光明的歌者和黑暗的宿敌
在意义的天际吟唱西北的花儿
做大自然永久的恋人
在灵魂的山巅，精神的顶端
用词语尽情宣泄那些为你写成的
柔美和野性的诗

然后，然后
你们穿过阿什贡，驶过席芨滩
驻足在黄河摇篮的沃土之上
这是你最贪婪的欲望
大河上下，唯你唯我
在黄河的左岸，或者是右岸
入梦，入梦

梦里你听见有人耳语：
你像人一样活着，像诗人一样死去
那一刻
无数的路马，在天际如雪花般飘洒

五月的追念
——写在母亲节

与夜对饮，
影子忠诚陪伴。
回忆慢慢滑过指尖，
伤痛也悄悄蔓延。
你的体内深藏着两种特定的情绪：
思念。如刀，如马。
失落。如潮，或者如渐息的灯火。

今晚，你无视夜带来的黑暗，
只念故乡的老屋，生长童年的土地。
你找不到，你到不了。
思念似窗台上疯长的常青藤，
你想看到，你在寻找，
那母亲的温暖。
你想紧紧依靠，紧紧守牢。
可你已经孤单漂泊许久，
你是那年春天落在故土之上的一滴眼泪。
你在想，如果有来生，
你愿意为母亲做一次生命的导演，
把落幕时的剧本写成一个个大团圆。

夕阳下那头俯首的牛

——有感于来自玉树的一张牦牛的照片

玉树　结古
清冷的夕阳
透过四月依然干枯的白杨缝隙
一头黑色的牦牛　俯首

或许　它在思想春天草原的模样
或许　它在思念 一头白色的牦牛
它显得有些孤独
周围显得很寂静
风从它的耳边划过

远处山坡嘛呢堆旁经幡飞舞
在千百遍的诵经声中传来春天的祈福
一种信仰油然而生：嗡嘛呢叭咪吽

恬淡的乡趣
——西宁乡趣农耕文化生态园有感

在城北，大堡子镇，陶北村口
那里有儿时我对乡村的记忆
那里有我对农村生活的回忆
那里有飘着燃烧柴草味道的缕缕炊烟
那里关于河湟农村的印记　深深地
烙在我的心里
哪一处不惹起我炽热的乡情

这里没有青石板铺就的诗意小路
有的只是凹凸不平的黄土小道
这里没有粉墙黛瓦和乌篷船
有的只是四合院、土屋，木门和雕花的窗户
有的只是说着青海方言的纯朴的乡里人
还有磨盘，篱笆和狗
哪一处不惹起我炽热的乡思

看到了头裹各色方巾在农田里拔草的阿娘
听到了娃娃们在土窝窝里戏耍的笑声
闻到了大锅台里散发着炒洋芋丝的味道
尝到了冒着热气的羊肉哨子尕面片
乡村的情节点缀在记忆的四壁

哪一处不惹起我炽热的乡恋

那神秘的老柳，勾魂的小溪
那旧时的街道，旧有的风俗
那时代留下来的斑驳的标语
那橱窗里记录过往的老照片
那传来的七十年代喇叭裤时代的流行音乐

一切，都在那农家小院飘散的艾香里，让人心醉，心碎
夕阳西下，一阵晚风吹过
醺醉在青稞酒的醇香里
恬淡的乡趣它失落在城市的繁华里
哪一处不惹起我炽热的乡愁

午夜献诗

夜深了在喝了酒喝了茶喝了咖啡之后
你躺在床头　亦真亦幻
月亮似刀　树枝似弓箭
恐惧袭来
你辗转反侧
你看见村庄麦田和荒凉的草原
你在阳世和阴间徘徊

你很想为你献花的人
你很恨弃你而去的人
你很爱你的亲人
你很恨不忠于眼泪的人
白无常和黑无常很惊奇地注视着你
他们在想该不该在这黑夜索你而去

忠实的夜一直陪伴着你
但　恐惧犹存
天明时分
你会不会安详地死去
健壮的马踟蹰不前
午夜梦幻里风很大　你坐着动车疾驰

西山植物园了悟

依然是去年的花香
依然走在油绿草坪中间的碎石小径
在这个属于自己的苍白下午
带着去年的思绪
行吟在今日的花间

你独自一人或行或坐
在五月的游园
怀想着逝去的村庄和你的田野
怀想着荒芜的田园里属于乡村的民谣
天空弥漫着湛蓝
微风过处天空不语
寂静处有鸟飞过
心似河流　你和神离得很近
你在林间怀想一段属于去年的温柔和浪漫
该失去的注定失去该留下的自然留下
等黑夜升起　你醉倒在青稞酒的梦里

雨 夜

大雨无声将夜幕深深淹没
时光在梦境的缝隙里游过

就像戛然而止的剧情
如同余温尚存的热吻
焦躁不安的心
依然无法和这雨季一样
变得绵柔

一波烟雨渲染着
似有似无的哀愁
人生如四季轮回般
重复着　也变迁着

来去匆匆的过往
有些被刻意地记起
以至变得格外艳丽
一地残花的忧伤
只等雨后清风的慰藉

执子手吹散苍茫烟波
倒流回最初的相遇

乡间小路

记忆中熟悉的乡间小路
走得少了也就陌生了
岁月变迁也就越加的生疏了

这条乡间的林荫小路
树长大了草长长了人走少了也就慢慢消失了
消失的不仅仅是小路
消失的还有一同与你走过的友人和爱恋

晨光里暮色下艳阳里阴雨中
你或悠然行走或踽踽独行
你或与鸟雀同语或与爱人携手同行
这条路　走过我　走过你
这条路　走过春天　走过四季

人的一生啊　有多少条曾经走过的小路
又有多少条你正在走或将要走的小路
在来与往之间
你记不清哪些人与你擦肩而过
哪些人与你形同陌路
山无言水不语

但你终须记得
哪些人曾与你相依相随
在风雨的路口等你

我在祁连等你

没有什么可以阻挡
我对祁连的向往
蓝天　山冈　草地　馒头花
这里有阅读不透的风光
这里有说不尽的诗情和画意
这里是一个多情的在那遥远的地方
于是　我想
我愿意　在祁连等你

没有什么可以阻挡
我对祁连的向往
朴素　自然　纯净　透彻
当我仰望阿米东索主峰的高远
当我面对卓尔山　沉思遐想的时候
我的心情在祁连山悠远的天空悄然绽放
是否　和你　能邂逅一段完美的相遇
于是　我想
我可以　在祁连等你

祁连　是醉了的图景
祁连　是唯美的意境

祁连　是一种自然与人的韵律

祁连　是她向你渲染的一场盛宴

于是　你明白　生命是一场通向幸福的旅行

于是　我想

我应该　在祁连等你

当我的心乘着风

自由穿行在美丽的草原

当我的心插上翅膀

飞翔在你的怀抱

宁静中　感受着你的光芒

于是　我想

我能够　在祁连等你

是谁　绣出祁连山麓一朵藏域的雪莲花

这里的一切美得让人心醉

这里的一切美得让人沉静

这里的一切美得似乎让人成为神

这里的一切美得让人感受到一颗不死的灵魂

这里让人充满着野性的恋情

于是　我想

我必须　在祁连等你

我在祁连　等你

把祁连最美的景　留给你

把祁连最柔的风　呈给你
把祁连最真的温情　送给你
让你在祁连的四季牧歌中享受人间的美好

今夜的祁连　只属于我
我在祁连　等你
遇见是一种美丽
倾情则是一种相知
相守才是一种永恒

今夜　我在祁连　等你
今夜　我不在乎任何人
我唯独想你

想　起

去年的那个夜晚
你和我行走在温暖的街头
那是喝完咖啡之后的时光
晚风温柔
街道宁静
影子在温馨的街灯下
双双起舞

今年的这个夜晚
我独自从飘过雨的街道回来
冲泡一杯卡布奇诺
想起一首忧伤的民谣
半段记忆半段忘记
冬天过后
春天来时
把你的温柔做成了我的梦

雪　困

是谁在等待
一场预约的雪夜

在飘雪的午夜
乘着酒意走进夜的昏暗

风花雪夜
说不清奢华与堕落

落雪含情
道不明浪漫与困惑

故事与故事相连
我和我的诗像雪压枝头的沉重

别人的风景我的心境
清晨踩在吱吱作响的雪上空行

夜色海湖里

我的城市被一条地图上看不到的
河流分成两段
这古老的湟水河像守护家园的孩子
日夜行吟在城市的中央
狭长的河湟谷地的西面
拔地而起的楼群　密集的像森林般的耸入云霄
星光灿烂的唐道万达　辉映着五彩斑斓的花纹

月华朗照　这银色的骑士
驰骋在这高原古城新区每一个楼群的上空
桥如飞虹　车流穿梭
我美丽的城市在霓虹里梦幻　飞速　自由地呼吸

在西部这遥远的古城
有丁香花浓郁的花香
有郁金香夺目的色彩
在西部这遥远古城的新区
有美丽的姑娘
有纵情奔放的锅庄

在夜色星际下
我的城市以一种势不可挡的气势
让画家　让诗人
以生动的词汇和夺目的油彩描画这座城市的未来

注：海湖里，泛指西宁市海湖新区。

一剪时光

是谁在等待
一场酝酿已久的清欢

在温暖的小屋
诗与曲奏出和谐的乐章

在九月的最后一天
你习惯将凝重的岁月过得简单　清新

在十月的最初一天
你却把简单的生活变得似茶　如酒

一支伤感的乐曲演绎一百万个可能
一段钟情的老歌吟唱夜空中最亮的星

春花依然在秋光中盛开
香气四溢于白月光之下

与你的相遇
可以错过却不要辜负

以雨为酒

今夜有雨
寒冷的街道雨淅淅沥沥
战栗中的行人低头打伞
失去了阳光里的风度

你忽而想起了宋词里的雨
陷入一种离别时
分不清是雨是泪的沉思里
这雨多像断肠人的泗泪滂沱
这雨多像独倚在你肩头啜泣不止的姑娘
伤别离时的行行清泪

你把雨接入酒杯
喝了它一醉方休
这悲悲切切的雨
这腐蚀人心的雨

城市的夜醉倒在雨里
你醉倒在雨夜的心里

永远的丹霞——坎布拉

天下黄河尖扎秀

庄严而神圣的黄河之水

哺育着康巴人绿色的家园

高僧的袈裟映红了群峰

挺拔突兀　俊俏多姿

丹霞的红艳诠释着佛教的光芒

造化钟神秀　鬼斧见神功

坎布拉——你是黄河之上的一颗明珠

天下黄河尖扎秀

当黄河流经最有诗意的地方

诗歌浮起在清澈碧绿的水面

当黄河流经最有梦幻色彩的地方

诗意飘荡在丹霞峰林的怀抱

当醉意弥漫在古老的大森林的每一个角落

阳光下你可以尽享这惬意的人间圣境

在坎布拉　生命可以苟且

超越凡尘　静心洗心　远方就在眼前

坎布拉——你是一个有诗有远方的地方

天下黄河尖扎秀

当我站在黄河之滨　我想为你写首歌

当我驻足原始森林　我想起了童话般的故事

当我站在丹霞群峰之巅　我想这丹霞定是为人间的壮美而生

坎布拉——你是我生命里的温暖

坎布拉——你是我希望里的光芒

是你让我的心胸变得豁达

是你让我的人格变得伟岸挺拔

是你让我的生命充满赤焰的荣光

坎布拉——你是一个启迪人生的地方

天下黄河尖扎秀

我把我的温情存放在南宗沟

让疲惫的心暂时有一个寄托

我把我心爱的女人殉葬给碧水丹霞

让她长青不老　让她红颜永驻

我把我的梦绽放在绿松石和红玛瑙之上

踏着春天的浪漫

走过夏花之绚烂

染红秋实的田野

以麦穗的低首加重沉思

以钟情的偏执表达心声

我把我的心魂牵梦萦在十八峰之上

我把我的情浮起在李家峡的高峡平湖之上

坎布拉——你是大美青海一个富有情怀的地方

192

天下黄河尖扎秀

无须用语言来描绘这奇异的景象

面对这壮观的丹霞图画

面对着这秀美的黄河之水

你只需像虔诚的佛徒般沉思　俯仰之间

你的灵魂和思想成为这丹霞的阿修罗

大美无言　大象无形　大爱无声

是你——坎布拉　你让我的心灵变得如此清澈高远

是你——坎布拉　你让我的爱变得如此的纯澈热烈

我把我火红的梦寄托给你

我把我炽热的情皈依于你

坎布拉——你是我心中永远的丹霞

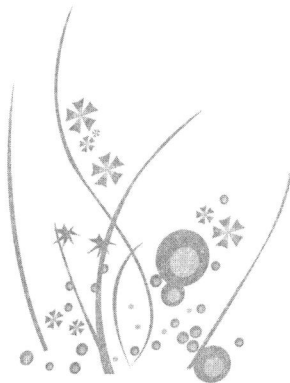

又见重阳

沿着黄叶翻飞的山行小路
追随登高习俗的人群
攀爬在陡峭的山路之上

有些人感叹于山之高大
有些人惊讶于黄叶之静美
其实
美或不美她就在那
你来或不来　她周而复始
美或不美　是内心感受的波澜

关于重阳的诗词和情怀
早在历代文人笔下熠熠生辉
无须再去模仿
也不想再去抒发雷同的情怀

其实重阳就是重阳
二九相重　日月并阳
而此刻的你在想
过了重阳就是寒露
过了寒露就是霜降

你隐约听到了冬天的脚步声

时光清浅
人生天地之间
若白驹过隙
忽然而已
余生无多
只愿各自安好
纵使星光遥远难以私有
心中唯愿下一个春天

当你攀上那高高的山顶
你似乎在等待一个契合的灵魂
当你钟情于秋之热烈
你在想余生海阔山涌
只愿能随心所向
愿时光能缓
故人不散
依然重温那滚烫的人生

园林小语

　　戊戌年九月初一，予过维扬，重游个园。天朗气清，望篁竹葱绿，怪石嶙峋，景色俱佳，心旷神怡，情思俱怀。是以，为诗以记之。

时光的纸笺上
已经写满潋滟的秋光
在江南古朴的院落里
在竹林山石和池沼间
你可以同时欣赏
两种不同的景观
沧桑古朴的美
以及秋天的静美

不是春风十里的时节
浓郁的诗韵依然浸入心骨
秋日的暖阳
静静地撒在
古朴的四合院的天井里
静静地撒在
兰草淡淡桂花飘香的池沼边
恰似宋词的味道
婉约　含蓄　古典

196

斟一盏淡淡的绿茶
在亭台里悠闲的独饮
读一首浓情古典的诗词
品风品雨品爱恋
在繁华中寻寂静
于忧伤中寻愉悦

总喜欢写安静简单的文字
总喜欢遇到一段平常的情缘
在有情的凡尘里
贪恋一点人间的烟火
你误入宋词　品味婉约
莫名中追寻起
宋词里那个卷帘的女子

一阵清风
就可以撩人情思
一片落花
就可以催人泪下
一个音符
就会长出相思

折一枝杨柳　给你　给我
寂寞深院锁清秋

再见，再次相见

在贵德　有一种情结
始终　久久难忘
在贵德　有一种依恋
始终　常常牵挂
每一次再见　其实　都应该是再次相见
时钟　滴答作响
岁月的风　从耳边轻轻吹过
二十八年的岁月
竟是弹指一挥间
曾经挥别的手
今日又相牵

重逢的时刻
陌生而熟悉的面孔
生涩却又亲切的声音
让人惊喜　又叫人惶惑
于是　开始
找寻着内心深处一个又一个生动的模样

忘不了　歇春园里勤奋苦读的身影
忘不了　河滨公园无忧无虑的嬉戏

忘不了　黄河之畔玉皇阁上的感怀
忘不了　南海殿上的秋风
怎能忘　郭拉小巷深处的烟雾缭绕
怎能忘　喇叭裤　高顶帽和太空舞
怎能忘　青春时代内心中的萌动
怎能忘　梨花树下惺惺相惜的誓言

时光　渐行渐远
记忆　犹存
岁月的侵蚀与记忆中的容颜
历久弥香
日升月落
似水流年
唯有
黄河边小城的故事　旖旎了风景

今夜
我在黄河之畔的贵德
回想　我们的过往
今夜
我在黄河之滨的贵德
记住　我们的今天
一路行来　太多的往事令人守望
一路走来　太多的背影让人记忆
每一次的再见　其实　都应该是再次相见

人生需要回想
生命需要关注
生活需要品味
在贵德　风景依旧
在贵德　我们依旧
风景需要欣赏
思绪需要驻足
纪念应该纪念的事
记住应该记住的人

今夜　在贵德
致我们终将逝去的青春

五月心语

当风吹过湟水风华无边的水岸
你带着一颗诗心
沿着风的方向轻轻寻找
寻找一份可以动情入心的情愫

水岸的两旁　游人如织人声鼎沸
而你心中　依然能听到花开的声音
你不以物喜不以己悲
安守于内心深处的一缕暖阳

多想　以凡尘之心在每一个晨钟暮鼓里
品茶赏花　修心悟禅
多想　在浪漫的五月做一袭烟花看客
品味唐宋的雨　明清的风

喜欢听歌
凄凄切切　在别人的情歌里　流着自己的眼泪
喜欢读文
怦然心动　在别人的戏文里　诉说自己的故事
喜欢写诗
婉约唯美　当柔美的文字还在演绎风情万种

盛开的花朵却是满目芳华

沏一杯明前的新茶　观一场五月的花事
眺望北山　烟雨迷蒙
你似一缕尘烟　飘缈于心灵与天地之间
而你的满腹相思　一直停留在梦的边缘

你听禅读雨　跪拜佛前　唱尽冷暖
你用灵魂的笔墨　描摹一树幸福的花开
你以诗的律动　吹尽满城风絮
你寄情于这久违的容颜和这相濡以沫的思念
浑然不觉流水落花天上人间

夜 之 殇

晚霞，
黑夜来临之前的幕景，
夜与黑色爱恋。

车流似吟唱着的民谣，
浓黑的舞池里霓虹闪烁。

影子邀灯辉共舞，
烟头或明或暗，时断时续。

天空飘落的不是雪，
是你破碎的心。

还有谁在午夜里死去，
路灯、公交车站还是孤独的灵魂？

一个下午的时光

今天的天气很好。晴空万里。

虽然已是十月深秋。

今天也没有太多的心事。忙完工作之余，周围显得有些寂静。

一个下午的时光。就在灿烂的阳光下度过。

你内心澄澈。也不想王顾左右。

若无其事里。你其实有很多事需要构思。

快抓住这时光的尾巴。趁日落之前。

先谋划一首属于你风格的诗。

站 台

当一束玫瑰在你眼前绽放
爱神与你亲吻
给予你无数美好的想象
你无意躲避什么
就像这载满爱的飞驰的专列
到达你的站台　为你柔情万种
像迁徙的鸟
期待着归向温暖的爱巢
像相遇的恋情
正从共鸣中涌向身体
爱是一念之间的感应
爱是荷尔蒙亢奋时玫瑰散发的毒香

花有绽放也会枯萎
就像车站是起点终点也会是过站
当你无法追赶她的决绝与背影
生命的红酒由甜蜜酿成苦涩
在恍惚的幸福中
多变的爱在站台做短暂的停留
列车踏着星辰走过你所有的寂静
爱情不相信眼泪

爱本来就是一种忧伤
时光无涯 聚散有时
而那些沉淀的爱情片段
终将被封存在这车站的站台

站在山顶唱花儿

当你心灵的听觉
飞越都市的喧嚣与烟尘
来到黄河的上游
你会听到黄河两岸的山巅之上
传来苍凉惆怅的野歌:
"上去个高山嗨哟
望平川呀
平川里哎嗨有一朵呀好牡丹呀
看去时容易嗨哟
摘取时难呀
摘不到我的手里是呀枉然呀"

那是西部花儿的原声
那是西部花儿的乐音
那是野性的呼唤
那是灵魂性灵的抒发

站在山顶唱花儿
让内心徜徉在希望的田野
让思想流连于纯粹的爱恋
让淳朴的歌喉送来几缕暗香

让每个人萌动心中泛起深深浅浅的皱褶

听花儿需要一种情愫
那些花儿只为你唱
那些花儿热烈而伤感
那些花儿逆流成河

听花儿需要一种乡土的气息
那些花儿只为你听
那些花儿朴实而真实
那些花儿雨声如花

菜花黄　水红花　不及阿哥的红牡丹
尕妹妹　阿哥哥　不如心中的尕少年
六月的花儿如情人一样绽放
花儿　便是你今世的情人

在河湟　在山巅
只要有爱　只要有情
低眉信手　浅斟低唱
花儿　可以将土色的情欲洒向原野
花儿　可以将自然的野性漫向山间
虚空里盘旋的花儿
长夜里呼唤的花儿
让你　无语嫣然

长安的月亮

钟声敲响了夜色
晚霞照暖了古老的长安
浪漫、温柔和诗歌
在永恒的月光下荡漾

可惜今夜没有月亮
模仿赵雷
给长安的夜空，画上一轮月亮
在月亮下面，画上一张酒桌
摆上青稞酒
站在月亮下面，跳起民族的锅庄
为大唐的歌舞增添盛世的华章

可惜今夜没有月亮
模仿赵雷
给长安的夜色，画上一轮月亮
在月亮下面，画上一张茶台
泡上陕清茶
站在月亮下面，伴着悠扬的乐曲
与心爱之人品茗诉衷肠

可惜今夜没有月亮
模仿赵雷
给自己的生活，画上一轮月亮
在月亮下面，画上一张书桌
打开李白的诗歌
站在月亮下面，吟咏月亮的诗歌
叹魂断蓝桥望断天涯故人情

长相思，在长安
孤灯不明思欲绝，卷帷望月空长叹
天长路远魂飞苦，梦魂不到关山难
长相思，摧心肝

三月的夜晚，在长安
安放一帘清梦，相伴清宁时光
陪我入眠的，是月亮的清辉
而怒放的生命，在古都的春天斑斓

这一天

一滴墨滴落在宣纸
在眼前蔓延
逐渐渲染
午夜的漫步者
熟知爱情的到来

一直喜欢这样　用夜泡茶
一直喜欢这样　用水稀释夜

烟头闪烁　灰烬里住着风
呜咽之美回响于夜空
草原和高楼在思绪里游走
往事与现实格格不入

与长夜坐在沙发交谈
灯嫉妒地关掉了开关
我在语言中漂流
梦中　依偎在黑夜情人的怀中

醒来
已在　二月寒冷的早晨

西山带雪的容颜
显得枯槁和憔悴
那明亮之中坐着风
坐着被风吹来的空荡和不安
沉默的大多数　在叹息

隔壁女孩一首葱绿的曲子
在沉寂中奏响
阳光正暖
冬天的梦春天的花

致 夜

今夜
不眠之灯引导着你
似乎
邀约你走进夜的完美

爱夜的人
喜欢夜的味道
夜色深沉
夜色浓重
夜色纯粹
夜色宁静

饮过酒的夜半
你习惯地哼着夜曲
在夜色的护送下
回到心灵的小屋

今夜　雨零乱地下着
窗外　只有雨声
而夜　一定懂得
窗内　定有心声

一场真理的讨论
在夜的领域进行
阳光下的丑恶太多
夜色下的纯真无可否认

爱夜的人啊
你总是喜欢
在黑暗中摸索　前行
若有些畏惧
畏惧了　就点一盏心灯

你忽而明白
夜的功能
不只是用来睡眠
夜给你平静
夜给你喘息
夜给你思索
夜不止为死亡而开放

爱夜的人
你或许是生命的使者
夜未央
雨一直下
而你　却把窗儿开启

夜 归

在完整的一天的尽头
你赶场友人的聚会
必然的是 醉
在冬夜里 留下孤独的影子

时光消磨着时光
酒精激发着活力
歌声鼓舞着人心
精神撼动着文字

私人订制的宴会高潮
与酒精的含量有关
女人们在嘈杂中歌唱寂寞
男人们动情地饮尽最后一滴醇酒

风醉倒在路旁
悄然寂静后 你行走在街头
夜空里飘落着零星的雪花
自由空行中 你在想
流逝与幻灭的 可是永生

开在荷塘里的忧郁

一场雨后，池塘的荷花在摇曳中变得平静
远望池塘蒸腾着雾气
燥热的黑夜，煎熬燥热的身体
池塘里的夜色有些朦胧的美
你的内心变得些许宁静
湖边有一对恋人走过
这让你想起了曾经温婉的她
就像夺目的夜色，终抵不过她的眸光

将似水的时光引入曾经的美好
垂柳在风中的方向，望不到岸边
离去，有些模糊、抽象，不可修改
存在过的那些瞬间已经毫无音讯
往日的画面显得陈旧且重复
一朵羞涩莲花上闪耀的雨滴
像一道从我伤口处照进的光

扬州，我精神的乡愁
——扬州抒怀

六月　烟雨迷蒙的江南
我在水乡街道穿行
在青灰色的江南小巷
把目光丢失在马头墙那边满是青苔的石板路上

在江南温婉湿润的季节
在扬州淅淅沥沥的雨中
当风划过街角
总希望也能逢着一个撑着油纸伞的丁香似的姑娘
总希望也能邂逅一段千古不变的恋情

撑一把伞　抚一朵莲
莲花的心事　在一池春水中漾起
那花瓣　遗落在烟雨蒙蒙的江南
遗落在那似扬州一滴眼泪般的瘦西湖中

瘦西湖的亭榭仍在　廿四桥的月夜犹在
玉人的箫声　已随故园的钟声远去
烟花已逝　风情犹在
烟水之湄　浮生若梦
今夜　允我以沉默相许

217

把梦和对远方的牵挂　沉浸在这最美的瘦西湖
把如烟的往事放逐在唐诗宋词里

古老的运河依然缓缓流淌
在扬州　老去的是岁月
在扬州　老不去的是波心中荡漾的月亮
在扬州　老不去的是我永远的精神依恋
向晚的夜色中　唯有那诗词散发着醉人的余韵

你的沧桑惹了谁人断了柔肠
你的故事拨动了谁人的思念
心在江南　江南却在天涯
今夜　有风　亘古不变的思念如霎时花开
因为今夜　你是我的扬州
是我精神的乡愁

218

走在时间的深情里

今夜　你走在时间的深情里
感慨　那于岁月里无措的悲喜
你的内心是无言静砌的沉默
就连那无尽的大草原以及美丽的狼毒花
也不着任何色彩　以黑白的影像投射在你的双眸

寂静　你的脑海里一片寂静
空灵　你似草原上盘旋在天空的秃鹫
犀利的目光注视着草原上的任何猎物
随时以俯冲之姿　捕获过往

然而你不是那秃鹫
你是个诗人
是诗人　就应该用回忆来温习那些走远的时光
是诗人　就应该用浪漫来编织美好
将温情寄托在指尖　寄情在纸墨文字中

今夜　你是你情感部落的王
今夜　你是多么的淡定而沉稳
你用那释然一切的微笑
用那些深深浅浅的墨痕

记载你曾经的岁月

记载曾经在大草原上那些寻而不见的温情

你将它变成一种符号

沉淀在一段段流逝的时光里

你用无痕之风　谱写出一纸笙歌

单曲循环在心底深处最柔软的地方

打马流年　长夜无荒

风若无痕　何以梦远

当你走过幽暗的岁月

在尘梦花落里　透支殆尽一纸情深

光阴如风　恋不尽风月如画

流年逐波　做一场患得患失的梦

浮生摇曳　一醉解去千愁

醉里尝尽一饮入喉的豪情

风撩心　指间青茗正醇

夜累人　心头爱恨难平

走在时间的深情里

品味无极的曾经与明天

想起草原

想起草原之上茂茂草长成之后似一支支利箭朝向天空
想起草原之上快乐悠闲的牛羊似开遍原野的格桑花
想起山丘之上猎猎风中飘飞的经幡和路马
想起煨桑台上燃烧柏香糌粑升腾的青烟
想起草原之上牛毛帐房外似狮子一样威猛的藏獒
想起草原之上藏族女人把新鲜的牛粪贴满土墙
想起草原之上藏族阿妈站在酥油桶旁笨重地打着酥油
想起草原之上帐房里我们大块吃着手抓羊肉大碗喝酒的豪迈
想起草原之上那个野性温情的差点成为你的女人的美丽的卓玛

夜的救赎

香烟似你的灵魂

在夜晚的书桌前飘荡

你似魂之舞者

用文字

企图让心与心碰撞　使魂与魂融合

你的思想跳动在黑白键盘之上

你的嗜好仅限于烟雾和酒精之间的一颗诗心

你用灵魂行走

飘飞在月亮之上

徘徊于斗牛之间

让情海的波澜

沉淀成一份安静

这不是一个浪漫的夜晚

真正的歌者　哑然

真正的舞者　蹩脚

真正的行者　孤独

真正的诗人　早已醉生梦死

香烟早已燃尽

酒馆早已打烊

情感早已被出卖

承诺只是小孩子说的谎
你在泰戈尔的新月中看出飞鸟的茫然
你不能像西部的牛仔那样纵情奔放
你不能像中世纪的骑士那样不可一世
肖申克的救赎　只能留给后代

写诗的人假正经
读诗的人最无情
深情不及假意
善良不及真实的谎言
夜色的惊艳之中
灵魂独舞
须臾间已氤氲成禅
借着月光
灵魂的孤独酝酿夜的芳香
人生需要留白
留白　是最美的诗行
错乱的城市之下　处处都是迷路的孩子

走 过

我打湟水河畔走过
杨柳絮飘，油菜花开
麦浪在蓝天下翻滚
抒情的岁月，海很遥远
你站在日月山下，猜想文成公主的容颜

我打江南走过
青石板路，粉墙黛瓦
亭台水榭里，青花旗袍的江南女子
撑着油纸伞，细语呢哝
你驻足秦淮河畔，等待莲花般娇羞古典盘发的阿娇

我打城市的夜晚走过
城市的雨，诗人的心
车流霓虹，乐音美好，掩不住你孤独的心
丢失了灵魂的人，烟火里行走
你透过窗外，猜想把异乡当作故乡的情怀

我打你身边走过
烟雨蒙蒙，岁在七月
长发及腰的姑娘，款款而过
邂逅总比过告别，火焰与鸟同在
你在向晚的街道，品尝岁月的妩媚，沉淀过往的留香

在雨中游荡的夜晚

从喝醉了的小酒馆出来
我们飘落在昏黄老照片一样的街头
今夜不想回家
一场酒把我们喝回了年轻时的梦里

飘有酒香的雨中
除了几个如鬼魅般的影子存在
剩下的就只有似乎回到青春年代的我们
难得穿着短袖在雨夜被淋透
难得放肆地品味这逝去的过往

梦中的怀想
如此这般的在这雨中在这酒中被允诺
雨夜里我们渺小得像这雨滴
当我们眺望这湿润的夜空
多希望这雨能倾盆
多希望这雨能洗刷尽我们身上的老成和油滑
多希望这雨水能渗入土地和骨头
让我们曾经的希望疯长让梦像野马一样奔腾

我们是老去的孩子
我们是孩子的长大
在成年人的世界里
我们无所顾忌地游荡在稚子的行为里
在第二天相互问安中恢复平静

自然之韵

夏日的午后
我在一个村庄的农家小院
抬头望天　天空蓝得让人失去思绪
阳光照在屋顶和果树的枝丫上
也沐浴着我的脸

老人靠着墙晒着太阳在马扎上打盹
女人从菜地拔了娇嫩的蔬菜回来
开始准备一顿丰盛的农家晚饭
年轻的女子一边哼着小调一边择着菜
顽皮的孩子在树下有趣地逗着蚂蚁

一条老狗枕着啃剩的骨头在温暖的阳光下闭目养神
偶有脚步声便会机敏地睁开眼睛
一只性感的猫熟知城市里女人的生活
妩媚踱步中玩着孩子们的玩具

沉浸在温暖的夜色里
蚊子在小院灯下的光明里嘤嘤起舞
我在酩馏酒里发酵着田园的梦
午夜　那只猫依偎在我柔软的枕畔

在我的耳边执着地念着六字真言
平安的夜里本不平静
朦胧中　我研究了一整夜关于这猫的前世

三月的长安

三月
我走在大唐千年的古城
追寻
李白的潇洒和浪漫
古城
青砖斑驳投射岁月的皱纹
城墙巍峨显现历史的凝重
春天的阳光散落
白玉兰犹如出浴的仙子
樱花朵朵恰似散花的飞天
梦回大唐在古老的钟楼回响的钟声里
期待李白酒醒兴庆宫　与我小酌

三月
我走在长安的街道
酒醉的夜晚
感受大唐不夜城的霓虹
奢华而不减风情的浪漫
灯火阑珊处想起贵妃的面容
雍容之中夹杂伤感
美好的爱情

总与凄凄的誓言格格不入

站在大雁塔的顶端
尽览曲江的繁华
宫殿　高楼　街道和酒吧
站在隋唐的天坛
感受盛世与沧桑
沉醉的不只是酒
更有大唐的欢歌

三月
我走在师大的校园
感悟
唐三藏取经的真谛
文化和知识　永远需要汲取和交流
古朴的图书馆　求知的学子
年轻的　年老的　太多的文艺青年
心怀梦想筑梦未来
独倚阑干梦回唐朝
大唐芙蓉园的歌舞犹在
而帝国不见了
宫柳城池犹在
而美人不见了

今夜　我知道西安的繁华与你无关
有关的是　夜色和历史

有关的是　你的生活和你的经过

我知道

过了今晚

我就要与你说再见

三月的长安

你在我心里美如莲花

也许　我的离开　是你　思念的愁

想起与释然

又到了北方天空哭泣的季节
天空阴沉的脸上飘落着悲伤的眼泪
像一个失恋的女人
像一个刚死去丈夫的女人
而我就在这样一个阴郁的午后想你

场景有些肃然　风景有些凄凉
但回首
寂寞雨中尚有情怀
有些浪漫在回想时更诗意
一切似乎与死亡无关

眼前似有白马倏忽而过
还没来得及表白
你已背叛了爱的箴言
本以为自己是王者
没想到竟然是青铜

本以为你会在雨中等我
我还曾想忘却世界为你打伞
本以为你是那雨中的丁香

我还曾想你虽忧郁但毕竟温柔芬芳
哪曾想你雨中的冷若冰霜
竟让我心有千千结

别让惊雷毁灭了你
拔去仙人掌的刺 用汁水擦一把脸
重新刮去你老迈的胡须
在雨中夜晚的灯火饮酒邀约
想念是一个人内心形成的冰
当冰的折断声响起
用酒来洗礼雨后的印记竟然是如此的释然
预计明天清晨空气清新天朗气清
天空会有好听的鸽哨

夜的抒情

春花四溢着迷香的黑夜
夜未睡你未眠
在黑夜里睁开眼睛，眼前浮现玫瑰般的你
当你用夜空的缄默回应我
当你像流星在黑暗天空一闪而过，逃离我

我怀抱黑夜之心
用记忆搭成白昼的桥
将未知的言语用词汇连接
化作对你的思念和表白
此时，影子在灯下闪烁

晚风从夜的窗外掠过
内心的波澜就像茫茫大海上起伏的船
被夜绑架的人
在每个梦醒之前，抓住荒芜里的温情
迎着风向，吹散离愁别绪

极目苍穹，让语言秘密前行，直达内心
独坐夜幕里，泪与酒为你催情
一场黑色的大火烧掉这半途而废的爱情
写下给你的黑色诗歌
作为黎明前埋葬爱情的祭品

状 态

车流在城市穿梭
街灯　黑夜的眼
昏暗惶惑　夜明昼息
仿佛这城市夜晚忠诚的卫士

谎言般无畏的人们
这城市的爬虫
赶路或到达
心有所想　各有所属
行色匆匆　奔向各自的召唤

广场上奋斗不息的大妈
疯狂不知疲倦地舞动
生命生长　梦没有方向
在冬天里抢购着春天

牵狗的女人
在公园或草地上游走
尾随着狗不断前行
在荒烟蔓草之间
搜救自己的童年

夜晚的餐馆和酒吧

气氛异常

美食和烟酒散发的魅力

让情感激荡

火光深处的城市

几人欢笑几人忧伤

时间的玫瑰

不知该赠予何人

激情正如轮子

转累了必将归于沉默

清晨醒来　临街的窗外

雪后的街道离奇喧闹

醒来的人们　继续做着

昨天的工作

今天重复着昨天的一切

路或许越走越漫长

时间是孤寂的沙漏

一点点漏掉静默的芳华

早晨　习惯于阅读自己的皱纹

打开桌上的书本

体会比芳华更加静默的回忆

生命在于活着

当陪伴和拥有成为一种奢侈

我们的心
永远不能走得更远

心中最旖旎的风光
比不上爱人的眼眸
难以想象的
不是黑暗而是白天
当火光无法延续下去
或许　温柔就会耗尽
你我　还未走完余生
已然波澜不惊　越过
越过我们拙劣的表演
生火　做饭　睡眠

发　型

今天　你说我换了好看的发型
听到这句话
我的天空微露淡蓝的晴
这仿佛　是在沉默雨季之后
我第一次见到了温暖的阳光

开车　行走在回家的路上
单曲循环　我数月以来最爱听的那支歌
打开车窗　呼吸窗外清新的空气
将音量调到最大分贝
暖风扑面　吹动我的头发

日子　总在忙碌的指尖划过
心情　总在黯然中回眸
身躯　总在不自由的灵魂与灵魂之间穿行
其实　你真的很孤独
也许　孤独是一种信仰

你无法独处一方
因为你有敏感的神经
其实你很简单

．

然而　你却无法享受寂静的感觉
为此　你总在哀伤着你的哀伤

无数个夜晚
多想为自己做一次灵魂的摆渡人
多想拷问一下自己灵魂的深处
你在茫茫人海　身不由己
你在心底深处最柔软的地方　苦乐参半

其实　你早就发现别人也就这样地活着
悄悄听完那首能治愈心情的老歌　停车
你摇起车窗　用手抚平被风吹乱的发型
你似乎忽然明白了一个道理
流浪的人都有酒喝　孤独的人都有歌唱
用情至极的人　总喜欢远方和草原

走马草原

如梦的时光里
打马走进你的怀抱
视觉所见的景象
不及品味中的怀想
走马草原　你悲喜交加

依稀梦幻中
又来到了那熟悉的帐房
穿过旷野的风
又闻到了酥油奶茶、糌粑和大块羊肉的飘香
黄昏落日下
又看到那帐房里走出
挽着发髻深情荡漾的你的心爱

暗香浮动
格桑花、雪菊花绽放着孤独的情怀
旷野天低
一切过往触动着你的美好和感伤
晚霞孤烟里
温情的草原像凝固的音乐
归栏的牛羊在晚霞的霓虹中安然睡去

而你是个过客
回忆浸透的美丽草原　背负着相遇和离别

站在茫茫的草原之上
多想在青草、羊群、帐房之间安度平淡的流年
多想挽着你的心爱在草原山岗恣意纵情
然而你只能把希望留给白云、草地和牛羊
你只能把爱情放逐给辽阔的草原
草原一岁一枯荣
人生沉浮　聚散两依依
当你跌跌撞撞奔向草原
你知道走过的时光不再回头
而后要继续行走天涯

放逐清澈的思想　选择以水的方式流淌
打马穿过草原
来路即是归程
在脑海刻录曾经她的微笑　她的美好
你知道胸腔里还承着遥远的远方
在似水的韵光里
了悟几缕禅心
不能将生活淡然辜负
你低头亲吻草原
残酷地忍住悲伤

灵魂浅唱

清晨　推窗而立
风起　吹开一季妖娆
西山　静美得不动声色
悄然安存自己的世界
喜欢一朵花的低眉
贪恋淡淡的素香
花开同喜　花谢不悲　与温柔言欢
温婉寂寞的流年　清清淡淡
繁华三千　不及你微笑的容颜

来一场远足徒步
或廊下听雨　或亭中抚琴
云水禅心
构想一首清韵
或把盏品茶　或暗香盈袖
泅渡水墨　把忧伤轻轻写入文字
寻你千百度　许一世芳华　不及爱锁眉间

以安静唯美独守岁月
只想把灵魂好好安放
纵然也会有一朵青莲的忧伤

以低眉之姿寂静来去
独自情意缱绻
双手合十　默许夙愿
聆听暖风在远方轻轻地呼唤

小城·雨夜之恋

穿城而过的温柔细雨
将小城装点成烟雨朦胧的水墨画卷
静静地依窗而望
水墨般的色彩与流淌的思绪在空气中蔓延

一直喜欢雨夜的韵味
潮湿中掺杂着一丝别样的感觉
蒙蒙的细雨之夜
你可以焚香煮茶或者思念
朦胧的心境里
你可以感受风轻拂　雨轻飘　花挽香
也喜欢行走在夜雨中
你可以追忆流年和梦碎的爱恋

雨是情人的眼泪
喜欢渲染离愁里的悲伤和缠绵
当过往的一幕幕如雨般浸染了心尖
情思雨润了所有的思绪
所有记忆　在这个多情的雨夜里搁浅

雨落红尘

喜欢一个人看着雨景　静静地聆听

风吹落红

绵绵的细雨　谁潮湿了谁的心

静夜听雨的唯美中　谁韵染了谁的记忆

雨夜的情愫里　谁的温柔惊艳了谁的时光

一纸素笺满是相思　谁的青泪憔悴了谁的容颜

天使之眼

——有感于一张抗疫女医生眼睛的照片

疫难降临的深夜
白衣天使似精灵破空飞翔
星空之下
黑夜给了你光明的眼
你用它去抚慰伤痛的灵魂

这是一双充满忧虑心急如焚的眼睛
生死攸关的时刻透露着坚毅和不挠
这是一双蔼然忧思清澈如水的眼睛
望眼欲穿的视线里闪烁出大爱和温情
这是一双严阵以待目光犀利的眼睛
似达摩克利斯之剑愤怒中横扫邪恶

民众的生命系于你
众生的安康之于你
伤痛需要天使翅膀的呵护
黑暗中战栗的苍生需要医者仁心目光的注视

爱在燃烧
把温暖的目光投向疫情发生的地方
疗伤　疗伤

温情在激荡
把仁慈的目光投向整个山河
拯救　拯救

一双无畏逆行的眼睛
在浊浪排空的海上　与邪恶较量
像普罗米修斯那般的神圣
与你的眼睛对视
你感动了人心　温柔了世界

以一种飞翔的姿势俯视大地
最美的眼睛以太阳的光芒
融化了病魔侵袭的寒霜
黑暗的恶之花　在光明的驱使之下
烟消云散　目之所及
春暖花开
在三月向生的光芒里
天使在花间起舞

北川河情愫

踏着春花飞舞的美丽
沉醉在春的呓语里
扬眉一瞥
便与这片湿地融为一体

清凉的微风拂过
忘情地驻足在这里
让我的心凝滞时空
把幸福放逐

远处传来百灵的鸣叫
这声音如梦似烟
就如同古老的笛声
令人如痴如醉

烟雨迷蒙　浮生若梦
拱桥之上一柄油纸伞缓缓走来
修长的裙服轻拂朵朵落红　而后独倚石栏
你暗自猜想　她为谁在经受五百年的雨打风吹

在这恍如隔世的风景里
散发着古典的剧情
期待梦境中走来温婉的青衣
演绎一出隔离世空的爱情

夏夜里的十四行诗

夏夜里的风　清凉
灯火密集处
人如蚊出没躁动

生活不只是苟且
还有诗和远方

其实并不喜欢远方
远方再美也不比小家的温馨

远方在心里
风景在心里
诗也在心里

漫漫岁月　因品味思考钟情于怀
青春不复　人生如绿叶演绎成落叶

思想中的风景
才知道自己的归属

池塘清韵

山石　台榭
书声　风语
游鱼婆娑
摇曳着娇小的身姿

杨柳　国槐
人面　桃花
编织童话
展开烟雨朦胧般的卷轴

有雨的午后
你在隔岸
心中开出一朵莲花

花 之 媒

2020 年 5 月 5 日
蓝色天空之下的小镇
背着孤独的漂泊者
独自凭栏在五月立夏的时光里
阳光洒在你的左手之上
你用右手去抚摸这温暖　然后
放眼在飘满花香的原野

花无语　花未眠
花香袭人　花在吟唱
百花用野马的姿势孕育着奔放与热烈
用香水红酒的气味和霓虹的色彩来演绎着
属于自己的浓烈爱情

这一季美好的舞蹈
绽放出最原始最淳朴的柔情
这美好的爱恋在灵魂里流淌
这从不避讳的爱的芬芳　最终化作
盛夏的果实
伟大的爱情　教科书式的存在于永恒的心间
诗有百法　歌有千门　情有万种

聆听这百花深情地告白
柔情似水　情爱共永
你在花香的身后　独醉
不敢直视这充满激情的芬芳
破译花语一季的忧伤

岁月可回首　人生只一季
归不去的美好
此情可待　已成追忆
人生的花语　短短一瞬绚烂成伤
纵然你有温柔　而我只有眼泪
因为爱着
所以记得

放　逐

属于城市的身躯偏要装满草原的心事
一支香烟里总能弥漫着枯草和牛粪的味道

纷繁的日子，大脑时常被草原的大火焚烧
明明一颗凡心，偏要被所谓的理想侵蚀

黯然神伤中，编织着各色痴情的梦
现实原本就现实，错过原本就是一种过错

放逐的岁月里，你无法放逐岁月里的梦
痴情者痴狂，在别人的眼里你就像戏里的小丑

一支烟一瓶青稞酒，让你眩晕忘乎所以
酒后频频的电话，后果在第二天开花

追求与追寻，到底哪一个才合时宜
忘却与忘怀，到底哪一个更为容易

车过日月山你无端伤感，车过倒淌河你伤感无端
什么是你的理想，哪里是你的家园，你只想穿越放逐的岁月

你不曾想放下心中的美，不想把用了修辞的最美的语言送给别人
你不曾想放下心中的怀念，不想把喷满香水的爱恋飘散在别人的发间

真的想抛开世事纷争，到被放逐的原野和沙漠
真的想清除爱恨情长，到最残酷的月光下喝酒抽烟

想仰望西藏天空纯粹的蔚蓝，想试试可可西里无人区的苍凉
想看看恶魔之眼的犀利，洞察泪眼之间能否解析真情与爱恋

放逐，像老司机一样稳步地出发
归程，像小说开篇里埋下的伏笔那样的美丽

金池夜雨

今夜当雨在汴梁城飘落
金明池的湖面朦胧在烟雨中
行走在湖边长长的栈道
这润泽的带着情欲的雨夜里
深藏不露的美总使你沉醉

静静地独坐在这夜雨里
听雨飘落在湖面的声音
听雨打在荷叶柔润肌肤之上的滴答声
这好雨时节的夜晚开满幻想

你凝视着对岸跨越时空
单曲循环弹拨一曲竖琴
你在雨中怀念你爱的眼泪
雨夜里上演着温婉和凄迷的场景

此处的灯火照亮着此处
此刻的雨水打湿着远方
你眼前充满雨水
这时间或空间里的雨滴入人心
潮湿在芬芳的一池爱恋里

注：金池，河南开封金明池。

金明池荷塘

当黎明告知黑夜可以休息的时候
荷塘迎来了她的第一缕晨光
静谧的湖水如我在宿醉中开始苏醒

这荷塘就像我柔美的爱人
睡眼惺忪中已显出
中原的风情和妩媚

娇羞的莲花像刚出浴的少女
穿好舞女的裙梳理好发髻做好了登台的准备
时光荏苒中，为你舞动优美的水上芭蕾

娇小的燕子魔影般时而盘旋时而从水面倏忽而过
朴实的水鸭显得悠闲，三三两两在水中觅着早餐
白天鹅摆动着雍容的身姿或从容地踱步或典雅有序地游水

此时，我迫不及待地投入你的怀抱
伸展双臂划动水波，而后依偎在你温润柔软的怀中
而你，似乎也并不拒绝我的鲁莽与赤裸

这天清晨

你像成熟的少妇大胆地敞开怀抱

与我久久地爱恋在这荷塘的天地之间

看见月光

今夜，我伫立在中原的大地
我看见开封这座城市的月亮
看见了大宋王朝当年的月光

在这美丽的月光里
我看见清明上河园里漫步的北宋的男人
也看见荷花池边戏水的充满爱怜的北宋的女人
在这盛夏的时光里
我仿佛看到了汴梁城金明池里
端午节争标的北宋昔日的繁华和热闹

于是在今晚的月夜里　失眠成为注定
多想在北宋的市井街巷里行走
饱览这属于北宋的风土
多想在北宋的勾栏瓦肆中饮酒品茶
品味这属于北宋的风情
多想在北宋的月光下
牵着这属于北宋的又属于我的情人的手
徜徉在属于宋词的风雅和浪漫里

于是在寂静中　心醉成为注定
我听见　生命和死亡的宁静的声音
我看见　窗外荷花池里
寂静开放的荷花和如月光般流淌的清澈的湖水
我感觉　生命在属于夜色和月光的时空里生长

思想漫无止境
岁月洗净铅华
今夜大宋的月光普照着现代的大地
今夜我想起我的爱人
仿佛当年东京城里那个婉约的女人
在今夜的月光里
我的思绪在大宋的黄河之水里奔涌流淌

临水的时光

那年在湟水河畔的夜晚，我们静静地依偎而坐
今晨我在金明池畔临水的时光里独处
面朝湖水，眼前是难得的湖景
有喷泉，有音乐，有咖啡，有茶，有荷花
却独无伊人

张爱玲说：
于千万人之中遇见你所要遇见的人
于千万年之中，时间的无涯的荒野里
没有早一步，也没有晚一步，刚巧赶上了

遇见是一种幸福
赶上是一种机缘
分别是一种命运
离去是一种注定

有些人，想要记住却总被遗忘
有些人，想要忘却却总是被记起
有些人，无法在言语里表露
有些人，只能用文字记录在诗行
愿岁月静好，现世安稳
烟火人生的戏剧里总应该有如此的情节和剧目

临水夜思

我在黄昏的水边悲悲切切地拨动琴弦
把浓浓的思念顺水流淌到你的身边
琴声悠扬　嗓音喑哑
临水的弹拨里尽是忧伤

抬头和回首中　池塘里已见片片残荷
一阵风过　落花飘动
盛夏拖着裙服即将谢幕
一种离愁一种黯然弥漫心头

寂寞似一条大蛇缠绕着身体
在即将窒息的空气里
天涯之外的你　是否有心灵的感应
别像我凋零如花

带着酒意独坐书案
忧伤而疲倦的文字里
浮现着你美丽又憔悴的容颜
夜色弥漫中思念无限延伸　伤感透过纸背

我在想你　你在做何
忘却很难　记住一定很苍白

民谣和诗

民谣有三：爱情、理想、远方
听者有三：孤独、平庸、落魄
　　　　　　——题记

舞台上传来电声和吉他的旋律
主唱唱着诗一样的歌
你在酒吧的灯光里沉浸并陶醉
品味这歌者的灵魂

喜欢民谣中藏着的梦想
喜欢抱着木吉他的女孩
喜欢民谣那种素朴的情愫
不曾丢掉那份初心　追求诗和远方
在记忆深处诗意地浅吟低唱

小酒馆里响起沉重的乐音
古风触动着你的神经
闭锁在城市的你
孤独无助地抽烟喝茶饮酒
沉默的大多数
或许都被岁月风干了情绪

在无眠而深沉的夜里

你想背起行囊

梳理枯倦的情怀

到南方或是北方漂泊

你的平庸和落魄期待民谣治愈

没有一个冬天不能逾越

没有一个春天不会到来

舞台的那头说

民谣里有你的故事

你望望来时的路吧　路的尽头是故乡

故乡的天空有明月

你等过

你似一尾游移于暗夜之流的鱼
你在等待收获的秋天，追寻一双熟悉的手

你在灯下等过，你在睡着时用心梦过
只为了，能在灯下，能在梦醒时留下诗句两行
去赢得并明证你的企望

你在林中小路上拣拾过，你在溪水前屏起呼吸听过
只为了，能拣起岁月发给你的纪念
等待那走得遥远的纯情

你走在飘着小雨的路上，你站泼着大雨的旷野
清晨的路已枯萎
为了不让别人看出曾经流过的泪
也为了这雨能将你写在纸上的字句，留在记忆中你的故事
统统洗刷干净

你等过。你在等待中接受洗礼
黑暗中繁星又亮起，你把时间托起
等待生命中最辉煌的时刻
坚硬的花与脊梁有关

你嘱咐我倾听草原

城市冬天的夜晚，焦虑堆满了天空
熟悉的街道陌生的人们，古怪的表情
感觉那么多人漫无目的、行色匆匆，猜不透人心
浮躁的年代人们丧失友好、情感淡薄……
我在深夜倾听草原，简单豁达
斟满一杯酒，熬好一壶茯茶……
我克制不住对草原的渴望，脑海里浮现关于草原的景象
一只鹰在天空盘旋抑或一只野兔在原野里自由地奔跑
抑或帐房里走出的美丽的藏族姑娘
冬天年终躁动的情绪里比往常增添了更多的伤感
美丽的草原景象里再次浮现你美丽的容颜
回忆里都是伤心的往事和你的嘱咐
流不出泪水，草原已被大地的泪水——白雪深深覆盖
但我仍然爱着你就像春暖花开，春水浓浓
爱你淳朴与自然的英姿，直到大地长出开心的绿色

沉 默 者

我与大多数人，终究不一样
执着于沉默的生活

其实，
在暗夜里的沉默
在孤独时的沉默
未尝不好，这样可以与狂躁与
喧嚣与虚无划清界限

又想起，最爱喝的西柚茶
起初香浓得热烈，中段甜涩得奔放，
尾韵确如孤独里的沉默

品味西柚茶犹如品味静躁的生活
品味西柚茶犹如品味真假的爱恋
沉默的来由大抵莫过于此

于千万人中默默地品味西柚茶
于千万个星辰里静守沉默
你想起痛和涩
而西柚茶说这痛涩是你自己喝下的

我回答说，对
为了沉默的纯洁性
把这杯西柚茶倒进垃圾桶
让大多数人从此沉默
此刻，管不了窗外
那太多的灯红酒绿的忧伤

大水桥的十四行诗

今夜在大水桥　前半夜飘着小雨
天空有阴云
我在黑夜孤独地喝着黑青稞酿成的酒　内心惆怅
想起年轻时达娃央宗端着尕龙碗的酒
醉了也能回味酒中的幸福

今夜在大水桥　黑马河的草原冷得寂寞
黑暗的公路上闪动似狼眼般的车灯
异土不留灵魂　蜿蜒跋涉　不知道何时才能赶回温暖的家
大水桥的后半夜　天空里飘着不可饶恕的雪
掩盖了草原白天的真相　粉饰了眼睛也撼动了真情

没有看到黑马河的日出　依稀天明的伤感里
黑色的帐房里仿佛走出黑色氆氇的达娃央宗
叮当作响的银饰声骚动了黑色的牦牛　转经轮里传来永远的思念
飞遍草原颠簸走马的天空

寻　找

走吧，背起行囊上路
来一场说走就走的旅行
做一个八月的梦游者

这不该是个虚妄
外面的风景，等待着一个内心干渴的孩子
空虚，无聊，来自对山外的疑问
向外的跋涉源自一种寻找

在表情单一的公路上行驶
一路向西
去寻找，一种属于西部的风情
风景于我仅仅是一种外在
美丽抑或耀眼，绝不是出行需要收集的目的

沿着通向意志的道路
你放牧乌云和羊群
在孤独的旗帜下
河流环绕歌的忧伤
万物阴影成双

你形迹可疑
奔走在河的左岸
在呈现劫数的晚霞之间
你呼唤着种种温情

别人看的是风景
你看的是　爱情
草木之间有爱情
群山之间有爱情
江河之间有爱情
美好的爱情，绝不在风景表面的欲望里

点燃你喜欢的香烟
在酒醒的山谷里
依偎在大河之旁
在烟火的明灭之间
哼起，古老的船歌

听风者

贵德，正月的风从黄河之畔吹过
猎猎经幡在风中舞动
路马自高坡上随风像雪花般飘飞
有人双手合十
磕着长头匍匐在风吹来的方向
有人穿着节日的盛装在黄河边随风起舞
我在风中若有所思的
看云

人世间　有多少似大河春水般的蹉跎岁月
人世间　有多少似祈福者那般的忠心虔诚
人世间　有多少像舞者那般的潇洒飘逸
人世间　有多少像我这般的淡然无极
我在风中
看云
云在天空
笑我

束河冥想

轻轻地　我落在你古老的掌心
你是谁
你是躺在苍山之下的那个亘古的小镇
古朴不乏优雅
素淡不乏灵秀
你的风姿
似北方汉子的阳刚
又似江南女儿的阴柔
令人如此的流连和忘情

行走在古老的街道
穿过斑驳的青石板路
经过小桥流水人家
仿佛穿越千年的时空
穿越历史
穿越思绪
漫步在这幽静的街巷
心中想起了过往的那段凄美的爱情

与你相逢　是前世的注定
这是个想念的季节

束河古朴的阳光正暖
站在静静的街头
看那依旧的繁华
内心中升起物是人非的忧伤

独坐临街的茶吧
跳过流水的目光
慢慢地听　雨落下的声音
慢慢地听　弹吉他姑娘的情怀
听那似水流年的咏叹

淌着水的天空
挂满晚霞的树
跳过人群的目光
静静地品　与你共剪西窗烛的温情
静静地品　与你古镇夜雨时的浪漫
品那如若初见的似水柔情

束河的夜　风情正浓
在这个有故事的夜晚
你有些落寞黯然
岁月蹉跎不留痕
谁来陪你度过这一刻好光景
谁念晚风凉
怎知流光逝年华
独一人在旧宇楼阁间沉醉
独一人在繁华灯红处心痛

注：束河，云南丽江束河古镇。

274

草原上的挡羊娃

草原上的挡羊娃　　狂放地在宽广的草原撒欢

你远比不上江南的牧童　　骑在老牛背上悠闲地吹笛

掩映在烟雨朦胧的水墨丹青的诗意里

六月绿色的草原之上　　遍地吃草的牛羊

在蓝天白云的簇拥下　　你编织着属于你的草原之梦

风在草尖上拂过　　云在碧空流转

你在远山之上呼唤

蓝天青草和牛羊　　丰满了你生活的诗韵

十月的雪缀满草原枯黄的草尖

你站在山丘　　望着肥壮的牛羊露出笑容和洁白的牙

日暮斜阳　　你唱着小曲打着绳抛回到帐房

你把你的心交给草原　　自由幸福

而我背弃了草原

把心扔给了钢筋水泥的城市　　醉不成欢

注： 绳抛，又叫抛石绳，藏语称"乌朵"，是藏族牧民的生产工具，主要用于驱赶牛羊。

九　月(一)

整个九月，你都在过着懵懂的日子：

香烟、酒精以及颓败的星光

灵魂的孤独，一直以来成为你忠实的朋友

你未尝不时时感到，一场秋雨之后内心的凄凉

时光如此匆匆，就像脱缰的野马

你无法停滞也无法追赶

你在马后的烟尘里站立

让这尘埃洗礼你

然后赐你一颗放荡不羁又富有诗意的心

时光里的甜蜜时时生长苦涩

你无法像常人记住幸福忘却忧伤

这忧伤来自黑夜赠予你的敏感和反思的心

你背着过往走在九月的街头

经过昆仑路、黄河路以及中心广场的喷泉

水光粼粼闪耀在这晴朗的下午

这秋天的城市、楼宇和拥挤的车流

这秋天的衰柳、残花和秋天的思绪

秋天的孤独像一道墙挡在你和现实之间

当秋天的落叶在街巷翻滚得像女人的甩裤

当秋风沿着湟水河呼喊得像疯婆的威吓

你忽然警醒，你爱恋的黑马从未止步

窗外的秋雨下的像唐诗宋词那样的缠绵
你一颗柔软的心在诗歌里寻找救赎
等枯黄的秋天凋落
在飘雪的洁白的冬天
所有希冀终将在黑夜起飞
你踏雪而歌

九　月(二)

九月像一则不老的预言
拥有不变的风格不变的主题
人们在开满鲜花的路上
奔赴月圆之夜的乡愁

在九月满月的日子
携一座城市的沉默
在菊花绽放的奇迹里
把思念飘落在收获的季节

站在天台观月听歌
夜晚静止在时间的河岸
回首凝望来时的缥缈之路
曾经的执着随着时光
消磨在月圆月缺的生活

夜晚的风吹过苦涩的心房
偶尔一瞬记忆袭来
曾经以为老去是很遥远的事
突然发现年轻是很久以前的事

夜色似乎正好　微风不燥
月亮饱含世人理想的深情
九月像一条织锦的披肩
悄悄滑落在心间
已绝的念想
在月隐时分慢慢相忘江湖

酒徒的七夕

昨天是用来怀念的，明天是用来怀想的
然而今天依然是用来怀抱的

通常情况下酒徒是不会有思念的
正如嗜酒如命者，只对酒有无尽的快感

如若酒徒也会思念，大凡是经历了情感急湍
红尘未了心有千千结，酒到醉时方恨少

酒徒的孤独往往是痛饮之后的杯盘狼藉
犹如今夜酒后友人散去，你身边凄清只有恶鬼

西川南路的今夜，你的内心在漆黑里充满执念
酒气冲天里喷薄出了思念的欲望

酒徒的思念不是今夜七夕的相思或重逢
酒徒的心念是魂断蓝桥恰似你的温柔

酒徒的思念是用酒淹死寂寞喝醉忧伤
酒徒的心念是为生前的潇洒身后的理想

你行走在天涯行走在草原行走在城市的街道
你抽着香烟喝着青稞酒握着你手中的笔

你远眺远望远观这不属于你的世界
你俯视低头沉思这属于你的今夜

那一年，谁丰富了生活游戏了生命
这一夜，谁惊扰了岁月丢失了心爱

雪

是心地坦白的女人
将纯洁的心扉毫无保留地袒露给爱人
是无言的诗人
用白色的词汇抒写人间
是温柔的情人
给爱人带来一冬的缠绵
是痴情的恋人
爱情过后用泪水浸透整个大地

灯

放下拾起的是你的信笺
拾起放不下的是我的愁肠
暮色中又想点亮那盏灯
可惜她再也不够明亮

明天或许我会种下一颗红豆
就让它在我的梦里生长希望
把我的泪水化作灯油
让我点亮这心间爱的光明

叹当初始终未敢吐那动词
到如今渺渺茫茫无可寻
那枯黄落叶上的冰珠
可是我的泪滴

黑夜的深重让人无法抗拒
就让这灯光照亮你的黎明
只要心头还有一丝温柔
不灭的　仍是那如故的心灯

朝天门：一朵云的关照

当我凭栏朝天门大桥
沉思曾经这属于南宋的天空
眺望两江会合处的江水和船只
我听不到古渝雄关川味浓郁的号子

今晚这里有的是大桥之上涌动的车流
今夜这里有的是洪崖洞七彩霓虹的光芒
长江滚滚嘉陵滔滔
不夜的重庆
在我的梦里飞翔

一朵云梦幻着巴蜀的夜空
但我无法驻足
只是放慢了脚步
在你的世界里
放慢脚步
就会拉长一段路途和风景
多留下一段我与你的爱恋
和　眉目之间的传情

夜雨缙云山

北碚　缙云山
沿着风的方向
剥开被绿包裹的你的外衣
我看到了色赤如霞磅礴郁积的你

透过远古的阳光
在这片山之巅
是绿是风是柔情
让我走近古典的你
让我用指尖碰触到秀丽的你
目光游移在你夜雨欲来的身旁

你牵引着我
让我的心伴着你去山间乘风飞翔

巴山夜晚细雨迷蒙的窗外
温塘峡畔的小木屋里
烛光闪动
你说过了今夜　你可否归来
我莞尔一笑
不知归期

孤寂的夜里雨似清泪在飘落

我不曾欺骗

你若不信

我愿袒露我的灵魂给你看

步履的倾向

往事都很难忘
天空的羽毛在风中飞翔
如水般的记忆大多顺流而下
极少数的刻骨铭心沉淀在黄河岸边
时而激起浪花或者是涟漪

寂静是一种很被动的日子
悠闲的步履会使人无知无觉
人们都在做着自认为应该做的事
天地推敲着这些密集的眼睛

当落日降临在昨夜落雪的小镇
天边留下黄昏的影子
小镇的庄廓院里
飘来过年的气息和青稞酒的味道

像时间轻轻滴落
像岁月有节奏的律动
生活似乎是为了一张嘴
饱食了今日又在谋划明日的佳肴
温饱的末端滋生原始的欲望

生命沉浸煤的火焰
沉重的思维里回忆母亲温暖的手
肤色的乡村里再也找不到肤色的温情
一杯酒被你一饮见底

北方的天空北方的黄昏北方的黎明
北方的思绪北方的日子北方的人
北方的步履细事上心头
过年的爆竹声里飘着瑞雪播下谷种
河的对面你搭着长长的桥 你是不平静的水

泅　渡

午后。风在无序中飘荡
人群在公园浮游
气温在阳光的浸沐下回升
盛夏之后，生命奋斗的荷尔蒙激增
植物们，为追求生命中一季的灿烂
悄然在隐秘深处与阻挠者撕出一道缺口
葱绿和繁华，显而易见
所有臣服，显而易见
而我，阳光下的长椅，慵懒地躺着
犹疑不决中　一种体征来自肥胖的身体
怎样追随时光泅渡

在兰州怀想西宁

喜欢行走在繁华的城市
喜欢用文字和照片
记忆每座城市的印象和风情
让短暂行走中的城市之光刻录在心尖儿上

兰州 这西部的城市西宁的邻居
太阳透过铁桥 散发光芒
霞光映射东去的黄河 滚滚向前
夜晚的人群 在灯火里歌唱在啤酒里朦胧

一条亘古的河流穿过了我越过了风
一碗兰州味道的牛肉拉面诱惑着我诱惑着她
兰州 这是我一个人生活在你怀抱里的情愫
兰州 这西部的城市我印象里的兰州

今夜在兰州 美酒入喉 我心欢畅
明朝 酒冷香落 徒留荒凉
日子与时光反反复复
我走在兰州的街道共享西宁的月光
相依为伴的那是我的诗歌

人生倘若避免大喜大悲
彻骨的悲伤便不会到来
寂静的生活里灵魂便不被打扰
平静的生活平静的心情里写出不平静的诗歌

有些人在别人的世界里活着
有些人在自己的世界里活着
今夜我活在兰州心念西宁
浮城深处相忘江湖

风中的情绪

夜行在唐道
身边夹杂着酒馆里烟酒的味道
你并未感到过孤独
然而此夜的风中
唯有你拖着皮鞋的声响独行

夜行的车流
匆忙间闪烁着城市的灯火
运送着这城市夜晚迷茫的灵魂
酒足饭饱的人们
心与心交流的亲密之后
被这些的士的尾气拉开距

用酒酿造情感的夜晚
灯火醉了街巷醉了风儿也醉了

酒杯的虔诚里浸泡了多少情谊
文字的江湖里飘满情绪
多少情怀散落在冬夜的风中
难以捡拾的就像林中的落叶

向酒精宣战的岁月在这个冬天闭关
与痛风决战的日子从此开启
唐道的酒吧里或许少了一个醉客
几何书店的书桌前多了一个书虫

喜欢吟诵关于爱的诗篇
喜欢追求一见钟情的爱恋
干燥的生活潮湿的心
你却无法给爱更多的时间
也无法给爱增添物质的丰盈
悬崖上的爱
在风中的枝头摇曳

你冷眼旁观这浮躁的人间
在期待的城市里把岁月坐枯
让酒迷惑地唱着唱也唱不完的歌
却无法安放一颗不安的心

今夜　你在自己的世界里揣摩自己的世界
今夜　你在自己的稿纸上写下自己的文字
点燃香烟的云雾里你释怀过去相信未来
记忆发烧的寒风里你看见草原帐房里走来你的卓玛

香 烟

于是，在点燃一支香烟之后
我可以将自己游移的灵魂聚拢成精气
灵魂看不见
唯有当烟雾升腾　缭绕在空气里
你才可以看见我的思想流动

于是，在点燃一支香烟之后
我可以将自己缥缈的思绪凝成文字
思绪看不见
唯有当烟雾升腾　缭绕在诗行里
你才可以看见我的诗歌飞翔

于是，在点燃一支香烟之后
我可以将自己纯真的爱恋化成相思
相思看不见
唯有当烟雾升腾　缭绕在眉间里
你才可以看见我的相思弥漫

狂 热

六月的兰州热浪充斥
炽热的空气让内心燥热不堪
我坐在中午
焦黄如同田地里太阳烘烤下的麦子
狂热虽非好事
最怕心中冰冷

躲进封闭的房间
沉默在无人知晓的世界
门外有些嘈杂
估计别人也很狂热
狂热的另一面大概是浮躁

期待一场大雨
浇灭这欲望的火
在雨后清新的空气里
让语言秘密前行
让心保持在正常的体温
让心在离我远去的地方安睡

太阳你燃烧吧

燃烧你的激情点燃冰封的煤

思维是河流的梦

移动步履将街灯一盏盏点亮

街灯的下面或许有兰州的兄弟

我从网络的世界下线

在兰州的狂热里奔现

酒醉的探戈

音乐　舞池　红酒
旋律　舞者　霓虹

此时此刻，音乐和舞步演绎铿锵的探戈
风度翩翩的男人和女人，上身保持距离，端起架势
脚下展现的却是无比激烈的欲望
它快步向前，眼神优美，时而又左顾右盼
与古典不同的是腰间没有了短剑
至于那情敌或许也就不再防备
这刀尖上的舞蹈
除去残酷，只剩下了浪漫

舞姿旋转　玫瑰飘香
探戈成了一种文化，一种人生的方式
探戈，这纵情里激荡着爱恋
探戈，这绝望里喷发出奔放
探戈，这舞步里浸润着一种哲学般的忧伤
大多数的希望，都源自不该有的期待
大多数的期待，都源自温暖和爱的思考
探戈　这不可言传的真挚动人
探戈　这酒醉之后爱的相随和永恒

你当像鸟飞往你的山

昨夜的你　在胜利路
半夜时分走在熟悉的街道
冷风像夏日里的空调
固执地输送寒夜的气息

昏黄的光影
摇动着你孤独的身躯
没有月光酿成的酒
就用清寒勾兑恼人的夜

一切如车流倏忽过往
来不及留恋或找寻
酒馆里不时传来人们像寒号鸟般的话语
寄托对新年的愿望

如僧侣般的祈愿必不可少
岁月更替中的生活由不得激情主宰
在胜利路上　你失去了和失去着很多
青春　爱恋还有更多的胜利

在这凋零的岁月

人们遗忘着昨夜没做好的梦　盼望着

今夜酒后能做一场更好的梦

梦在寒冷中　被时间埋在更深的墓穴

你从不陷于对生活的怀疑

暗夜里你多少次拨动渴望的琴弦

你期待草原　而草原上空无一人

你当像鸟飞往你的山　任悲欢逆流成河

静雨之态

只听得细雨声。六月的兰州
温润的空气里飘荡着
金城的花香
偶有汽车的喇叭声散落在四周

寂静里属于细雨的时光
属于人的思维或者凝固或者发散
飘落细雨的时空里，你是个悠闲之人
在阳台上喝茶
感受西部城市的烟雨朦胧
想去做一个思念的梦
这个梦的主题很复杂
可以思念你的孩子可以思念你的爱人
可以思想你的生活以及你的未来
可以是惆怅也可以喜悦

岁月奔驰，无为过往
一切都在隐秘中进行
像一道难以解开的数学题

对着阳台外雨中的景致
可以做一次充满柔情地眺望
也可以视而不见
此刻的状态只是属于你的状态
也是属于你的风景

韵家口的风

车行韵家口
我和你的视觉以及思维
被韵家口的风唤醒

最美不是远处的山
是与你一起开车兜风的韵味
最美不是小峡的水
是与你回忆乡村儿时的家园
最美不是清新的田野
是与你享受农家饭菜的口福
最美不是下雨天
是与你一起谈天说地的屋檐

我本想出了韵家口
就能逃离这座城市
今晚我却满怀感激
因为你的挽留
使我一颗驿动的心
终于有了留下来的理由

夜半歌声

一

每当日暮　晚霞把天边渲染
长长的街道上　像鸟一样的人开始归巢
当灯火的光明　照亮着我们满带欲望的面庞
我们在期待的夜色里　把浓浓的夜唱成一首歌

二

总是在深夜里才觉得自己像个人
分不清是黑夜还是白天的日子里
思念的心却在歌声的回响中结成网
真心希望今夜应该有你在 KTV
为我假装吟唱一首抒情的歌
你音色优美　歌声婉转
悠扬的歌声
让我痴心于你的柔情 才华和背叛

三

晚风吹过恰不恰烧烤店旁的餐桌

那种肉香的味道　让我迷恋
而此时的夜　也正为我而准备
我迷失在白昼或者黑夜的两端
在酒而言　是为了麻醉
在音乐而言　是为了陶醉
在你而言　是为了忘却
在我而言　只是为了痛苦和想念
于你于我不为结果　只为守候和陪伴

四

今天　在悠闲和安然中　你可曾念起我
今夜　在歌声和烟酒里　我远在山河之外想你
歌声　的确能给人一个期待
恰不恰往返的路上我看见
那些孤单绽放的日子　风吹竹笛为我哭泣

五

更尕海的沙丘令人向往
更尕海边　再也无人等你
在深夜　我眺望星空和你敞开灵魂
在夜半时分　我用歌声把温柔化成温柔
灯火满城音乐如水般流淌
你喝下的酒醉不倒别人
你的歌声在我深深的脑海里

我逼问今夜的同行人
这是谁的夜半歌声

注：恰不恰，即恰卜恰镇。位于青海省海南藏族自治州共和县东部，州府、县府驻地。有关文献记载"恰卜恰"系蒙古语，意为"切开的崖坎"，也有认为"恰不恰"为藏语，含义为"双水河"。

更尕海，位于共和县塘格木镇，离青海湖南山不远，是由两个湖组成的，分为"上海"与"下海"，是一个地下水源形成的淡水湖。

草原的篇章

我忧愁了并且忧伤着
我思念属于自己的草原

那里　有大草原上骑马裸臂的牧人
那里　有黑牛毛帐房旁打酥油的卓玛

一声藏獒的嘶吼叫醒了草原的清晨
一只鹰的掠影划开乌云露出朝阳

帐房上的烟囱里冒出燃烧牛粪的炊烟
酥油奶茶和热腾腾的糌粑摆上炕桌

早饭之后的大草原激荡起来了
绵羊和藏牦牛悠闲地咀嚼肥美的青草

牧人骑着马儿在草地上肆意奔跑
卓玛捡拾牛粪在草滩之上放歌

蓝天之上白云随风勾画天空的图腾
我在城市的书桌前变成草原的牧人

前方的草原
有我熏染了草原烟火的相思

黑白的天空

那一日，我的天空一贫如洗
我的视界里黑与白彼此映衬
喜欢夜幕里没有星的黑
喜欢飘落大地雪的白
一张张黑白的面孔透着真实
过目不忘里尽显生命的沧桑
刻骨铭心的生活非黑即白
生命的天空大抵如此

晚　归

牧人挥动草原的羊鞭
夕阳牵挽着心爱的绵羊
在日暮霞光的簇拥下归向温暖的家
而后　草原抑或孤独的灌木沉寂在仿佛恋人般的告别里
这一夜心爱的绵羊是安眠还是难眠

雪　辙

初春的一场大雪淹没了这片草原。

所有的道路消失，鸟儿或者是鹰不知飞向哪里。

我朝向透过雪并缀满冰花的席芨草走去。

那一刻，一幅白底泼墨的国画正待完成。

那一刻，一道车辙压过我洁白而柔软的心房。

山之神

岩石展示变黑的水晶之脉
以无形的欲念
一些人迷失在透明的时光和伤口上
火或者最后的白雪隔开涌流
充满生机的圣歌硬化你的颅骨
那些胜似布道的音乐来来往往
日月于你的子宫酝酿自己的神

长在小高陵梯田上的记忆

当我沿着小高陵山丘间的
羊肠小路　盘旋而上
这路就像我的思绪
每经过一个层级　便有一个高度

这里的山像大地母亲额头的皱纹
这里的梯田像河流泛起的波浪涟漪
时间律动　精神崛起
一种奋斗的力量荡漾在我的心间

小麦已归仓　油菜籽已入油坊
静思中　似乎
厨房里已飘来新菜籽油的浓香
蒸笼里正散发出新麦做成馒头的面香

炊烟里　我头脑里浮现小高陵的往昔
夕阳里　我的思绪在农村的影像里流动
我寻找着这濯濯童山的改头换面
我感动着这梯田上农作物的春华秋实

当野火烧过　青草间又是一年春风
当落雪飘舞　我从陇上走过
小高陵梯田上长满了
关于拓荒者的记忆

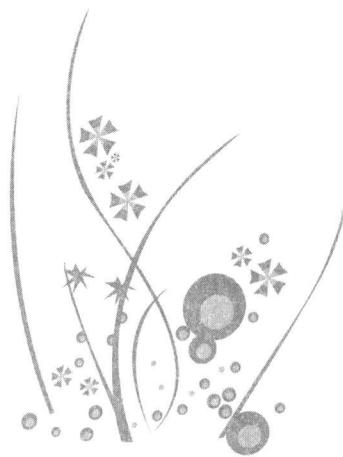

拂　晓

想起兰州　见到兰州
兰州没有我惦念的人
可我昨夜　在风疏雨骤中
赶到了兰州

今夜我已然于肌肤之间触及了
兰州的风兰州的雨
五泉山的灯火黄河的浪
和那　属于兰州牛肉面般独有的腔调

在兰州　今夜是我生活在别处
第一晚的无眠
月光残剩在车流的灯火中
黄河里落下白塔山的暗影

我的香烟酝酿成氤氲的朝雾
我的言语亮开黎明的歌喉
我高举着酒杯　醉意中做我纸上的梦
迷蒙之间有一种无名的忧伤

谁让谁的梦受伤
谁让谁的情感伤
一座城一栋楼　一个人伫立阳台
来时容易别时难

视　界

车流像河

流淌在城市的街道和你的眼睛

来来往往

一种移动的风景成为音乐

一天的剧目开始上演

天空是天然的背景或幕布

晴朗或者阴沉

一半由事决定一半由心决定

苍穹和大地都装进我的胸怀里

阴晴圆缺周而复始

黑夜与白昼更迭

浪漫轮回浪漫

与我低语的眼睛

天色明媚

矢车菊

优雅纤细的矢车菊燃烧在原野

淡淡的香萦绕缥缈

浓浓的爱流淌缠绵

素朴的矢车菊装扮了原野

原野爱恋着这美丽与温柔

遇见矢车菊大概就是一种幸福

我在开满幽美矢车菊的原野无声地献诗

一朵刚刚绽放的淡蓝色的矢车菊

它的颜色就是你的颜色

在你的颜色里迷恋

在这蓝色的火里沉醉

你是忧郁的花语

你是天空的颜色

淡蓝色的天空　我的世界

在雪夜诵经

这个冬天少雪
初冬的一场大雪之后
寒冷干燥　悬浮在街道和干枯的心间
无雪的夜晚似乎也少了灵感的律动

想起有雪的冬天
想起了雪夜里的浪漫
被雪润泽的心
在寒冷的冬夜漫延成洁白的梦

窗外　世界沉睡得恰到好处
屋内　寂静的灯光下
一缕香茗的雾气在空间里升腾
意念中的雪花盛开在你的爱恋里

打坐　在心似莲花般的禅意里诵经
清心　在红色喇荣佛珠的攒动中
祈祷　这人世的祥和和安宁
或者为一段圣洁的如红色的恋情

有风　从楼宇间穿过
呼啸之间　思绪里隐约传来佛寺红衣僧人的木鱼声
此刻　苍茫天宇之间
雪国的气象　在你的诵经声中弥漫

六月的天空

六月结出盛夏的果实
山峦苍翠　河水清澈起伏
此刻仰视天空
天空比往日高远

有时我想
与外界隔离与世人隔绝
特定的时光可以成全一个诗人
仰视天空里的流云
漂浮有如恋人的相思缱绻

云岫成诗　晕染故事
既然欣赏不了美丽的草原
我仍然可以欣赏它的荒芜
酿一壶酒
就着卤好的诗歌与思念的人儿分享

午夜微澜

知道此时你也一定未入睡
和我一样
都有一颗
不过午夜难以入睡的心

也许你也如我
喜欢在夜深人静之时注视星空
把无数星星收集在心海
照亮彼此思念的车辙

也许你也如我
喜欢把空灵之夜如水的月光
蓄积在爱的心田
将沉淀的情感化作凌晨汹涌的潮汐

喜欢做一场隔世经年的梦
喜欢固守清欢　落寞　悲喜
在漫长而深邃的梦境里
你是我的理想我的欲望我的求索

暗夜里　我提起一腔孤勇向你飞驰
我只想让眷恋和梦想　回归大地
让你绵软　丰满　厚重
不止虚空　也不止沉醉

虚 空

一支空虚的恋歌
在午夜不时从脑后袭来
你的土地荒凉
影子是你蜷缩的肖像

几束灯光犹如暗夜的施主
诱使你试图发现美好
一阵想念刺进你的心房
似夏夜的暖风飘过袅袅发香

在时间凝固的瞬间凝固伊人的美丽
陈年的故事顺着肝肠泛涌出陈年的春香
你对黎明总感到恐惧
相信骨子里的珍藏只能刻在骨子里

既然两只鸟都报以沉默
必须晓谕自己
重新认识空气以及每个场景
凝固深情的眼眸呼唤的暗哑

浪 迹

在不平静的城市我平静地浪迹
生命之途的希冀一如云的逝去
天际置孤单于我的孤单隐忍漫长
它是我唯一的忧伤的爱人

远行的车灯磨蚀暗夜的双眸
一动不动的头颅摆成思想者的造型
行囊负重脚步歪斜重压心脏
呼吸衰竭供血不足使期待更加彷徨

岁月的漂泊　夜憔悴我苍白
凝望夜空沉思往日　我是何处的游子
离别的泪灼烧着我的胸膛
听风在沙沙作响敲打着我的愁肠

一颗驿动的心为谁奔忙
颠簸的岁月该如何安放
在某月某日某夜多想陪你梦一场
多想赎回你所有目光
星辰满天又闻你的琴香
再见这绝美的月光

一壶酒

今晚的夕阳
沉重有如恋人的相思悱恻
夜幕里你如期一场 52 度青稞酒的聚会
蘸着西海的月光品尝西宁
可你找不到最佳的抒情对象

晚风吹过内心的疲于奔命
许多繁华的商业街没有你的光顾
繁华的城市在你的土地里长满衰草
你的思想是书本和剧情里的世界
丰富的情感落后的眼睛如此的格格不入

沉浸在属于自己心灵的一亩三分地
街道里的行人目光呆滞对你视而不见
你无法揣测别人的心胸和隐私
你也无法揣摩自己善变和苟且
你低调的生活大脑变得很沉沦

而今夜我要赢一壶酒拿来想你
你有故事我有酒
笑谈风月虚度良宵
今夜我在西宁的天穹望眼欲穿
我是西宁的西宁不是我的

枯 坐

枯坐封闭的楼宇　时光坐枯
把寂静和悠闲抽成一支烟
品味过滤嘴上的那一丝甜
你行于世　我隐于市
我蘸着自己的情写下忧伤

目光穿过漆黑的夜
感觉有些人疑神疑鬼
每抽一支烟
心中就审视一下时间滴答的经历
吃着酒鬼花生
总想把自己变成酒鬼

转动菩提念珠
加持一颗平常的心
用汉字写就一支关于爱恋的歌
把书本和剧情上的恋情还原到现实中的
一场游戏一场梦

今晚你听熟悉的《广岛之恋》
仿佛又回到那个无奈的场景

爱情改变命运的旋律凄切而悲壮
时间难倒回空间易破碎
伤心总是离人泪

思念是烟是酒是茶是咖啡
回想漫溢眼前湿了从前
似血的玫瑰在揉碎中盛开
怀念再次骨折爱情
洒下一千滴泪浸泡爱恨的土地

南京之夜

南京的今夜
热浪侵袭我的身体
疲倦的地铁
燥热的旅馆
大雨抹去来时的足迹
空调不知疲倦地喘着粗气
汗水在 T 恤里的皮肤上
如荷叶上滚动的露珠

那些不容于世的温存
就像南京的梧桐
存在于城市的沧桑烟雨之中
氤氲在城市之上的诗意想象

久违了的六朝古都
久违了枝丫差互的法国梧桐
那些年喝过汉斯啤酒的淮扬菜馆
那些年桨声灯影里的秦淮河
那充斥烧烤烟火味的新街口老门东
那流淌在心里的美丽古典的云锦旗袍

南京的第五夜
一根烟被没有星星的黑夜掐断
迷失在中华门
夜归的人如同乌衣巷的人潮
重金属响起在怀旧的 1912
淹没我没再回头
今夜只剩一个孤独的房间
总有那么一点点感伤

下着梧桐雨的季节
我想起江南颇有爱恋意味的雨巷
青石板路面滴雨溅起小小涟漪
南京的夜晚南京的歌声
青年悄悄走过
再来已是过了春华
这样一种漂泊的心情
不清楚它的意义
迷惘悄悄钻进心里
说给你你会不会听

在南京
还有很多很多的夜
它们如同针刺肌肤一样真切
痛并不快乐的日子
把不安分的梦肢解
把我的心抛在古旧的街道或荒烟蔓草间

下 午

伏在下午炎热的空气里
窗纱被风掀动出舞姿

这个下午我像一只蚊子
一会儿飞向远处一会儿落在眼前
远处是思念的远方
近处是一语不发的近处

书桌不是王位
电脑屏幕上的文字
也不是即将宣读的圣旨
无聊使我的土地长满衰草
孤独让我变得比夜晚的草原还沉默

一盆寂寞的绿萝
是囚禁在房间里的绿色丝带
难得这个寂静的下午有它的陪伴
我与绿萝独语
等待下午的风吹来晚霞

八月,我在龙羊峡库区的农庄

站在八月的某个黄昏

站在眼前一片湛蓝的属于龙羊峡库区的水域

我是一个来农庄做客的旅者

我是一个被浸泡在这片蔚蓝里的行吟歌者

用期待的眼睛

看凝重、恣肆的水天一色的蓝

用心动的渴望

看泛滥、疯狂的庄园里的绿

看这高原的蓝

看这农家的绿

在山水之间

在蓝与绿的侵蚀里

我用思想反刍这如此丰盛的美丽,幻化成不灭的图腾

八月　在龙羊峡库区的农庄

拒绝了尘世的喧嚣和城市的烦扰

我心归于宁静

归于片刻的安宁

在晚霞的禅音里聆听秋的布道

不再遇见

沉寂的夜
像是被熨平的海
它很想躲在瓶子里
不再与月色纠缠
不再被风牵绊
不再与我遇见

寂寞的酒
像岁月沉淀下来的心
它很想一醉嫣然
不再期盼醇香的惊喜
不再渴望酒杯里的欢愉
不再等待着一场心灵的交替

孤独的心
像飘然落下的雪
它憧憬重回天空中
不再被泥土沾染
不再随风消散
不再愁肠百转

沉默的我

愿做一幅抽象的画

他生而可恋

不再与梦痴缠

不再与寂静相伴

不再与你错过

沉寂的歌篇

可不可以这样来描述你眼中的沉寂
那冬日的草原死寂得只有风的声音
所有的意识都被冻硬　一如坚冰
所有的语言显得空洞　无聊　苍白
这冷凝的世界　冰封着一颗浪子的心

沉寂中也并不是没有生机
那日渐西沉的草原落日　多像一座希望的城
绽放出霓虹般的光环
这城里住着的　沉寂的人　唱着沉寂的歌

浮浮沉沉的往事　沉寂在荒烟蔓草间
悲哀寂寥的心绪　像隆冬里那无尽的衰草
我仿佛看见了牛羊　烈马　星星和结冰的湖泊
这些算不算我记忆中的一部分
而我却不曾记得
这些曾经激荡在我心海的一切
怎样地在这个冬天的梦里消失
孤寂中品味它　从春到冬一个轮回的故事

遁　迹

又要走了
悄然地　不能告诉你
我将去哪儿

青藏的天空还在那儿蓝着
鹰　还在自由的草原之上飞着

门源的油菜花还在那儿开着——
藏语大地上摇曳着佛光般的经幡

留恋还在那儿躺着——
内心如蚕丝般柔软的人
总喜欢与一个人的良宵对峙

六月不远　遁迹江湖
我该用怎样的韵律
描画我枯燥的生活

时间的尘土　落满书案
我该用怎样的文字
书写我内心的言语

跟我走吧　我的灵魂
趁着深夜里刚刚消失又骤然升起的歌声
在醉意朦胧里　行走和幻灭

怀想德吉村

怀想德吉
边抽烟边思想
一起欢聚篝火之夜的朋友

想我们那一夜的酒量　热血　黄河沙滩之上
那被时间之光点燃的　疯狂的欢乐
余音绕梁

浮想是一只追寻流云的鹰
保持一颗唯美忧伤的心

入村的羊群
低矮的灯火
真实坦诚的人

想德吉
想天下黄河尖扎秀
想生活的质朴与灵魂的暖意

是谁在敲打我的心
是谁在撩动属于我的琴弦

是谁让我捡起那一段被遗忘的时光

迎着那缓缓飘落的小雨
想德吉
德吉在心里　心里躺着幸福的人

荒原的期待

独坐荒原　静听风的呼啸
静观风中的草木和牛羊

累死四月的春风也吹不到
这荒凉的　草原

当你的一声呼唤
惊起了草窠里的　百灵
婉转的叫声　让人间的失落寻到一种温馨

草原的烈日　焦灼着一冬的尘沙
忠诚的牛羊　苦守着属于自己的家园

我一生钟情于草原
就像钟情于我的爱人

寻找　寻找
当煦风吹过柔软的心尖
光秃的头骨上长出细发

期待　期待
一场六月的春雨
唤醒小草　让母性的草原着上新娘的盛装

在格桑花开的季节
我接你回家

寄　意

黑夜之火点燃黎明
在我和世界之间
谁在夏日美丽的早晨
谁在我的这一首诗中

用路旁的丁香花描述深情
用公园里的郁金香畅想恋情
煦暖的风抚摸着我的头发
五月的花陪伴着我的现在和以往

夜色来临之前　无事可做
赏花易悲　忧伤弥漫在花香和我的心事里
假如爱不是遗忘
心痛也不是记忆

如果思念会使情感肥沃
我渴望在这贫瘠的土地
写下生动的篇章
想去共和大草原　仰望星空与苍天对话

如果盼望中能见到你蓝色的身影
黄昏里相约灯红酒绿的城市小酒馆
用酒勾兑如诗的生活
让诗一样的词语弥漫在飘着细雨的时空

春风醉

春风吹吹绿山冈
春风吹吹过绿野

又迟疑地转身向村口的老梨树
投去如烟的温情和爱恋

春风吹吹醒了小草麦苗和万物
一缕春风撩拨你的心扉

春风吹吹红了桃花吹绿了杨柳
一阵春风吹皱你关于春天的情怀

追寻追寻春风的高跟鞋
寻觅寻觅春姑娘妩媚的裙装

洁白的梨花树下
春风一吹你想起谁

与君邂逅黄河岸边
春风一吹你忘了谁

当花瓣飘舞春风醉
当落红满地醉春风

谁在相思中相思
谁在黯然里黯然

时光的侧影

今夜，你在西宁的寒雨里不知所措
淅沥的春雨嘀嗒了一整天
春雨贵如油　深情贱如水
你在时间的嘀嗒里虚度着属于你的生命
久旱的土地里再也长不出青草和麦苗

你想起许多年之前的某个雨夜
在共和切吉草原的天穹之下有人等你
甚至望眼欲穿
今夜城市街道四周沉默
唯有的士闪着鬼眼般的灯
运送着夜晚属于孤独的灵魂
你紧闭双唇让声音喑哑
你竖起衣领　让脖子获得温暖

今夜，你又与钟情于你的文字对话
忙碌使你情义枯竭
难得的清闲总会无情地激发你的伤感和落寞
怀抱词语亲吻你钟情的短语
这个夜晚
任你灵魂中的语言秘密前行

忙碌的岁月忙碌的心

小草忙碌　渲染了整个春天

春花忙碌　芬芳了整个大地

你的忙碌　徒然消耗着你有限的生命

这一整天的雨如果懂你

应该帮你稀释充盈在你胃中作死的酒精

今夜你的思想和你的身体　遥不可及

你望不见未来留不住过去

惊蛰已过旱獭在黑夜依然熟睡

切吉草原上空飞翔的鹰已不知去向

期待钻出土地的春草在黑夜万般焦虑

在春天你总会患上一种难愈的病

你默默地点燃一支烟

你抽一半风抽一半

今夜你的城市正在下雨

在黯淡的灯火里

你整理整理自己的思绪

依着灯光的侧影里　你长吁一口气

比起有人左右情绪的日子

你更喜欢无人问津的时光

更尕海

更尕海不是海
她的美胜似你见过的任何一片海

这阔大草原之上黄沙之滨的湖
凝聚了沙的精气和天空的蔚蓝深邃

这塘格木草原温润的眼睛
这仓央嘉措曾经撒落的一颗哀婉的泪珠

没有海的阔大和磅礴的气势
有的是神奇的传说有的是温润草原汉子柔软的心

湖畔乌柳葱郁芦苇丛中绿头鸭游弋
斑头雁在水面倏忽起落黑颈鹤如娇羞少女在水中起舞

高高的佛塔下煨桑的柏香在草原和湖的天际萦绕
草甸间的一湾湾碧水柔美幽静得就像梦中情人的蓝

思绪像在草地上肆意绽放的蕨麻花
在时光中逆行与更尕海的山水风沙邂逅

346

学佛静坐　心似莲花　若能在这一滴眼泪里闭关
流浪变成了回家　破碎就变成了完整

学佛静坐　思想　在仓央嘉措的这滴眼泪里坐化
这一刻不再惆怅不再忧郁　这一生不再枉度

做一个更尕海边的牧羊人
将肉身还给大自然　让灵魂在山水间永生

以另一种方式活着
活在诗里　活在心灵　活在这片土地

距　离

一

明亮的下午碧绿的山岗
远山的气味激活记忆犹新的鼻子
人们赶路到达
转身　隐入人流的梦里

二

挚爱的田园干净纯粹的灵魂
听来自天籁和灵魂的旋律
与呼吸同在　与生命同在
清纯与夜色渐进　临醉于今晚
四周无人却胜似千万
我有故乡有音乐有青稞酒

三

始终灯火辉煌的城市
风吹来街角的歌声

几乎胜过所有的妖艳
本以为这一个人的夜晚只是开始
不曾想确是巅峰
庆幸自己能活到今晚
回忆是满满的青春
孤独永远不是单行
就像灵魂永远都有共鸣

四

十三楼下去买酒上来
不是好酒而是有酒更有灵魂
莫名感动莫名心痛莫名想起
世界充满快乐留给你的却是种种抑郁
这过往种种
成功者会放出光芒
疯狂者会向光明走去

五

迎着夜色听风的味道
每听一遍都会泪流满面
梦缠绕的时候和琴前奏
泛音　苍凉狂野荒芜
一首歌的距离
多年的牵挂
最近的距离是我眼里有你
最远的距离是我心里有你

心　音

在寂静的时光里漫溯黄河
河流指给我最蔚蓝的天空
树木葱绿像童年篇章里的开端
梨花在青海方言里遍开　浓郁亲切如蜜
岁月的年轮扩展老院空空
老梨树下不见父母的踪影

早年落寞而悲切的旧事
已在风中凋零在雨中腐朽
我的眉梢像浮萍漂泊不定
再回首时
足音里长着来时路上的感动

五月的风从额头从发梢掠过
百花在料峭的寒意里勃发
世人赞美母亲的诗文花瓣般飞舞
绵绵的暖意形式大于内涵
良知在泪水的浸泡里记忆才能深刻

人生的宴席值得记忆的杯盏何其之少
午夜哀伤的献词是在每一次酒后

心扉里感知到的痛彻
夜晚的风像海浪拍打着楼房
思念的心在玻璃窗的颤动下共鸣

绽　放

在春天的草原
我把天空打扫的
比我欢喜的心还要澄澈
在草原的春天
草原把我荡涤的
比春天还要春天

我去远山之巅
斜倚在席茇草丛
仰望高天之上放荡不羁的云
或者和衣而卧
俯视山下悠闲吃草的
九十九只羊和九十九头牦牛

狼毒花般芬芳的牧羊女
手拿羊鞭从山冈徐徐走过
骑马带着腰刀的男人
在马背上怀揣酒瓶交互畅饮
属于青稞的青稞酒

那些远道而来的灵魂
在青草地上狂舞
艳阳里　九百九十九朵
俊俏的格桑花悄然绽放

我的草原我的风景
我的青春我的岁月
我的野火烧不尽的　我的
悠悠的眷恋

30 公里的思念

时光的河流上
一艘意识里潜在的航船
说好 不管谁走都会送行
结果永远不尽人意

从河卡到塘格木
大约 30 公里
别样的经历饱含心房
滋生着种子对太阳和水的爱意

就在眼前
风穿过面颊浮动草原的思念
时光清浅
不语其实更是无语

每一次 把喝完一瓶烈酒的醉意给你
这一望无垠的草和沙
除此之外 别无一物

风吹过卷曲的头发
我们都憔悴如经霜之后的草叶

在世人眼里那是绚烂
在我们的心里
却不曾壮烈

喝吧　你对自己说　兄弟
我爱这个下午
空气里有茶和酒的苦涩
你不爱明天明天照样等你
思念里只有自己走得最远

胡桃里的沉默

独坐胡桃里的卡座
调酒师娴熟地摆弄调酒的器皿
秋天的音乐流淌在每一杯酒或咖啡里
而我　或许在这里才能遇见曾经青春的自己

或许在胡桃里
有一份娴静和一丝沉默陪伴着我
在一杯茶一杯咖啡或一杯红酒的气息里
静静地品味桌上的光阴

我像一棵深秋里的树
想象落去叶子时的空寂
秋天默不作声　我的嘴唇失语
词语在梦幻般金色的季节随风翻动

黯然的灯光里
期待一双眼睛能相互凝视
一点烟火的明灭
点燃一炉冬天的温暖

淡蓝色的琴声

落日黄昏
城市的灯火慢慢点亮安静的楼宇
一串清晰又朦胧的音符
似乎在对我呼唤

琴声
在隔壁人家的房间里发酵
透过墙壁是钢琴琴键敲击出的柔情
琴声
在酿造淡蓝色情调的黄昏
穿过时空　音乐在流淌

我深爱此间的浪漫
琴声载着我的思绪
穿梭于幽深的狂想

我猜想　这琴声
应该出自一个红衣女子
我揣摩　这琴声
一定是在表达她悬而未决的恋情

那一刻　窗棂之外西山寂静
那一刻　心灵之中满含柔情

今夜　我于空寂的精神里
于凌乱中按捺住浮躁的心
轻轻地品读这琴声

读桥边红药竹溪佳处江南水乡的涟漪
读天下黄河贵德清的黄河之水的涛声
读岗什卡雪峰之上天籁般呼啸的风声
读吐谷浑大道彩虹部落夜晚暖暖的笑声
读落雪寒径之上你留下充满忧伤的履痕

琴声　该是一潭淡蓝柔情地期许
琴声　该是一盏茶的馨香与苦涩
琴声穿过爱人的心
在冬天　你闻到春天和初夏的味道

358

秋天里的情绪

总有一种茫然无依的惆怅
在秋风扫过心尖时的凄凉
无助于每个夜晚的修行
风清扬　落叶伤
香巴拉广场的月夜
青海湖南大街的藏餐吧
金安小区里的灯火
秋天的记忆压在草原小镇的怀抱
愁莫渡河　秋心拆两半

更多的衰草
继续在虚无的世界深处燃烧
寻梦
走向一个黄河边的小镇
不同的秋天写下不同的秋意
秋天的开始和结束
那来自原野和河畔的孩子
在一片清澈的河面
期待一场风中的消散

行进　继续行进

当双手触及这河湟谷地的苍凉

试图切入它的胸膛

这一片苍茫的大地

透明而又不可测量的天空

清冽的湟水似秋天的泪水汨汨向东

小叶胡杨翻飞金黄的叶片像大地的羽毛

而此刻的我脑洞空空却心存怀想

大地啊　我用什么去面对

晚秋的雨

岗什卡雪峰之恋

此刻　岗什卡雪峰之下
我能抬头仰望到的
除了极尽壮观的冰瀑　就是
天地间最圣洁最最高大的你的容颜和身躯了

一只浪迹天涯的鹰在无极之境翱翔
俯视这巅峰之上奇异的雪色
稀薄的空气里吹来猎猎阵风
我怀抱求索与征服的欲望
朝向这个高度行进攀爬

此时　我已拥入岗什卡雪峰的怀抱
以苍老的目光游移你的肌体
以青筋暴突的赤手紧紧抓住你的骨缝或者是肩头
我惊异于你的美丽和高傲

时间和空间距离我很远
爱意和忠诚距离我很近
躺在你冰雪织成的洁白裙服之下
吸收头顶之上太阳赠予爱的光芒和温暖

一匹狼越过荒凉的原野
风依然音乐般拍打着嶙峋的岩石和冰层
生命的坚强浸沐我们感受寂然的能力
意念粗糙的思想期待琢出雄峰的力度

诗意并不仅存于山石和冰雪的纹理间
充满抚慰的温情渐染幻想的情感
一览无余的情歌充满忧伤
每朵云都选择了静静地路
用横空出世的山风去呼唤远方等待紧握的手
雪峰之上灵的肉魂的体与曙色共舞

注：岗什卡雪峰，位于青海省海北藏族自治州门源回族自治县境内，是祁连山脉东段的最高峰，海拔 5254.5 米，峰顶常年白雪皑皑，银光熠熠，宛如一条玉龙，亦名"冷龙岭主峰"。

长日将尽的怀想

已经独守过许多个这样的岁末了
长眠于今夜的　可能是我昨夜的梦
千里风尘的钟声消逝在去年黑夜精灵的马蹄声处
熟悉而遥远的局部苍凉
夜河如潮退之后又将重新掀起又一轮浪花

你不曾拒绝昨夜的梦
你知道这梦或许会在明天的阳光里绽放
你纪念它同时希冀它
生活像一首在火焰中炙热的诗
除了表达应该还有抒发

长日将尽　你在自己的人生中流浪
以狼的目光独视这西部边城夜晚的灯火
灯火里催生浪漫
时光里埋葬爱情

今夜
你是如此悲伤又是如此幸运
过往如转瞬即逝的烟火
怯懦的爱　挂在缀满雪花的枝头

天长地久的话　最好不要谈分手

黑夜啊　你流浪的耳朵
一只用来挽留　一只用来倾听
你这一生都在赶往你的目光所及之处
你这一生都在追寻你的梦境与虚无
喝酒是为了喝到吐
爱人是为了爱到哭
有谁不是害怕夜归的路
有谁不是在失望中叹息落花满了地

你是沉默里的大多数
你明媚的眸看不透夜色的心
你是沉默大多数里的绝少数
在凋零的岁月里
由黑夜驰向明媚阳光的新一天

最后一页

一个长假即将结束
想起了一个约定
等读完这本诗集
做一次深情地长谈

时间到了
你没有如期归来　音信杳然
而我想再等等
只剩这最后一页
我神情迟疑着不敢翻过

散　文　部

难忘 1995

记不清什么时候开始成为《青海日报》的读者，真正与《青海日报》结缘，估摸着也是 30 年前的事了。

1993 年，我只身来到共和县塘格木中学，成为一名子弟中学的教师。偏僻的农场中学，尽管在经历了 1990 年 "4·26" 塘河大地震之后，兴建了新的校舍，但那里依然远离村庄、县城和城市。记得那时我每天上完课后，便坐在办公室里望着窗外发呆。闲暇之时，唯一能够消除寂寞和孤独时光的，就是在一望无际的大草原上奔走，抑或是在夜幕降临之后的醉饮。那时的我刚步入社会，处在人生十字路口，没有方向和目标，日子迷茫、暗淡。

但人总不能一味地消沉，其实我也有自己的爱好，那就是读书和写作，这是我自高中以来就喜欢做的事。那个时候我就有自己手写的一本透着稚嫩气息的小诗集和一本没有体式的却自认为不错的文章汇集。工作之后，单位有自己的一份内部油印小报，于是在上边不断地刊载自己的作品，后来一些作品相继发表在《青海法制报》《青海监狱工作报》《青海青年报》《青海广播电视报》……，甚至不少作品在本系统省厅的文学大赛中频频获奖，但我唯一没有想过在《青海日报》上发表文章，毕竟心里始终觉得那是一份重量级的大报纸，自己的水平还达不到在这份报纸上发表的要求。

在草原狂风大作、沙尘弥漫的寒冬，一个午后，我在校长室里，打开一摞满是灰尘的报纸（那个时候只有校长才能订报纸），抽出的一份，恰巧是《青海日报》的周末版，那大气的版面、优雅的风格、多彩的栏目、丰富的内容一下子吸引住了我。里边的文章短小高雅，人生家庭感悟深刻，每期都刊有青海地方名人名家的散文和诗歌，这让我爱不释手。之后的日子里，每当报纸送到，我就会找校长要来，将《青海日报》中的周末版抽出来据为己有，甚至把上面一些百读不厌的作品剪下来贴到摘抄本上，闲暇时慢慢翻阅、品味、咀嚼和揣摩。

这一切催生着我强烈的写作冲动，我从心底萌发出想要表达和描述的欲望。1995年暑假的一个晚上，我根据友人家里的一个真实的故事一气呵成写好散文《保姆姨娘》，用钢笔工工整整地抄好后装进信封，贴上8分钱的邮票后寄给了《青海日报》。没想到，一个月后，1995年9月15日，文章就在报上发表了。报社寄来了样报，我欣喜若狂，赶紧将报纸拿给校长和同事们看，分享着我的喜悦。后来，当更多的人知道我的文章发表在了《青海日报》之后，我真的是"名声大噪"了。

时至今日，我清楚地记得那是一个多么难忘的日子。那一夜，我激动得手捧报纸彻夜难眠。后来我在想，当你羡慕草原的广袤，当你羡慕雄鹰高飞的时候，在你的内心里，要永远相信它们会引领你走向更远、更高的地方。

正如今夜，你的思绪在时空里穿梭，仿佛又来到了曾经的那片草原，草原依旧是那样的宽广，天空依然是那样的高远。你似乎想纵情歌唱，唱一首草原之歌，那是青草对大地最深情的倾诉……

在干好教育教学工作的同时，我立足乡村、草原和风土人情，发挥自身的特长和优势，坚持业余文学写作，先后在《青海湖》《金田》《诗刊》等报刊、网络上发表着一篇篇文学作品。

岁月流金，光阴如梭，深情总是太浓，时光却是匆匆。回望过去，感谢《青海日报》，当年为初涉社会的我提供了放飞梦想的星空，让我领略到文学园地里的风景。发表一篇文章，也许对专职作家来说并不起眼，但对于我，却是意义非凡。谢谢你，给了我一双美丽的翅膀，因为你催生了我追求文学创作的梦想。为了这纸间情缘，我也必将怀揣理想，与时代同行，继续一路飞奔！

时光如河，往事如沙。许多往事都已随风飘散，唯有记忆让我至今难忘。这段经历，虽然已经过去25个年头，由于辗转搬家，我在许多报刊上发表过的文章都找不到了，但唯独这张报纸我一直完好地珍藏着。现在每每整理稿件的时候，翻出这张已经发黄的报纸，心底总会涌起一股温暖、感恩的潮水。期盼有时间或有必要的时候一定会将自己的文章、诗歌整理成册，付梓出版，也一定会把我在《青海日报》发表的这第一篇文章放在最前。

张爱玲说："夜深闻私语，月落如金盆。"今夜，西宁的天空没有星月，秋已深，夜清冷。沉寂的夜载着无声无息的大地，深邃、辽远。这种时候，彻骨的感受是:岁月如斯地过去了，生命的列车轰轰地向前开，从异乡驶向异乡——生活中的许多故事被颠簸了、丢失了，然而，总有一些事，是终生难忘的!

回首，是为了更好地前行。岁月如歌，征途如虹。难忘1995，感谢《青海日报》。

梨花一枝春带雨 含情凝睇歇春园

一

今夜，我的思绪与黄河无关，与村落无关，与玉皇阁无关；我的思绪与梨花有关，与贵德有关，与我的生活有关。

时间总是走在人的思绪里。许多个春天的晚风中，当一个人静静地在城市公园小径上行走时，时常会想起许多人和事，那一片梨花的世界总是点缀在我的记忆深处。

儿时，我家住在有着青海"小江南"美誉的贵德县城城北村。城北村离黄河最近，每到春天，河岸高地的田野上到处是视野穿越不透的层层梨花。梨花那幽幽的香，洁白的瓣，芬芳扑人心怀。尤其是梨花带雨时的娇羞，真有着摄人魂魄的柔媚。无论是景还是人，都是那样的美，那样的真……儿时的家园和我现在生活的钢筋水泥的空间相比，已成为奢侈的梦。

那时的贵德县城还没有现在这样繁华。在城北，完全是古朴的农村田园牧歌景象；在城北，狗吠深巷，炊烟袅袅应该是那里最具特色的景致；在城北，从父亲光荣离休选择居住在这儿的那天起，我的少年时代就开始在那里悄悄度过……

今夜，北风又路过这寂寞的城，昏黄的街灯拉长我的身影。又记起，邻家小院里那几棵有许多年成的长把梨树。

那些梨树很高，枝丫越过庄廓围墙，延伸到我家院子的上空。每年春天，梨花盛开的时候，透过窗户就能看见缀满白色花瓣的树枝在风中摇曳。站在我家院子里，抬头往上看，梨花像朋友似的尽情展示它的魅力，诱惑我不再走出院门。于是，我就在梨花的花开花谢中或喜或悲地慢慢成长着，以至于在我的性格里，或许有着许多梨花的情结，妖而不艳，哀而不伤。

有道是：心有千千结，窗外翦翦风。

二

在我的记忆里，贵德给我的最初印象是古朴和美丽。古老的土城墙上曾经留下我们儿时攀爬的足迹，巍峨的玉皇阁上凝滞着我翘盼的目光，清澈的黄河岸边留下了与父亲的父子之爱以及我最初的恋情……

和风习习的春夜，母亲会把家中的方桌搬到院里的梨树下，让我和妹妹做作业、温习功课。母亲在一旁做些针线活，而慈祥的父亲会坐在我们的旁边打开他喜欢的小收音机听我们的家乡戏，有时我也会躺在父亲怀里，听父亲讲他当年在战场上打日本的故事。这个时候，会有零星的花瓣落下来，轻飘飘的，落在头发、肩头和衣服上。每当这个时候，我就深感自己是多么的幸福，心里就盼望着这长把梨能快快长大，盼望着长把梨早日成熟，到那时一定要吃个够。

果子成熟的日子终于到了，一口咬下去，脆生生，甘甜多汁，嚼起来满口生香。父母这时就从村民那里买来许多，放在厨房的缸里，一直可以吃到过年。那时候人们的生活水平不高，很少买水果，价廉物美的长把梨恰好弥补了这些不足。

后来，我的父亲，在七十岁那年，突然一病不起，最后撇下母亲和我们永远地离去了。

在每个宁静的夜晚，父亲踩着我的泪痕，带着无数美好的回忆入梦而来。在并不清晰的梦境里，我无数次梦见在那开满梨花的树下，和慈祥的父亲在一起玩耍的情景。那些开满梨花的记忆，一遍遍在我的眼前播放，我在静夜中独自体味任何人也无法挽回的生离死别和思念所带来的苦涩与心酸……

让我纠结的，还有那犹如梨花般的初恋。那时，正是情窦初开的年龄。她身材娇小玲珑，肌肤如雪，纤手香凝。一袭粉色衣裙，墨色长发在风中飘扬。特别是那水一样清澈的双眸，笑起来时，如一弯新月，她给我的感觉，清水出芙蓉，天然去雕饰。那份清清纯纯，让我难以忘却。在很多个日子里我们在那些老梨树下，在梨花淡淡的甜香里说笑，享受着初恋的甜蜜。

我们曾经约定，如果有缘，毕业后的某一天一定相约在梨花盛开的树下。然而经过了多少个梨花的开落，我所爱慕的女孩却再也没有到来。是她早已忘记了我们之间的约定了，还是她已飘落他乡？我无法知道。我满怀愁绪，仰望着满树带着雨滴的梨花。思念就像那满树雪白的梨花，灿烂而又美丽，可面对着满树的梨花，我却不知该怎样诉说心里那浓浓的牵挂和寂寂的落寞。

梨花开了，伊人却不在……

梨花落去，伊人依然不在……

"去年今日此门中，人面桃花相映红"，在梨花的开落之间，我想"我哒哒的马蹄是美丽的错误，我不是归人，是个过客"，往事随风，知与谁共。

在贵德，在城北，在黄河之畔，在老梨树下，我深深知道再美丽的花朵也挡不住岁月的侵袭。梨花凋谢的时节，花瓣零落成泥总会惹起我无端的惆怅和忧伤。我深深知道既然曾经爱过，又何必真正拥有。只是那十六七岁的年纪是难以挥去如花一样美丽的哀愁，只是当时真的有些"为赋新词强说愁"的勉强，又有些来自内心萌动时情窦初开的感伤。我甚至曾经在春寒料峭的时候，将那满地的落英无数次轻轻扫起，如黛玉葬花般将它们埋在菜园的一角，然后对着枝头渐渐长大的叶子怅怅地呆立半晌。

擦干心中的泪痕，还是留住自己曾经的孤独往事。如今才真正明白爱并不是一种罪过，恨也不是一种解脱。走在风雨中我不想回头，让自己不再难过，让自己习惯寂寞。

那些美丽总会模糊在一片晶莹的泪光之中，只能留给记忆或者是回忆，而唯一真实不变的，久久不能逝去的应该是贵德的梨花。

"花瓣雨，飘落在我身后；花瓣雨，就像你牵绊着我，失去了爱，只会在风中坠落"……

有道是：梨花一枝春带雨，一别音容两渺茫。

三

有诗赞叹："香风百里梨花雨，莫道高原不江南。"每当贵德黄河两岸梨花盛开的时节，满城梨花，婆娑婀娜，朵朵梨花恰似个个精灵，吸引游客赏花踏青。

贵德县城欣赏梨花的最佳景点首推县图书馆。图书馆院里梨树高大集中、古老肃穆、素洁而淡雅，每当花季，浓香满院，人走进去如同被梨花包裹。县委党校院子和贵德县中学校园也是赏梨花的绝佳去处。

而我独喜爱贵德县中学的梨树。

这是我中学的母校，母校旧时还有一个很有文化气息的名字，叫"歇春园"。母校的西南角，有一片很大的果园，栽满了桃树、杏树、梨树和苹果树。在校园里最多的是梨树，数百棵粗壮的梨树，树龄都在百年以上。

每年四月来临，天气渐暖，大大小小的梨树，开满一树一树的白花，白得透亮，香得醉人。成群的蜂儿、虫儿飞来飞去，嗡嗡地闹着，嘤嘤地叫着，好不热闹。微风一吹，花瓣片片飘零而下，在空中慢悠悠地打着转儿，悄无声息地落在草地上，落在树下读书的女生乌黑的秀发上、鲜艳的裙子上、摊开的书本上……那洁白的花瓣，让人不忍丢弃，让人不由自主地想捡起一片，轻轻地含在嘴里，吮吸那花的味道；夹在书本里，留住那一缕芬芳，一份淡淡而略带伤感的遐想。

中学的生活是枯燥的，辛苦的。只有周末的时候，才得休闲一会，三五个同学跑到梨园来嬉戏，那时小小的梨园就成了我们的乐园。有几个调皮的同学擅长爬树，"刺棱、刺棱"几下子就爬到了树梢上，开花的时候会摘几朵花，含在嘴里，然后匆匆从树上"刺啦、刺啦"滑下来。千万别遇到那些绷着脸的老师，否则又该骂人了："那梨树刚开花就摘啊？怎么不爱护学校的花草？"最快乐的时光要数梨子成熟的时节，傍晚时候，校园里行人渐少，瞅瞅周围没有人，三下两下爬上梨树，偷偷摘几个梨子，大口大口地嚼着，连梨核都懒得吐，那可真是人间的美味。或远远地用砖头土块儿投，等树上落下果实，树下的男女生，争着跑过去捡拾，撒下一院子比长把梨子还甜的笑声……

今夜，我忽然想起母校——歇春园。时光匆匆，在梨花飘落的光影里，一晃二十多年过去了，我的恩师们还在吗？校园里的老梨树还在吗？在这灿烂的春光里，梨园是否还依然繁花似锦？是否还能看到嬉戏学子的身影？那棵棵老梨树，那随风飘落的梨花，那走过梨树下的岁月，在我的眼前渐渐模糊了……

　　有道是：一树梨花一溪月，不知今夜属何人？

四

　　二十二年后的春天，是高中同学的一次聚会，同学相聚去看梨花。虽然略微晚了几天，我还是看到了满眼的繁华，徜徉在如雪的花海里，感受着美好的春光，让人不禁想起"梨花似雪草如烟""千树万树梨花开"的美妙诗句来。我忽然看到妻轻轻地捧起一支梨花，慢慢地放在鼻子前贪婪地嗅着，那么入神沉醉。妻，是最善解我意的女人。她说，在那个梨花怒放的季节里，如果我没有那些经历，我又会成为一个怎样的男人呢？

　　那圣洁的梨花，在春风的吹拂下，洁白似雪啊！片片花瓣，在空中雪片一般的轻舞，迷蒙了视野，迷漫了我的记忆……

　　我爱梨花，不只是因为这洁白，不只是因为这飘逸，不只是因为这温馨，不只是因为这飘落的灵动，还因为梨花在我的记忆中占据重要的位置，承载着我青春的记忆，蕴含着太多的温馨。

　　今天我含情凝睇歇春园，任凭梨花飘落……

　　今天在黄河之畔，我在大水车下沉思。

　　故地重游，我发现我的心源依然在贵德，她就是我生命的太阳。无论走了多远，无论我的乡音有多大改变，无论我的心灵有多少伤痕，蒙受多厚的尘垢，贵德、贵德的梨花都能为我清除心灵的污垢，平复创伤，让我重新天真、纯洁、豁达、善良起来，感谢你贵德，贵德的梨花。

　　听梨花飞舞的声音，像天使的翅膀，划过我幸福的过往。爱曾经来过的地方，依昔留着昨天的芬芳。那熟悉的温暖，划过我无边的心上，相信你还在这里，相信父亲还在这里，相信最亲爱的人还在这里，相信情谊还在这里。

　　梨花漫卷，时间离去了，我的记忆，从不曾离去。

　　正可谓：梨花淡白柳深青，柳絮飞时花满城。

保姆姨娘

　　我姥爷患糖尿病，继而双目失明，家中没有一个人能整天照顾他。不知是谁介绍的，她来到了我家。母亲用挑剔的眼光上下打量着：面色蜡黄，人也显得单薄，老远就能闻到一股很冲的炕烟味儿，并且只有一只眼睛。母亲本不打算留她，但终于经不住她那一只泪水扑簌的眼睛，最后决定先试用一个月，待遇是管吃管住，月工资三十元。

　　她叫金莲，是从很苦的地方跑出来的。我姥爷和她，两人只有一只眼睛，而她却很懂老人的心，买来的东西，哪怕是一把香菜，也让姥爷摸摸闻闻。她还时常领着姥爷上街去溜达一下，去理理发、刮刮脸。

　　一个月很快过去了，母亲却没有提要辞退她的话，她便在我家待下来，而这一待便是两年。

　　她的身世，我断断续续地从她和母亲的闲谈中听到一些，她丈夫好赌，输了钱就打她和孩子（她的一只眼睛大约也是被打瞎的），于是她从临夏跑到青海，临走时她给三个孩子留下一句话："阿娘（妈妈）在外面站下（站稳）了,再来接你们。"

　　她不识字，唯一的专业技术就是纳鞋底。她很能吃苦，农忙时，一个男壮劳力也顶不上她。她是个闲不住的人，将我家不大的园子犁开，种上蔬菜，又养了二十多只鸡，还从菜市上捡来一袋袋烂菜叶，剁碎、晾干，拌在鸡食里。她的理论是："光喂麸皮，鸡不下蛋。" 在厨房里，最令她得意和自豪的要数擀长饭，先将和好的面团擀得很薄，然后折起，一刀一刀切下，细如银丝。这手绝活不知被谁传出去，邻居们纷纷上门来要求看一回，吃一碗。

吃斋念佛是她生活的一部分。每天早晚，她都会在园内点上十二炷香，东、南、西、北各磕十二个头。有时她会一个人背几段《劝世文》，有几句至今我还记得："一劝贤良及早修，莫在红尘浪里游……"她一直和家里有联系，书信自然是由妈妈代写。有一天，妈妈拿回一封电报，她阿娘（母亲）去世了。金莲大哭了一场，哭完，她决定动身。这天夜里，她将我家里一切该拾掇的都拾掇好了，早晨临走时，还拌了一大盆鸡食。

她走后的二十几天里，姥爷和妈妈天天都在念叨她，妈妈甚至说，几回梦里都梦到她了。再过了几天，她终于风尘仆仆地回来了。

妈妈紧紧和她坐在一块："事情都办完了吗？"

"办完了，我还和他离了婚。"她脸上有别人不易察觉的兴奋。

从此，她在我家待得更安心了，照看姥爷也格外地用心。

不久之后的一天，一个临夏口音很重的男孩找到我家。这是金莲的小儿子，名叫海云。金莲很高兴。可到晚上，我听见她屋里传出说话声："……不要让人家家里为难……你爸再打你，你就到阿舅家去。阿娘一定接你回来。"

第二天，海云被她打发上路了。她的眼泪顺着脸颊淌了下来……

两年后，我姥爷去世。金莲也由妈妈介绍，嫁给了本地一个朴实的农民，日子过得还富足。她常来看望我们，拿上一个按当地习惯做成的大馍馍，几个鸡蛋或一些自家种的蔬菜。那年春节，听说她大儿子也来了，于是我提了礼品，走了近一小时的路程才来到她家。她将我让进屋，我规规矩矩对她行礼，甜甜地叫了声："姨娘！"金莲还是像往常一样亲昵地叫着我的乳名……

这些年，我远离故里在外工作，已有好多年没有见到她了，而我却时常想起她，我的保姆姨娘。

母爱如海

当一个个小生命呱呱落地的时候，当一个个幼小无知的婴儿经过艰难的人生历程，成长为一个个有识之士的时候，我们身边总有一个最亲近、最关心、最疼爱我们的人，可以说没有这个养育我们的人便没有我们，我们亲切地称她——母亲。

天底下最宽容、最深厚、最无私的爱恐怕就是母爱了，古今中外演绎母亲、母爱的经典比比皆是，感人肺腑，荡气回肠。然而，在普通人的生活中自有普通的故事、普通的爱。情感所至，溢于言表。

母亲是北方人，她虽身材较矮小，但在我心中却是伟大的。母亲儿女很多,她将希望、未来留给我们，将晚年留给自己。

母亲没有文化，话语不多，说着一口浓重的方言，但每每说话总是让人感到很亲切，很甜润。母亲总是很疼爱我们，特别是我，也许因为我是她最小的儿子，每每总是关怀备至，加倍爱护。

一件盘扣的中式妇女装是母亲的最常打扮。母亲一辈子很苦，活得很累。父亲总是忙于工作，母亲很能干，一人操持着家务，却从无怨言，默默地带大了每一个孩子，辛劳地度过很多个不眠之夜，甘愿过着清贫的生活。

母亲最大的嗜好就是喝茶。在空闲之时沏上一杯酽酽的浓茶，津津有味地品着，有时将茶叶秆放在嘴里嚼，这是她唯一的乐趣。

我真真切切感受到伟大的母爱时，是在父亲永离我们而去的时候。那年我 18 岁，妹妹 15 岁。说起母亲，就不得不使我的思绪走向怀旧，回望从前。

母亲年轻时跟随作为军人的父亲四处奔波，年老时料想能过上好日子，但父亲的去世对母亲的打击很大。父亲去世后的很多个日子里，我记得当时天空的雪，落得像梦一般。母亲消瘦不堪，双眼塌陷，终日总是默默地落泪。可以想象，这需要多少坚强和隐忍。每当母亲哭泣时，我和妹妹也禁不住号啕大哭。我知道母亲很伤心，同时我也知道我们以后的日子是如何的艰难。这种艰难是拥有完好家庭的人所不能体验的。那些体会都是苦涩滋味。

父亲的离去，好好的一个家变得残缺不全了。我独坐家中默默无语，母亲更是偷偷落泪。这样的日子持续了很长很长时间。我们艰难地过活，度日如年。母亲很发愁，她节衣缩食，但有什么好吃的总是做给我们。她为我们亲手做鞋，为我们亲自剪裁做衣，母亲活得很辛苦。现在想来我的记忆是如此深刻，我当时的无奈是如此真实。好在哥哥姐姐已工作，家里的担子被她们默默承担了一部分。母亲也没有倒下，像屹立在我家院子的一块磐石，挡住了风风雨雨，传送给我们温暖而美好的母爱。

母亲和父亲很和睦。父亲去世后，每每大家聚在一起吃饭的时候，心情好时，母亲才爱说话，但都是对父亲生前的回忆，一说起来她总是停不下来。母亲后来信佛，每逢初一、十五她总是很虔诚地点上香，跪拜神灵。并在父亲的遗像前喃喃自语，我深知母亲很怀念父亲，我也知道，母亲不仅仅是祈求平安，更是希望我能早日有一个好的生活。

母亲越是揪心，越是悄悄地流泪，我就越是难过。后来我参加了工作，走上了一条属于自己的路。这条路很漫长，为了不辜负母亲对我的希望，我努力着、拼搏着。在工作和学习之余我想念着母亲，思念之余便是落泪。我深知母亲的苦，为此我很内疚。母亲多次让小妹写信告诉我一定要努力工作，说她不需要我的任何帮助，家里更不需要我来操心。无数个夜晚，我想念着母亲，想着母亲是不是又在为我操心流泪。作为她最疼爱的人，我心中很是难过，因为我不能去分担母亲的忧愁，抚慰母亲的心灵。母亲啊，在你的心海里，那么多的慈爱，那么多的关怀，有多少我能理解，又有多少我能报答。

每当假期结束，我要离开的时候，母亲总是为我整好行囊，出门远送，老泪横流，每次我总是趴在母亲的肩头泪流满面，心中无数次地呼喊："母亲啊！您可否知道，您的怀抱是我最甜蜜的港湾。"母亲替我拭去眼泪，对我说："你要争气，家里别操心……"每当车开动的那一瞬，我的眼泪簌簌而下，俗话说，"母在不远行"，而我只能无奈地任那车轮碾断我的眷恋，只能在每一个不眠的夜去回味对母亲的那份牵挂。我深知在感情的王国里，母爱是最坚固的领地。

现在想来，没有那时易痛易哭的苦难，没有母亲的抚慰、关怀和慈爱，也就没有我今天这样温暖的家。我给予母亲的甚少，母亲对我们的养育是我一辈子也偿还不起的，母亲现在已经年老体迈，但身体康健，这也是我们做儿女的福分。

有时想来，我的母亲是那样的平凡。然而母亲给予我的却是那么丰厚的爱。在远离梨花开放的城市里，每每夜深人静，当我又想起母亲的时候，我不仅更加懂得了关爱的含义，更重要的是我理解了奉献的内涵。而今母亲老了，作为最小儿子的我必须让她享受天伦之乐，度过最后的时光。让我对母亲有一次报答的机会。唯有这样，我才能在未来的远行中心安理得。

其实，也并非只有我的母亲对子女是那样的关爱、体贴。因为母爱如海。母亲之于我是一种传统、一把标尺、一个基座、一种象征。母爱是情感中最神圣的字眼，母爱是温暖，是和谐，是感动，是宽容，是关心，是付出，是理解，是帮助。母爱为我们的心灵绽放着一朵朵七彩的鲜花。这个世界因为母爱而更加美好，而我们每个人都在不知不觉中享受着这份人间的真爱，于是生活也因此更加温暖，更为灿烂。

"谁言寸草心，报得三春晖。"多少人歌颂过这伟大的母爱，但又有多少人真正理解母爱？母亲生命中的每一朵花，都是为了我们而开放。是母爱驱散了我们心中的乌云，是母爱使我们认识了感动，母亲只有付出不求回报，她只希望我们这一生快乐、幸福、平安。

记得约翰·列侬在《MOTHER》（母亲）那首歌中用极其哀婉深情的声音唱道："妈妈，您拥有我而我却得不到您，爸爸，您离开了我而我却时刻未离开过您。我多么需要你们，而你们都舍我而去……"听到这里，谁都会为之感动。是啊，在成长的过程中一个失去亲人的孩子，在他受到伤害时，没有母亲为他抚平伤口，没有父亲的智慧为他深谋远虑……这是怎样的悲哀啊。

今夜，当我在灯火阑珊的繁华都市里再度郁闷孤寂时，我想起了生我养我的那个黄河流过的小镇，不因那儿的风景秀丽，不因那儿的河水清澈，我的依恋源于一种亲情，一种浓得化不开的母爱。妈妈，今夜可好。你可知道，儿子在想念着你。"天上的星星不说话，地上的娃娃想妈妈，夜夜想起妈妈的话……"母亲，在这春天柔柔的细雨里，你又在对远方的儿子说些什么？

真正的母爱如河流，如潮水，愈深愈无声，而心灵的另一半就是感悟爱的存在。天地间的每一个角落都传递着爱的信息。生命是阔美的，生活是阔美的，有母爱的世界真好！

母爱如海——母爱永恒！

纪念碑下的思索

你以一种古老的方式，巍然矗立；你以一种新的精神，不朽挺拔。

你的出现，注定要经过一段曲折的经历。不是功业的艰辛，便是天翻地覆的大事，于是你往往成为人们历经艰险，树立丰功伟绩的明证，成为血与火洗礼后的旗帜。

小的时候就非常仰慕纪念性的东西。父亲曾珍藏着好几枚纪念章，我清楚地记得有解放华北、解放西北的纪念章。为此我很骄傲，这是父亲经历炮火的印证，是在硝烟散尽后留下的永久纪念。每当我看到它们时，那离我远去的年月就会清晰地展现在我的眼前。岁月从心头荡起心声，犹如一面镜子，激励着我，鼓舞着我。

后来，我知道了人民英雄纪念碑，每当在电视中看到它我便肃然起敬，抚今追昔。于是心中向往着有一天能够瞻仰这座英雄之碑，心中也渴望着，有一天在我生活的这片大草原上能有一座丰碑竖起。

就在我成长了 24 年后的那一天，就在塘格木农场建场 38 周年的那一天，你拔起于芨芨草丛生的大地上，成为这里最高大、最雄伟的建筑和风景。但我知道这座碑的价值和分量，这是塘格木人"4·26"大地震抗震救灾后用热泪筑起的崇敬。

该用怎样圣洁的感情，深情地呼唤你并讲述你存在的意义，我们很难诉说。这座庄严的雕塑，刚毅中有深沉的、无言的酸楚，有转过头去滚落的热泪。你的出现，便成了一道风景来点缀这里的单调和枯燥，但你又不同于其他的风景。你产生在这样大的地域里，会勾起人们一度的伤感和怀念。记忆可以尘封，而历史不会。因为塘格木人不会忘记那一场地动山摇的大劫难。

你是塘格木人指证天灾的明证，是全国亿万人民抗震救灾的永久记录。

当我看着面前这碑石，心中总是感慨万分。我常常怀着敬畏与感激的心情去感受这座伟大之碑，你存在于我们的身边、我们的心里。你时而如高天流云，行走于茫茫宇宙，时而如警语谶言，潜伏于人们的心底。你头顶上的塑像成为塘格木人的象征，成为艰苦创业、顶天立地的代言。

当我走在这块儿我生活过，父辈艰苦创业、奋力开拓的土地上的时候，我被这土地深深地感动。当这片土地上的纪念碑俯视着我们，守护着我们，使我们镇定，给我们力量的时候，我被这纪念之碑所倾倒，为这种精神而自豪骄傲。

每当我徜徉在你的脚下，仰望你的形象的时候；每当我停留在你的脚下，沉思你的经历的时候。你总让我想起了过去，想起了父辈们为这片土地而洒下的汗水和鲜血，想起了农场创业的艰辛和我们这一代肩上的重任。心中不禁有些怅然。但当看到你那磅礴的气势，你那顶天立地的形象时，给人的不再是伤感，而是雄壮与伟岸。

在你身上，我看到的是光明，无边的光明，你将激起多少人对美的追求和对生活的渴望。你既然屹立于这样一片英雄的土地，你便是一道风景，且是永不褪色的风景，此时太阳以鲜明的意象，重新标出农场的高度。在地平线上，崛起巍峨的群峰。千峰之巅，碑映旭日红，万顷云涛溅在你的脚下，云空因你的支撑才不致覆灭。

麦苗和希望因你的存在而生长。你是火炬，是马嘶，是军号，是肩膀，是脊骨，是眼睛。你将农场人的奋斗史镶进石头，凝成故事，铸就历史。

纪念碑啊，纪念碑。你视坎坷为平坦，变不幸为大幸，你就像在黑暗中看到光明的人，重要的不是对周围环境的适应，而在于对自己命运的驾驭；重要的不是对朴素人性的完善，而是对正直人格、精神的升华。

石头是不朽的，塘格木人的信念和精神也是不朽的。我知道这碑是塘格木人的一段历史。没有纪念碑就无所谓昨天，没有昨天就无所谓今天和明天。纪念碑是本教科书，让我们把精神读成文字，纪念碑是个过程，我们从这里出发走向新的丰碑，我们用崇敬、感伤去烘托伟大的基石，一如这废墟上奠定了信念的建筑，我们不断地追求，寻求一种伟大的归宿。

一个人和一种精神足以令人思考，细细咀嚼，我们看见塘格木人正以一种崭新的姿态，出现在人类生命的曙色之中。纪念碑，宿命不变的感伤主题；纪念碑，宿命不变的信念内涵。昨天就是昨天，今天就是今天，为了今天我们才想起昨天，甚至为了明天才回顾昨天。我们回顾岁月的历程，其实就是寻找、继承一种精神。历史是一种精神，古今忠勇之士是一种精神，塘格木也是一种精神。回忆渐渐陌生的面孔，重温渐渐温暖的土地，颠簸的脚印指证流离的岁月，最壮观的景致正在渗透塘格木人的心扉。

以苍老的目光游移岁月的肌体，以青筋暴突的赤手抚摸暮秋的五谷。我们如同维护自身本能和反应一样维持一条古老的圣训：逆水行舟，不进则退。碑昭示沧桑，让人们看到塘格木人步履的蹒跚，碑是创业者发出的指令，使我们后起之辈不能不动容。

余秋雨先生说得好："没有悲剧就没有悲壮，没有悲壮就没有崇高。雪峰，是伟大的，因为满坡掩埋着登山者的遗体；大海是伟大的，因为处处漂泊着船楫的残骸；登月是伟大的，因为有'挑战者'号的陨落。古希腊傍海而居，无数向往彼岸的勇士在狂波间前仆后继，于是有了光耀百世的希腊悲剧。"今天纪念碑的拔起，正是塘格木人创业、敬业精神的再现。

以太阳的炽热，我们的目光把碑上的名字抚摸；以万般的崇敬，我们在满怀热情中沉思。我们用双手铸就历史，树起更为壮美的风景，营造最精美的细节，让人们去希望，让岁月去期待，我们仰望丰碑走向我们憧憬的路。

废墟上的春天

　　12年前离开塘格木的时候，记得是在秋天。

　　那时她在我眼里很美。当时树叶已黄，小麦和青稞将收。一起长大的朋友、同学问我："你还会回来吗？"我不假思索地回答道："一定会回来，回来看你们。"

　　也许是应验了这句话。12年后我真的又回到了塘格木，又回到这片生命的荒滩，这泊着一汪岁月，父亲建功立业，养育我童年的故土。回来的时节又是秋天，是来看望我的哥哥。

　　即将踏上这块阔别多年的故土，一路上我遥望着这朝思暮想的故土——这曾经熟悉又陌生的塘格木。我设想着故土的景象。然而当我透过车窗，看到的却是一番难以想象的景象，到处是残砖断瓦，满目凄凉。街上行人无几，一个个愁眉不展的样子。我知道这是那次地震带来的不幸，我突然发现自己比任何时候都更透入骨缝地感到这里的荒凉，当时这里已是风吼土扬，无一丝绿意的深秋景象。我犹如置身于魔鬼的世界，随时都感到一份客居异地的孤独、恐惧和愁索。

　　在哥哥家，只住了十余日，我就像避瘟神一样逃之夭夭，我只觉得这已不是我的故土。我说不清楚我对这里为什么会有一种无法言喻的陌生和隔阂感，我不愿重来。哥哥却说："等到春天再来，那时的景色是一年中最美的。"当时我怎敢相信，因为我根本就没有看见一丝如绿的希望。

　　命运是捉弄人的，它安排着我，我注定要来到这里。两年后我真的又来了，是来工作的。到这曾经向往，现在又厌恶的故土。回来的时候是春天的四月。

当我再次下车，我为之惊讶，如大梦初醒，看那青翠的白杨，碧绿的良田；听那马达的轰鸣，山雀的叽喳声。春天，我看到了！这里的春天的确很美，很美。只是僻远。

我怀着疑惑的心情，走在这往日一片废墟的土地上，我巡视着、眺望着。那新起的办公大楼、影剧院，如公园般的校舍，整齐的住宅区，令我目不暇接。一切都变了，一切都那样清晰，似在梦中。期待中的春天真的到来了，我的心也被震撼了，由朦胧变为现实，由惶惑转为坚定。这是我领略到这废墟上的春天最初的感受。

之后我便开始了新的生活，在这春意盎然的日子里，我感受着春天的一草一木，新人新事。我从废墟上挖掘着我常常引以自豪、聊以慰藉的春天故土的气息和意义。我在人群中寻找着，从人们的谈吐中倾听着那地震中长歌当哭的可歌可泣的故事。我眼前展现出一个个奋进的身影，一种拼搏的精神，一种重建家园的顽强意志。

在那些日子里，我常常听到值班员老张头激动地说："塘格木能有今天这样一种繁华的景象，那是源于我们的国家、人民的大力支持和帮助，更主要的是塘格木人坚不可摧的精神。"他的声音暗哑但很坚定，从他身上我看到了我要赞美的人，于是我慢慢懂得，塘格木的春天来之不易。

这里的风景朴素、自然。但如果没有塘格木人，也许会变得更加单调、枯燥。灾难又何妨？只要有了崇高精神的人出现在这片荒原、这片废墟上，就会有更好的风景。春天来了，塘格木人迎来了精神的春天。

你看那穿着笔挺的干警，那街头谈笑如花的姑娘，那洒脱英俊的小伙。你看那繁华的市场，东西应有尽有，人流如潮。七八种方言在不同的角落响起，人们的脸上带着春的甜美、幸福的暖意。我曾问一个姓李的老工人，"你觉得现在农场怎么样？"他说："好啊，我永远也忘不了地震中官兵的奉献和地震后大家建设的努力，我本想退休，但看到这样的前景，我觉得我还能干，为农场出最后一份力……"他说话时眼里闪动着希望，这怎能不让人激动呢？

在废墟之上，我终于看到了盼望已久的春天。这是一种永不褪色的春天，一种不屈不挠的农场人精神的春天，希望在延伸，精神在崛起。在我永不肯离去的故土，塘格木人，这群顽强的高原儿女，一定会在不远的将来再创奇迹，重铸辉煌。

九月，织锦的日子

——献给第九个教师节

九月，织锦的日子。风随云荡，云随风飘。

白云间射出几缕光辉，映照着我们的校园，仿佛是孔子圣灵的启示。婆娑的白杨曼舞轻柔，似欲乘风飞去，以长长的手臂招引莘莘学子；恣意的小草借着野性疯狂地舞蹈，展现出生命的柔姿。可谓"此中有真意，欲辩已忘言"。

九月，织锦的日子。晨光中的校园散发着美妙的意境，在这知识的殿堂中，更显得色彩斑斓。无论古今中外，苦乐悲欢，都在教与学的氛围中加深了个中的神秘。九月我们的校园是一片青春的聚集地，晴朗的心情，使这里的一草一木都充满着朝气和活力，秋天的日子孕育着美好和丰富。且不问百里征程，是否不醒归路，每个投入这一块圣洁之地的人们，都用全身心在拥抱着自己的理想，这拥抱使他们感到一种如醉如痴的愉悦。

九月，织锦的日子。是圣洁的日子，伟大的日子，值得庆贺的日子。在这九月的日子里，蕴含着一个神圣、伟大的节日——辛勤园丁的节日。九月的日子是双喜临门的日子，因为在这神圣的日子里，同时又意味着一名年轻教师生命的年轮上又划出一道清晰的轨迹。

九月是一本教科书，既然已经打开，就应该读懂；九月是一幅风景画，既然已经走进，也就身在其中了。当你参与了人生这一神圣的过程，你的心情坦荡而充实。

九月，织锦的日子。这是生命价值所在，辛勤的园丁，人类灵魂的工程师，愿守清贫谈富有，愿以清高论文武，愿这短暂的、绚丽的日子永远闪光，赢得精神的不朽。

路上的脚印或许会被淹没，一如我们即将物化的生命，而撒在路旁的种子也会开花。

看看生活

当那站在你与我之间的日子，俯首向我们作最后告别的时候，我们发现那才是生活。

而我记得，你和我一样，曾经走在那落叶铺成的小径上狂歌乱吼一番似为幼稚送葬，也曾无端地黯然落泪，故作深沉，认为这就是生活。因为我们眼中的生活是神秘的，因而感觉快乐的时候则是生活，失意的时候就不是生活。

于是在凄凉的、喝了酒后的夜晚，便各带着空虚的心情静静地坐在黄河边，妄图能找些生活的感觉。

于是在每个不眠的夜晚，聚在你的小屋中开始了一杯茶一支烟的历程。我们或嬉笑、或沉思、或感慨、或像哲人一样用实践经验探寻、研讨生活，而最终毫无结论，便悻悻而归。

于是，该拥有的不能拥有，不该失去的又已失去。接着便诅咒生活，认为自己生活在阳光照不到的角落，因而觉得生活毫无意义。面孔一直冷酷，情绪一味低落，狂躁中只能靠一点酒精的麻醉才能够睡去。为此，开始无端地咒骂：他妈的，什么是生活？

不知道日升月落、周而复始是不是生活；不知道你来我往、你言我和是不是生活；也不知道吃饱了不饿，是不是真正生活的情节。也许它们都是，但又不全是，也许他们都不是，但又不得不承认至少也代表一种什么。

后来大家都无言，后来当你和朋友都为生活而奔忙，我开始沉默并且寂寞，然而沉默的心又不甘于寂寞，接着，我便努力塑造出一个全新的我。然后才知生活最沉重的负担不是工作而是无聊。因而加倍去捕捉生活的完美，而后感觉生活是如此自然而真实。

　　其实，生活也不艰难，就像你给群鸟以歌曲，群鸟也报之以歌唱。

　　原来，生活就是生活。

明天从今夜启程

今夜你仍居于斗室，在黑暗中沉思你一年来走过的历程。你知道，过了今夜明天将要升起一轮新的太阳。

你依然如同往日，静坐于书桌旁若有所思。新年至时，你才觉得以往的一年好长好长，是怎样度过的，现在竟全然不知。如今该怎样迎接明天，你的想法很多很多。

窗外，夜很静。偶尔听到几声狗吠。远处几盏路灯不知疲倦地亮着，感觉比往日更辉煌一些。你毫无睡意，静坐如禅，似乎在聆听明天的脚步。

你深知，今夜不同寻常。于是你带着对昨日的留恋，步出你的小屋，在夜幕中感受夜的精灵给你的馈赠，然后深深地回味。

你走进那片白杨树林。这里的景物你熟悉得不能再熟悉。你过去的日子刻在树干上，你的身影印满了每一片落叶。

你独坐在那块地的尽头，寻找人生的真谛和诗的灵感。你唱着子夜的歌，感悟这一岁里得到的和失去的。你很悲伤，因为你得到的总是太少太少，而失去的却太多太多。可你很知足，虽然你很不幸，总没有机缘。然而得到的却是你用巨大的代价换来的，你觉得你的努力定会受到明天太阳的赏识。

白天的雪花纷纷扬扬的飘落到现在，你看到了一片银白，你回味那首不成熟的咏雪的诗。现在你又有了一种新的感悟，你认为雪的作用无疑是为年终交出一篇干净、利落的总结。为此你也必定会深思熟虑，为你一年的生活作结，为你在雪霁的明天的景色、生活打算。你为此很得意，因为你深知明天将从今夜启程。

午夜独航

现在，一片黑暗之中独处的是你。你很疲惫，像一匹狼穿越秘密的夜之时空，你知道现在你拥有着彻底的平静，这一刻你的心中万般超脱，因为夜是属于你的。黑暗中一切真实的东西不断再现。

昼对于你来说已的确厌倦了，你厌倦了阳光下的争斗和倾轧。为了成功，为了生活，你付出的太多，而得到的太少。

而你的确是爱夜的，只有在宁静的夜中你梦魇的痴语才是真实的，你才能安逸，因为你远离了浑浊纷杂的包围。你从内心中无限感激你所得到的这片领地，你由惊涛拍岸的大海中驶出，而后成为这黑暗之夜的主宰者，在黑暗中寻觅人生的真谛。

在黑暗中，时间和空间离你很远，你独自抚慰着伤口并疗伤止痛，你使你受过打击的每一根神经得以恢复。你远离了闹市，逃避了人群，沉寂中灵与骨如垣壁立。你或流泪，或沉思，或休憩，因为良心与忠诚离你很近，你以苍老的目光游移岁月的肌体，你要在繁星的夜里发现人生的意义。

你能够真实地像个孩子，任泪水在你脸上倾泻；你能够像纯情的初恋情人，不顾一切地追求与狂想。你现在真实又生动，因为在这片黑沉沉的领域中，你主宰着你，你拥有着全部的自我。在黑夜的胸膛里你有一种秘密的欢乐。

我们应该赞颂黑夜。正如鲁迅说的："爱夜的人，也不但是孤独者，有闲者，不能战斗者，怕光明者。"夜是真诚的，最雄壮的仪仗、最渺茫的盛典也会在夜的风景中亮相。

当然，你并不否定不喜欢黑夜。你不可一直居于黑夜，夜必被昼替代。

你也需要灯光,不管是神话中阿拉丁的神灯,还是巴金的灯。你在斗室接受了圣训,你已挺胸、直腰、昂首。感谢灯光吧,你在灯光下已看清你的新形象,你已不再是那原始又孤寂的夜之行者。

　　安慰、鼓励、修整、恢复,黑夜给了你这么多。灯光中的影子正是你未来的形象,黎明从你静候中走来,你不再是一匹暗夜中的苍狼,你用纯正的人的口音向夜报以两声长啸"不为别的,只为那向往中的大草原"。你借着星光出航,即使不被掌声淹没,也不会再哭泣。

永恒的迷恋

猛然从人多的地方来到这人烟稀少的农场，虽说是旧地重回，却常常感到一种莫名的困扰和无限的凄凉。记忆中的岁月却还让人回味，使麻木的灵魂渐渐复苏……

那一望无际的旷野，最令人注目的是挺拔的白杨，这是神圣领地上的标志。一排排崭新的房屋在大漠中就像汪洋大海上升起的陆地。一条小溪从大山背后顺着石头砌成的渠道流淌下来，清澈地流水，是这荒凉地域中生命的源泉。远方纵横千里的良田，夏天，万顷绿波一望无垠，给这广袤的世界增添了多少色彩。那金黄的油菜花发出了诱人的芳香，沁人心脾，让人心旷神怡。面对眼前的一切，眺望着远处那似梦似幻的山色，灵魂仿佛早已飞到了九重天外……美景到处都有，只是需要去捕捉，这就是农场那淳朴、恬淡的自然之美。

秋收过后的田野，联合收割机脱粒后剩下的麦草、秸秆，星罗棋布。天空很蓝很蓝，晴朗而又清凉。白云慢慢悠悠，时聚时散，我情不自禁又唱起了那熟悉的田间小曲《垄上行》，"我从垄上走来，枝头树叶金黄，天空白云几朵，秋风吹来声瑟瑟……"。站在清凉的溪水里，洗着满脚的泥浆，偶尔有几条小鱼游过，触碰脚面的皮肤，简直惬意之极。猛抬起头，斜阳正挥手向大漠告别，溢彩流金，彩霞满天，真可谓"夕阳无限好"。零星的树木变得矮小了，人也在霞光的辐射下自觉渺小了，我和自然界融为一体，竟不觉自己的存在。

走在田埂上，我欢呼雀跃，放开久不高歌的喉咙，为大地落日吟唱了一支歌。呆呆地凝视着那落日，洒下了清纯的泪。我忽然感到生命的洪流滑向无穷。这是大自然的一次慷慨施予，一次混沌初开的点化，那神秘而又质朴的诱惑，勾起了一个农场人多少永不断绝的痴迷和永恒的恋情啊！

中秋，那十五的月夜

记得张九龄曾在《望月怀远》里这样写道："海上生明月，天涯共此时。"

我至今没有见过海，更没有见过那海上明月升起的瑰景，然而此刻"天涯共此时"的那一幕，在我心中确是不难想象的。

不经意中，我已经看到一轮仿佛从水中升起的金黄色的月亮，悄然挂在深蓝的夜空中，现出她那圆圆的脸。

皎洁的月光洒在这恬静的大草原上，映衬着渺茫的大地，枯黄的小草也打起精神，开始翩翩起舞，为这金色的秋天，为这圆圆的月亮。

我默默走在原野上，披着月光洒下的轻纱，沿着尚未收割完的金黄的麦田行走，举头望月，感慨万千。每每触景便产生一些泛滥的意向，又怎奈得"今夜月明人望尽，不知秋思到谁家？"于是，才知今夜明月朗照，也许又是自己生命中又一次希望的轮回。

中秋，这十五的月夜，不愿去看那万家灯火中的喜悦、团聚，只想一个人在静静的月下独坐，在那月下苦苦的追寻往日的眷恋，在明月下期许圆月会带去我的祝福。

不难想象，此时有多少人在举家欢聚，却又很难想象出有多少人像我在这大草原里望月思乡。

秋风清，秋月明，此时此夜难为情。

风轻轻拂乱我的头发，而我临风独立，愿天涯共此时。

"人生得意须尽欢，莫使金樽空对月"，我想：人生有许多事情让我们回忆，人生也会有许多不如意的事情让我们怅然，就让心中的火，燃成往事的韵味，洗却一腔离乡的失落。希望中的圆月一定会有的，盼望中的圆月一定会圆的。

中秋，这十五的月夜。

站在梦想的肩膀上回望

站在梦想的肩膀上回望，因为美好的追求才诞生了无数斑斓的希望；

站在梦想的肩膀上回望，因为坚强的信念才催生了无数坚挺的身影；

站在梦想的肩膀上回望，因为追求与信念完美地结合造就了大千世界的精彩纷呈。

站在梦想的肩膀上回望，我把梦想镶嵌于生命的镜框

圣人孔子毕生都在探讨、钻研、宣传"仁"的思想。他周游六国，困难重重、障碍层层，却一如既往，从未动摇心中的执着和梦想，终于他永久走入青史，历史为他涂了最浓的一笔。

诗仙李白追求诗的浪漫飘逸，放荡不羁，可残酷现实却不断地剥夺着诗人的梦想，直至他的精神近乎苍白和心灵完全麻木。然而李白依旧醉酒中去抽刀断水，拥抱月亮，追逐梦想和诗性的火光。

在那个战火纷飞的年代，沈从文先生依旧怀着一颗未泯的童心和满腔的热情，情真义切地将那细腻柔情的江南小城写成人美、山美、水美的世外桃源。"一派清波给予我的影响实在不少"，他高雅的追求在如水的灵魂引导下未曾破灭，直至他骨灰触及凤凰江水的那一刻起，他才将毕生的梦想与信念赋予一生钟爱的清水。

站在梦想的肩膀上回望，我把梦想作为生命的向往

只要心中的梦想依旧灿烂，心中的信念依旧坚毅，未来就会光明一片。

所以今天你不必为明天的未知和难料而苦恼、胆怯、彷徨，甚至迷茫。

我们有权利也有资本去追寻自己的梦，我们的心田是片肥沃的土地，梦想的种子在那里会成长出最华美的果实。

你是否在怀疑自己资质不如别人而踟蹰不前呢？那你该看一看我们可爱的、全身瘫痪的霍金和双眼失明的海伦，一个在物理界独占鳌头，一个在文学界硕果累累。

你是否在为自己该不该坚持，值不值得坚持而难去难从？那你该瞧一瞧我们坚守信念的海子和不为世俗的陶潜，一个为梦而卧轨，一个为梦而走入田园。

古人已经为我们后人作好了榜样和模范，或许古人在追逐自己梦想的路上因为这样或那样的原因而倒在历史的半途或门槛，不管怎样，展望那条足迹满载、血泪共浸的沧桑路，我们能读懂他们高尚的精神和不舍的信念，这又何尝不是一笔宝贵的财富？

所以，不要再在犹豫徘徊中虚掷青春，不要再在碌碌无为中浪费生命。一个"梦"，如流星般滑入你的心中，你整个人都会精神抖擞，因为他会带给你青春的活力与不绝的激情，回望过去又会激励你去再次追逐梦想，由此，一种源于心中的信念应时诞生，督促你永远向前。

愿所有的人都有自己的梦想和信念，挥洒自己青春的风韵在金黄的土地上，收获毕生的幸福。

站在梦想的肩膀上回望，我必须把向往定格在生命的遥远

梦想轰轰烈烈，向往韵味悠长。如果说，梦想是人生的目标，向往则是人生的信念；梦想是一缸浓烈醉人的酒，向往则是一壶清香淡远的茶。

那脱胎于梦想的向往，是根植在生命内核中的一颗种子，只要有血液仍然在我们的血管里流淌，只要我的生命存在，我的梦想尚存，我的向往就不会死去。而且生命有多远，向往就会有多远。

哲人如是说："生命是一种回音，你释放什么，就会收听到什么。"

书香满屋，悦读人生

于丹说："读书就是滋养自己。"
——题记

每个静静的夜里。看着8岁的儿子朵儿捧着小人书睡着的情景，我和妻都会心地笑着。妻说："这孩子太像我……"，我说："但愿如此"。是啊！书，和我有着不解之缘，我鼻梁上架着的那副眼镜就是书给我的奖励。书香满屋，悦读人生，我相信读书就是对自己最好的滋养。

小时候的我，喜欢看书、听音乐。可那时的经济条件不是很好，很少有自己买书看的时候，总是一毛两毛的在租书摊上租书看，当时看的书也不是什么时下很流行的世界名著等，而是那种有着图画的小人书。

记得那时候的夏夜是最最写意的，靠着路灯搬个小凳坐着，手里捧着小人书，旁边搁着爸爸在井水里冰过的西瓜，一边看着书一边吃着凉凉的瓜，那感觉竟让如今的我还是那么地怀念。怀念那昏暗的灯光，怀念在那农家小院里透出的温暖气息；怀念手中那薄薄的小人书，在昏暗的灯光下散发着历史的幽香；怀念妈妈递过来的西瓜，被井水浸过的、甜甜的、凉凉的味道。原来在那么简陋的环境中看书竟也会是那么地充满浪漫气息。工作以后，爱读书的习惯还是没有改变。读书的环境也好了，有了小小的书房，大大的、暖暖的靠椅，书架上一排排厚实的书籍总让人有充实的感觉。

在丁香花开的季节里，在郁金香绽放的日子里，在静静的夏夜，在有着弯弯月亮的宁静夜晚。沏上一杯香茗，捧上一本喜欢的书，细细地、静静地品读着那些喜欢的文字，慢慢地好像又回到了童年，回到了童年读书时的那盏昏黄的灯下，那个素朴的农家小院，那个有着爸爸妈妈陪伴的读书时光里。

静夜里，避过城市的喧哗和浮躁，拿起书，虽然有很多书都是以前看过的，可再拿起重读时，好像是和一位老朋友在交谈，却又有了新的感觉。让我在夏夜的温馨中重新又找到了读书的乐趣。看着手中的书慢慢地转薄，看着桌上的摘录本慢慢地变厚，心中涌起了小时候读书所没有的成就感，毕竟现在的我读书不光光是为了喜欢，也是为了学习，为了工作，原来这样的读书会让人有充足感，这些都是小时候的我无法感受到的。

随着年龄的增长，渐渐地明白了"读书应该成为人生活的一部分"。只有当读书真正成为你生活的一部分时，你才会发现，读书就是快乐。这无关乎你读的是伤感的书还是乐观的书，只要是一本可以引起你共鸣的书，你都会在书中找到快乐和营养。于是，你会非常注意对自己孩子的培养，儿子朵儿虽然才8岁，但他已然有了读书的习惯，这是我和妻的愿望，但愿孩子能坚持。看着孩子捧着小人书睡着的样子，我和妻沉浸在幸福和希望中。

别了，大武汉

别了，武汉，是又该说再见的时候了。此时，心情也平静了许多，我知道，离开你即是离开炎热。人生的道路也许都只有两种选择。不是选择炎热，就是选择清凉；不是选择繁华，就是选择孤寂……此时我才深刻明白了先哲说过的那句哲言：鱼与熊掌不可兼得。是啊，人真的不能同时拥有两样选择。

我对旅游景点和城市的理解，从来都不是以主观的、最初的感觉来判断。我从来不以花香、树大、景明、山高、水碧、人多论及美景或城市的优美。

走了许多城市，观了无数景点，景美、城大、繁华、良辰美景、香车宝马或花香雨露，也许永远都是一种表象，抑或是一种心情，一种情绪。

所谓的"读城""品景"，应该是一个读书人的本分。逛街、购物、尝鲜虽然必不可少，然而也真是大煞风景的事，如若回回如此，大概他的品位也仅此而已！滤去浮华，思其本真，大概是"读城""品景"之要义。

武汉的美在于它的"厚重"。武汉历来有"九省通衢"之称,是我国少有的集铁路、水路、公路、航空于一体的交通枢纽。武汉市优越的地理位置，成为历代兵家争夺的战略要地。三国时，武汉东湖附近曾是刘备、孙权、曹操进行军事、政治活动的场所，现在留下的有刘备郊天台、吴王庙、曹操庙、洪山宝塔等古建筑。武汉自然风光独特、四季气候分明，拥有大都市罕有的 100 多个湖泊和众多山峦；横跨于武昌蛇山和汉阳龟山之间的武汉长江大桥早已成为武汉的一大景观，从底层坐电动升降梯可直接上大桥公路桥面参观，眺望四周，整个武汉三镇连成一体，使人心旷神怡，不经意间就会想起当年伟人的"一桥飞架南北，天堑变通途"的诗句。黄鹤楼与湖南岳阳楼、江西滕王阁并称"中国江南三大名楼"，有"天下绝景"之誉。登楼远眺，江城景色尽收眼底，令人流连忘返。东湖是武汉的又一道靓丽的风景线，她位于武汉市郊，水域面积是杭州西湖的五倍，东湖盛产多种淡水鱼，其中以武昌鱼最为名贵。

武汉市以其"具有重大历史价值和革命意义的历史文化名城"的显著特色赫然榜上。武汉，武昌、汉口、汉阳三镇鼎足而立。在它的 1700 多年沧桑历程中，最为震撼的事件就是公元 1911 年 10 月 10 日，中国近代史上的那场大变革——辛亥革命。千年睡狮，发出惊天动地的怒吼武汉首义之城，为中国的近代史写下了光辉灿烂的一笔，也为后世留下了诸多值得参观和纪念的革命遗址……

武汉的美在于一个"真"字。武汉不矫饰，不虚荣，不奢华，没有高高在上，没有遮遮掩掩；它不乏姿色但素面朝天，它自有显赫但朴实无华。武汉的美不在于它的一草一木，一花一池，在我的眼中，凡此种种，全世界也都一样，也不值得稀奇。稀奇的是历史，品味的是文化。

游览的目的在于"读景"，在于"读城"，在于读懂"生活"。斯文，于匆匆之间，视为武汉的"读城记"。

就此别过，别了，武汉。但愿再来之日，又有另一种品味。

真想等你把梦做完

傍晚，秋叶落成默语，抬眼坠成灯火。

夜，每样的生活都塑成一种呓语，而我的双眸只能仰窥霓虹成迷失的醺醉。

今夜苍穹镌着古典，而我仰月沉思，提灯冥想，每每触景就是一些苦涩的意象。

今夜，燃不亮的天空，该是古色的失落。

寂静的夜，除了思潮汹涌，听不见别的。

我该怎样渡过今晚那黯然的河流。

记得搬进小区住进新房后的一天，忽然发现楼里有一个十多岁的孩子，他每天背着书包，像别的孩子一样上学，穿过楼道时嘴里咿咿呀呀的，听不清他在说什么，但可以感觉到说话不十分清楚，似乎有些像聋哑人，但又不能断定。起初也并不在意，一是工作很忙顾不上；二是街坊邻居毕竟不是很熟悉。

然而，几乎是每天中午和下午下班回家时，我们俩都会在小区的院子或单元门口相遇。有一次我仔细地观察了一会儿，才发现小男孩长得还算端正，但很瘦弱，只是一说话口眼有些歪斜，说话虽不清楚，但大体还能让人听得明白。

现在想来，我可能与这个孩子有缘。实际上我的为人处世是和众多的城市人不一样的，在城市人眼里，那些破衣烂衫、奇丑无比、地位低下、有损市容的，他们中的很多人会不屑一顾。然而，我却相反。我和街坊老头老太，卖百货、卖菜的、订皮鞋的都有着很好的往来。我没有架子，为此他们喜欢和我寒暄。

　　已经记不清是哪一天了，是在一个下午，当我出门的时候，那个小男孩正好下楼。不经意间出于习惯，我问他在哪上学，他咿咿呀呀地回答道："××巷小学，"我又问他上几年级了，他结结巴巴地说："四……年……级，"当时他说话的表情很复杂，动作也很吃力，于是我知道他是一个智障的孩子。我不好意思再问下去，于是匆匆地离开了。然而，那个小男孩依然在我身后咿咿呀呀着什么。后来我见到院子里有很多的男孩和女孩每天放学后都会在小区的广场上玩，但他们谁也不跟他玩，我时常看见他一个人独自在草坪上玩耍，说着不是很清楚的话，显得很孤独。

　　后来知道他家就住在我们单元的四楼，他的父母都是开出租车的，很辛苦。不久后，为了物业费的事我与他父亲认识了，人很率直也很平易，是我喜欢的那一类。

　　真的记不清是哪一天的中午，当我快走到单元门时，忽然看见那个小男孩正抓着已打开的单元门冲着我在笑，我很惊讶，原来他是在等我，想让我一同进去，省得我再掏钥匙开门，当时我的心情极为复杂。我知道在平时进单元门时，前面进的人哪怕看到后面来的还有几步也要进来就咚的一声将门关掉，竟然不如一个孩子。我想很多人也一定有这样的经历吧，其中真是别有一番滋味在心头。进到家时我感触极深，我突然想起了那句三字经："人之初，性本善"，处于混沌状态下的一个孩子，他保持了那份与生俱来的人的本性——善良，投之以桃报之以李。而我们这些智力正常的人们，却早已慢慢忽略了，或许它还深深藏在心底的某个角落，但却无暇去表达，早已落满灰尘。

　　时光依旧如水流逝，那个不知名的智障孩子，依旧无烦无恼地走着说着，背着书包去上学，忙碌而天真，憨厚而满足。见到我还是那句含混不清的话："叔……叔……好！"我知道，也许正因为我不经意间的一句问话就让他心存感激，似乎也打破了他从来无人问津的孤独。而我也一天天地被他感动，我想，因为他，我已经弹落了心灵上堆积的那层尘土。

　　不知过了多久，今年暑假去贵德游玩，回宁时经人介绍说有西宁的出租车可以搭乘，没想到见了面后竟然是那个小男孩父亲的车，当时吃惊不已，天下的事竟然总有许多的巧合，一番寒暄过后，我们带着贵德的美景上路了。在车上我发现男孩的父亲有些憔悴，不多时他告诉我，十几天前那个小男孩在大人意想不到的情况下出了事，竟然离开了人世。我听后着实一惊，仔细想想真的是很长时间没有见到过那个孩子了，一时间我不知该说什么，好在妻子在旁边安慰了他好久。而我当时又能说什么呢，这么好的一个孩子，他还年轻，尽管他是一个智障的孩子，尽管他活着比正常的孩子苦，但他有生存的权利，其实他应该很好地活着，因为他的父母并没有嫌弃他，他们依然很爱他，这里面其实也应该包括我，一个他不知道名字的叔叔。他们其实多么希望他平安长大、快快乐乐、幸幸福福。

今夜，在都市的夜色中于孤寂的灯下，我又一次地想到了你，孩子！我无法说得清其中的原因，唯一的遗憾是在你有生的日子里，为什么没有再和你多说几句话，没有很好的帮帮你，哪怕是为你辅导一次功课。

孩子，你还小，这个世界真的很美很美……，在无数个夜里，我梦着你，时常走在楼道里就会想起你，想起你背着书包去上学的身影，想起你咿咿呀呀的话语……，真的，孩子，我真想等你把梦做完。

今夜，写这篇不成章法的文章时，同时也在听一首很感伤的歌曲，蔡琴的《渡口》，尽管歌词有些不适合你，然而，那其中的情感和滋味让我心如刀割，感伤不已。"华年从此停顿,知道思念从此生根，渡口旁找不到一朵相送的花,就把祝福别在襟上吧……"

天边的彩虹勾不出一幅画的鲜艳。

群鸟迎翼向风，几棵大树刻着亘古的变奏。

看不到月的弧形，该是佳句的残碎。

人看不清月，月不会成色。

人不数星，星不会成火。

我看星，心在焚烧

我，兀坐。

展半身影的萦思。

浅斟酽品——易中天

　　听易中天教授的《品三国》总让人回味悠长，读易中天教授的作品无疑更是一种美的享受。

　　厦门大学中文系教授、博士研究生导师，长期从事美学、艺术学、文化人类学等多学科和跨学科研究的易中天的书近来在书架上开始走红，他的《品读中国》系列成为不少读者手捧之物。我知道易中天教授的大名，也是在看了中央电视台的《百家论坛》节目后。2005 年 4 月，易中天教授在央视《百家讲坛》开讲"汉代风云人物"。他妙语连珠、充满活力的说史风格，吸引"易粉""乙醚"（易中天教授的书迷）无数。当时的确给我印象颇深的感觉。

　　我喜欢易中天教授的《品读汉代风云人物》，虽然与《品人录》中关于刘邦和项羽的描述有重复，但仍然喜欢他那种用通俗的语言写出异样历史的手法。易中天教授讲话的最大特点是幽默又颇具辛辣之味，一些人或以为他的观点不免过激。但我却认为，"话语真实"至少是易中天教授最值得钦佩之处。喜欢易中天教授《品三国》的读者不少，他的学术随笔，也更多地反映"自我"的思想。对于易中天教授的《品三国》，我们大可不必责难、苛刻。因为不管为人或对事，这个世界每个人的观点总会有所不同，仁者见仁，智者见智，恰是浩然社会的百家正道矣。我不是"乙醚"，但也并不妨碍我偶捧几页于茶余悠闲用品读。面对易先生，我不敢有鸿篇之论，一点小小感想，权充补白之聊吧。

　　《品读汉代风云人物》作为"非专业学者"在《百家论坛》上献给"非专业读者"的教案结集，它的畅销证明一个铁的事实："好看"的历史课永远比一本正经地说教来得痛快。在正说与戏说之间，易中天教授另辟了一条通道。谓之"趣说"，其鲜香活辣体现为亦庄亦邪、幽默俏皮，以现实语境解读历史人物，且举重若轻，避免了历史学的成果在小圈子内循环、淤积不畅的恶果。

俾斯麦云，国家是在时间的河流上航行；黄炎培在延安时则说，历代王朝避免不了"其兴也勃焉，其亡也忽焉"的历史周期律。易中天教授趣说历史一直秉承的原则却是："以人为本，历史才是有意义的。"（《帝国的惆怅》跋言）这个现代视角，就将他与上述诸公以及黄仁宇从经济走向解释历史变迁的切入角度区别开来。因而，易中天对晁错、袁盎、韩信、刘邦等人的"人性"分析，更具平民化立场。他首先把历史学看成人学，他再两头看，"中庸"或者说比较辩证，认为个体性格、政治理想、政治能力和人文及道德修养等，与当时的社会条件、政治大背景融合与否，往往决定事业的成败。这就比较讨巧地回答了"是什么"，也解决了"为什么"，并使翻案翻新成为可能。

比如作者分析"削藩"改革的急先锋晁错在事业全面飘红的时候，却被腰斩一刀的原因。除了政治因素，致命的却是自身性格缺陷，视晁错为大敌的，也全非坏人奸臣。在总结刘邦崛起的秘密时说，刘邦同志其实很一般，主要成功因素有：一是出身差但运气好；二是实力弱但胆子大；三是毛病多但改得快；四是水平差但悟性高。这种从"人"本身出发的评价可算是点中穴位。

喜欢看易中天教授的《品三国》，其实一点也不奇怪。易中天教授早在五六年前就提出学术著作通俗化，他身体力行的著作就是上海文艺出版社出版的《品读中国》书系一套四本：《品人录》《读城记》《闲话中国人》《中国的男人和女人》。易先生认为，中国优秀的传统文化要普及到青少年，必须寻找合适的表述形式，让读者在感受幽默和谐趣的过程中，领悟和接受优秀的中国传统文化。换句话说，书要写得好看，让外行看着热闹，内行看出门道。这当然不容易，但易中天先生却做到了，而且做得十分成功。

《品人录》写了中国历史上五个悲剧人物，项羽、曹操、武则天、海瑞、雍正。易中天教授认为，我们过去总是习惯于把王朝的兴衰、事业的成败、历史的更替和事情的对错都归结为个人的原因，归结为某个领袖人物或主导人物个人品质的优劣好坏。与此同时，历史人物也都按照一种简单的善恶二元论而无一例外地脸谱化了，中国历史则变成了一个大戏台。但我们从来就不知道舞台上为什么会有那么多白脸和白鼻子，也不知道红脸的和黑脸的什么时候才能出现，因为我们不知道编剧和导演是谁。我们只能寄希望于运气和等待，却不肯承认每一次的"善报"，往往也差不多意味着下一次"厄运"的来临。品读历史人物，除了要掌握丰富的历史文献和领悟中国传统文化的文脉外，特别重要的是，要努力调动自己的生命体验，这样才能进入历史人物的内心深处，把历史人物写得栩栩如生。

饮食、穿衣、单位、家庭、人情、面子……是人们生活中最基本的内容，人们对这些时时处处可见的现象，也就习以为常，乃至麻木不仁了；极少有人去深究为什么是这样，它与中国文化是怎样的关系。在《闲话中国人》中，易中天教授却独具匠心，对这些生活现象进行了系统研究，给予理论阐述。如：中国人见面鞠躬作揖，西方人见面握手拥抱，因为中国人"内向"，西方人"外向"。外向，所以伸出手握别人的手；内向，所以伸出手握自己的手。这就正如中国人吃饭用筷子夹，是向内用力；西方人吃饭用叉子戳，是向外用力。一个向外，一个向内，故西方文化的象征物是"十字架"，中国文化的象征物是"太极图"。因此，全书讲述老百姓的事情，态度闲适，读起来轻松愉快，而又切中要害，令人常有"还真是那么回事"的感觉。

在网络上，易中天教授被称为"品读家"。这当然是一种戏称，没有丝毫的贬褒意味。不过，事实的确如此，易先生不仅"品读"历史人物，他还津津有味地"品读"城市。在《读城记》中，易先生"品读"了北京城、上海滩、广州市、厦门岛、成都府、武汉三镇、深圳特区七个城市。他一针见血地抓住了北京是"城"、上海是"滩"、广州是"市"、厦门是"岛"、成都是"府"等城市的特征，读来让人感觉耳目一新。在易中天教授看来，城市也和人一样，是有个性的，有的粗犷，有的秀美，有的豪雄，有的温情。比如北京"大气醇和"，上海"开阔雅致"，广州"生猛鲜活"，厦门"美丽温馨"，成都"悠闲洒脱"，武汉"豪爽硬朗"。城市文化往往被看成是一个谁都可以插上一嘴的话题，就像看完一部电视连续剧后谁都可以发表一番议论一样。易先生邀请读者，如果有条件，不妨通读天下城市，"当然，你还可以读书。比方说，读我这本《读城记》"。

易中天教授受欢迎的一个重要原因在于其作品文字漂亮，底蕴厚实，他的平民路线、娱乐式的解读，让普通百姓在开怀一笑的同时了解历史，对历史产生了兴趣。读者黑白认为，易中天教授在解读历史时常常使用深入浅出、通俗易懂的语句，时不时用一些流行词汇，给读者留下很深印象。比如谈"空城计"，易中天说，"空城计不符合逻辑，司马懿十万大军开过来了，诸葛亮叫几个老兵去扫地，打开四个城门，再叫两个小孩在他身边待着，他自己呢？拿着架琴唱卡拉 OK……"同时指出历史上空城计的发明者并非诸葛亮而是曹操和文聘，如此解读方式让百姓们发现原来深奥难解的历史中也蕴藏着如此丰富的娱乐性，历史也可以如此游戏、如此有趣。而"孙策就是孙帅哥，周瑜就是周帅哥，帅哥总是招美女爱的，而帅哥也是喜欢美女，他们两个果然要到了两个当时最漂亮的女孩——大乔、小乔……那时的周瑜可谓官场、战场、情场，场场得意。这样一个人怎么会去嫉妒别人，我们嫉妒他还差不多"。

易中天教授如此解法，想来使我们会心一笑。比起那枯燥严肃的史籍，还有那正统的一板一眼，不敢越雷池半步的学术著作，百姓们当然更乐于接受易中天这样的解读。对于百姓来说，易中天式的历史解读也为百姓了解历史搭建了一个更为平民化，更加直接的桥梁。

细观易中天教授的作品，早期若《读城记》写得不错，易中天教授的著作不少，还有像《中国的男人女人》《闲话中国人》《你好，伟哥》《艺术人类学》《走出美学的迷惘》《书生意气》《帝国的惆怅》等，都确实写得浅趣易懂，如象棋中的"楚河汉界"般让人明了。

看易中天教授在几尺讲台前指点江山，品头论足，长得不好看，但是神采飞扬，几十分钟之内把一段陈旧的历史演绎得活灵活现，易中天教授成名了，观众也受了教育，虽然说有点普及性质的讲演，但是观众还是爱看，无论你的学识是否渊博，在易中天教授的节目时段，你会不自觉地扮起学生的角色。

易中天教授的成功在于他会抓住机会，不断造势，机会不来则已，来了就一定大做文章。套用易中天教授的三国史观来说，成功者就是能够洞察人心，把握人性的人，曹操如此，贾诩如此，易中天亦如此，他悟透了，也学会了，《百家讲坛》就是他的立锥之地，刘备 46 岁找到诸葛亮，易中天教授年近五十展技《百家讲坛》，都是大器晚成者，学会易中天教授的精明之处，也许正是大家需要真正领会的东西。

品酒看粮，品史看人——中华五千年文明的历史无外乎都是人的历史。易中天教授正是抓住了三国人物的性格心态，并以此为主线，把人物给品活了。中国人学史是矛盾的，我们一方面为拥有这么深远的历史而自豪，另一方面又为史海的广袤无边而莫衷一是。

历史的书卷一页一页地在翻动。展现在我们面前的，是一个个易中天教授所评价的岁月带不走的姓名：项羽、曹操、武则天、海瑞、雍正。而每个夜晚，随着《易中天全集》的书页在一页页翻动的时候，展现在我面前的是易中天教授他那文化与人的交响。

给平凡的日子加点糖

很多时候，就这样静静地倚在床头。陪伴我的，常常是一杯冷掉的咖啡，一本翻得很旧的书，和一个长长的夜。都说情如咖啡，只一层浅浅的泡沫，加上一雾浓香，就蒙了你的眼。个中滋味，竟如何得知？喝一小口浅啜，这样的夜里，很容易就会想起一些人，和一些让你思绪翻飞的故事。比如，纳兰性德。

初识纳兰性德，是因为那句"瘦尽灯花又一宵"。之后，是在梁羽生小说《七剑下天山》里遇见的那个纳兰容若。后来翻开史载，才知道纳兰容若就是纳兰性德。纳兰容若，一个清秀的如幽谷里的兰花般幽香的名字，和他那些婉约凄美的词句，穿越了时空，将一种久违的唯美如此精辟地传神着。

一脉清光，一盏淡茗，品读纳兰的词，你永远都会体会的到他词中表露的对爱情、对人生、对故园，满怀的挚诚之心。你永远都会感觉到，总有那么一些人会在你的心房那么久远地回响，而每一次都是那么的震撼。

"北宋以来，一人而已！"一代大师王国维竟对纳兰如此厚爱，这纳兰词的魅力也可见其一斑了。纳兰词有一种只应天上有的高雅气质。那种不言自显的雍容华贵，仿佛浑然天成。凄怨温婉的词风像迷香一般，透过三百多年的时空，仍然温柔而凄酸地熏着我的眉眼。每当想起,耳边就仿佛听到纳兰在忧伤地吟唱，"西风多少恨，吹不散眉弯……"

清新着，隽永着，纳兰的词，篇篇含愁，卷卷成悲，倾其一生，写尽了情深与忧伤。一曲弦伤，弹到最后，纳兰的寂寞，终究无人懂得。尘缘如梦，皆付词中去，黄土一抔，掩不尽那天上人间的悲切。穿越几百年的舟，能否背得起纳兰如许的情与愁？

梦回清朝，我看过眼的，也就那么几个，而你——纳兰，却最让我倾心。曾有多少次，在西楼秋雨中，我读着你的词，心中悸动，泪水盈眶；曾有多少次，我想鼓起勇气为你写一首诗，可笔悬空中，忽然感到我的语言是那么匮乏，苍白得犹如粉饰的墙壁。你的词，永远镌刻在我的心里。你可以放弃功名利禄，却抛不掉那痴情，唱遍了蝶恋花，吟遍了长相思，只匆匆三十一载，便驾鹤仙游而去，留给世人多少抚卷长叹。

"只是去年秋，只是泪欲流。"今夜，忽而很想听那首忧伤的《东风破》："一盏漂泊，浪迹天涯难入喉，你走之后，酒暖回忆思念瘦……"那悲那凉，那哀那切，宛如纳兰孤单落寂地伫立在窗前，一字一泪地唱着魂牵梦萦的疼痛。

最喜欢他的《木兰花令·拟古决绝词（人生若只如初见）》"人生若只如初见，何事秋风悲画扇？等闲变却故人心，却道故人心易变。骊山语罢清宵半，泪雨零铃终不怨。何如薄幸锦衣郎，比翼连枝当日愿。"

相见争如不见，有情还似无情。世界太小，人间悲苦何其相似！今夜，辗转无眠，仍深深地陷在了纳兰的世界。隔着时空，听他寂寞地吟唱。沉醉，不肯醒来，情来与情去本是一出戏，落幕之后，便只是一个意料之中的意外。纵使那温暖的感觉，曾填满过心底的空隙。试问情之一字，有几多凡人曾勘破？

黯然掩卷，隔着时光的幕布，我试图触摸你的寂寞。我想，他的寂寞与忧伤，我是懂了。

悲了流水，凋了花香。原来世间情之种种，放不下的只是一种无奈的执着而已。终于明白了，一个人内心最大的敌人，原来只是自己。

品读纳兰，虽是情愁，但甚能拨动人心。人确需一份情感的执着，和一种性情的冶炼。

面对生活，其实，我们的每一个今天和明天都可以活得更真实，也可以更温馨、更诗意。我们需要学会在生活的这杯水中偷偷地加点糖。每天都加一点点：可以是一个小小的愿望，可以是一点细微的快乐，可以是些许的宽容和善待。

给平凡的日子加点糖，幸福的感觉就会天天洋溢在我们的脸上。

幸福，岂能是一种感觉

前些天同事忽然说起幸福，说幸福其实是一种感觉。这话他最爱听，因为在若干年前，他对这句话就情有独钟。网络中对于此的文章也是铺天盖地，今天忽而听到也就备感亲切，心头不禁更加感慨起来。

也许自己向往的是一种理想的幸福。幸福虽是一种感觉，但幸福又不仅仅是一种感觉，在他深刻地令人撕裂的追求过程中，他追求的不是恍如隔世的梦幻，他追求的不是奇思异想之后的满足；他追求的应该是一种真真切切，一种能碰触抚摸之后的温存，一种曾经拥有和正在拥有的满足。

他是喜欢独处的。华灯初上的夜晚，在自己的领地，在月光水岸，在夜深人静的午夜，总喜欢独自默默地品味自己的生活，有时竟然会为自己的努力和成就感到骄傲，想来这应该叫作一种幸福，这些永远真实地存在。

喜欢一个人品读。喜欢品读简·爱、郝思嘉；喜欢品读李白、陶渊明、庄子；喜欢品读海子、王晓波和周国平。读到心动之处，愈加地感到什么是真实？什么是温暖？什么是幸福？

因为他极端地憧憬一种理想的爱，极端地憧憬一种洒脱和放纵，极端地憧憬一种对现实社会的洞察和对生活的深彻的感悟。

时常在夜幕里仰望如海的星空，想象着曾经少年时一起玩闹的伙伴现在在哪一片天空下漂流。时常想起曾经爱过得人的笑容在记忆里依然生动如昔。抑或想起风中玫瑰烟雨蒙蒙的异香，抑或想起梧桐听雨岁月如水的盼望，抑或感念帘动荷风聆听花语的初夏的苦涩，于是快乐着或者悲伤着。

感情和幸福有时候只是一个人的事情，和任何人无关。爱，或者不爱，只能自行了断。爱的，不爱的，一直在告别中。关于旧日的美好历历在目，尽管关于幸福情感的归依却日渐萧条。

自己是为谁而憔悴，又为谁而疲惫不堪，相逢不是一种错。此时，这种感觉让他更加难受！思念不是一种幸福，盼望不是一种幸福，梦想不是一种幸福，等待不是一种幸福，而存在却是一种幸福。

哲人如是说：存在即合理。而他从未听过感觉到什么即是合理，感觉是一种极不可信的东西，感觉是骗子，感觉是无赖，感觉是流氓。幸福不能总以感觉作为依托。也许爱情只是因为寂寞。需要找一个人来爱。即使没有任何结局。因为人的寂寞，有时候很难用语言表达。

理念和情感的抗战，最终他会选择理念；存在与感觉的较量，最终他会选择存在。只是要为此付出无限的心痛作为代价。

他也许不够坚强，却够固执。在生命和生活的断章中，有时，会恨自己过于固执。固执的只能听到心碎的声音，只因他为爱而生。他想给他的灵魂找一条出路，也许路太远，没有归宿，但他只能前往。

是找一个爱自己的人好，还是找一个自己爱的人好；是精神重要，还是物质更重要？很多问题他实在想不清楚。烦的时候，他会点一支烟，可以清清楚楚地感觉到那种扩张的快感。酒，不想多喝，也许是因为还没到需要用酒精来麻醉自己的地步。然而逢喝必醉，不是酒量不好，是心太困，情太真。只要他心中幸福，这又何妨？

他的生活中布满着苦楚。一个不停思考的人，一个以情为重的人永远不会有幸福。对于他来说，他的经历和创痛往往就如同他思想的经历和创痛，他以往的体验也就是他最个性的感性体验。风景注解着人生的每一次踏足，路上仍会有风雨，仍有阳光下飞过的蜻蜓，也依然有路人相遇时的驻足微笑。那是一种越来越淡的温暖，弥漫心房却永不消散。在阳光下他眯眼看生活，生活混乱而无序，正如一塌糊涂的历史。这一切不是感觉，是真实的存在，他的心无法如止水。

最初关于幸福的种种幻想在现实的天空中沦落。却又在内心等待下一次的升起。

常常有种莫名而来的孤独。这种感觉仿佛早已存在，依然喜欢孤独地行走，只是却总是迷失在钢筋水泥的丛林里，天空被分割得零落。偶尔从上面遗落一点阳光，却已很难让人感受到温暖。当他终于抵达了曾经期盼已久的远方时，却失去了该有的方向。原本对生活的幻想已经变幻为都市里缠绕的欲望。

或许生活本是平淡的，平静或言之幸福。很快将会换上另一种征途，存在是无限而真实的，可生活却是单一的。像水中的铅笔，弯折的是感觉而不是铅笔……

感觉到一个可以梦想的年龄渐行渐远，似乎生命中最初的纯真就这样恋恋不舍地留在当初那纯粹的心性里了。当面对这世界层出不穷的复杂时终于忍不住在眼神里注满了无奈。随着时间一天天地过去，越发觉得，浪漫的日子似乎已不多了，没有多少青春可以供他无休止地挥霍，就像灰姑娘，过了午夜零点，一切就依旧了。不由得想紧紧抓住现在的时间。

在存在的今夜，他只是无意中向窗外的月夜一瞥，却看见了如此美丽的一幕。他感觉并真实地体味了美好的一幕，美是一种没有峭壁的高度。美和幸福不是感觉，是他身旁真实存在的所有，他感觉到了幸福，而这幸福已然存在。

于是他感念自己追求的存在，于是他在夜河中找寻着真实存在的幸福：幸福是妻儿离家后难得一家三口的相聚，幸福是每周等到儿子的那个电话，幸福是一切收拾妥当后独坐电脑前想把生活感悟用文字记录的日子，幸福是夜晚一杯香茗，一首轻曲，与朋友畅谈的分分时时。

幸福是"寒塘渡鹤影，冷月葬花魂"的静雅；是"捡尽枝头不肯栖，寂寞沙洲冷"的清高；是"采菊东篱下，悠然见南山"的闲情；是"大鹏展翅，抟扶摇九万里"的自信；是"淡泊以明志，宁静以致远"的心境。

幸福不可能长久，尽管它是那样的具有诱惑。他曾预言幸福到来。他曾以薄薄的柳笛吹起晚岚。尽管以往他甜寐于未卜的岁月之梦，白白地错过了时光。召唤已经传来，他将告别感觉。在另一生活的土地上播撒存在之粒。在他走进血红的夕阳之前，在生活的废墟中他将仔细收捡依然存在的幸福。

幸福岂能是一种感觉，幸福是一种真实的存在，哪怕是雪泥鸿爪……

幸福是真正的南山种豆，爱恨交加，末日狂欢；幸福是真正的面朝大海，春暖花开。

风吹不去心中的古典

　　五月物语，紫丁香古典地绽放着，淡淡的感觉很美，暗香袭来，深情柔软。

　　那古典的美，美得含蓄，美得凝重，美得经得起时间的洗礼，岁月的打磨。

　　于是我忽而开始醉心于唐诗。

　　想起唐诗，心中自然温馨起来。

　　我的心在若干个夜晚徜徉于唐代，我不停地想登上那中国诗坛的珠穆朗玛，那个无法企及的高度，那个透着诗歌的芬芳，那个古典的诗歌时代。

　　"无边落木萧萧下，不尽长江滚滚来。"于是，初唐四杰之一的王勃来了，陈子昂来了，那一群气势磅礴的边塞诗人来了，终于浪漫诗仙李白来了，还有杜甫这个悲天悯人的诗人颜色憔悴地也向我走来了……

　　我被这千年不绝的古典吸引着，陶醉着……我感受着历史的厚重，我品味那沉淀古典的风韵……我亲吻着汉唐风情，我触摸着古典文化的肌肤。

　　今夜，有风。在城市的一隅，我与唐诗宋韵缠绵。风再大，雨再浓，而情更真。

　　风吹不去我心中的古典。

　　喜欢在没有月亮的夜晚读李清照，"寻寻觅觅，冷冷清清，凄凄惨惨戚戚……"，令人凄恻，月光与她相比，已然太温暖。

　　喜欢李白的狂放不羁，更喜欢他的"常相思，在长安，络纬秋啼金井阑，微霜凄凄簟色寒……天长路远魂飞苦，梦魂不到关山难。长相思，摧心肝"那种缠绵的苦涩。

念天地之悠悠，独怆然而涕下！

今夜，我仿佛看见轻舟划破重山的影子，李白正坐船头，温一壶月光下酒。

历史自顾自地过去了。

在夜河中，我思想的车轮慢行在属于古典的道路上，行看中国伟大的古典文人、文化。于是，路越走越长。

于是我的思想转入到游子思妇的最古典的相思里。

"白云一片去悠悠，青枫浦上不胜愁。谁家今夜扁舟子？何处相思明月楼？可怜楼上月徘徊，应照离人妆镜台。玉户帘中卷不去，捣衣砧上拂还来"。

移动的月光，张若虚的思念之情，让我感慨不已。

李商隐也走来了。"君问归期未有期，巴山夜雨涨秋池。何当共剪西窗烛，却话巴山夜雨时"，客居异地的他的孤寂情怀和对妻子的深长思念，风飘调远、韵味深长，我不禁黯然神伤、泣下沾襟。

读古典的唐诗，我的心厚重起来；读唐诗的古典，我的心古典起来。

于是忽而也想到了翩若惊鸿、婉若游龙、荣曜秋菊、华茂春松的古典美女。

中国自古多美女，五千年的中华文明的深厚底蕴，经历了历史的积累。古典美女，不仅美在外貌、美在身材，更是美在自信、美在内涵、美在才华、美在自然。静谧的美、典雅的美、含蓄的美，往往不是一眼就能看穿，而这样的美才值得赏鉴，令人回味。

我无数次仰望着沉鱼、落雁、闭月、羞花。我无数次倾慕着中国古代四大美人：西施、王昭君、貂蝉、杨玉环。古代四大美女皆有倾国倾城之貌，或能歌善舞，或琴棋书画，或国难关头，忍辱负重，以身许国……之所以把西施、貂蝉、王昭君与杨玉环列入四大美女，与她们各自的人生、经历和智慧密不可分。

细细想来，现如今中国女性的古典美，都去哪里了呢？于是越发觉得古典美是可以使人变得很安静的，是一种可以让人心静如止水的力量，古典美源于自然，或者是源于某种古老而神秘的文化，总是能让人产生景仰或者是感到神秘，我们可以静静地聆听，默默地感受。

就如那古典的《波西米娅人》，也许那就是一种古典的意味，她透着永远经典的气息，不会被任何的历史印记磨灭。

古典并不意味着古老，也不意味着落后或者是退步。正如古典的音乐，比较之下，相反也许是一种进步的东西，因为它们蕴涵着亘古不变的永恒，世间的真挚和精细都在里面体现得淋漓尽致。

总是爱做梦，或者梦里的东西总是美好吧。幻想着一种比较疯狂的生活，或者就是不喜欢随波逐流，也许与时代格格不入，喜欢一种复古的东西，大约只有在那种永恒印象里面才可以找到一种所追求的纯粹的古典的存在。

中国古典文学中追求一种大美的理念即是美学的崇高，我想这种大美也一定就是古典的美。

今夜，我以梦为马。我骑着五千年的凤凰和名字叫"马"的龙，在古典的美中徜徉、追求。

今夜有风。风，你可否吹去我心中的古典。

赵传：断不了爱你的心

"这些年你好不好，像瘦了，听说你现在很爱笑，你一定受够煎熬，想见你，我知道你还是会说我不要……我不懂怎么割舍只想把你留着，我很认真改变自己，努力活着……"

是啊，转眼十多年过去了，自1991年在北京首都体育馆举办第一个台湾歌手个人演唱会后，歌手赵传从三十岁的年龄一步步唱到了今天。在今天，2006年7月15日，夏都西宁迎来了2006年中国第五届环青海湖国际公路自行车赛。在美丽的青海湖畔，在环湖赛开幕式大型文艺节目《在那遥远的地方》的电视直播中，我又看到了我心中的偶像——赵传。

十几年来，不短的时间，中国乐坛潮起潮落，耀眼的音乐桂冠如金陀螺般的旋转。然而我在令人眩晕的音乐世界里始终能保持一颗宁静而矜持的心。

因为这么多年来，我一直没有把那个"我很丑，可是我很温柔"的赵传放下。他的歌声里有苦也有泪，尽管"不曾在你眼前掉过泪"，但是不需要有丝毫的无奈，因为赵传是首先让自己感动的赵传。他用歌声把人们从混沌中唤醒，当我们走出忧郁的爱情、黯淡的人生，汲取了歌声的力量，我们又能用一颗坚强的心去面对这个充满阴晴雨雪的世界。

他的歌声里有我们想唱却唱不出的心声，有我们想说却无法表达的语言。他按捺弹拨，琴弦上流淌出我们忽略的感情和遗忘的信心。在夜深人静的晚上，和赵传一起耳语，他常常准确地说出了我们藏在心里的事情。赵传不需要任何伪装和修饰，用真实的歌声实现着自己的梦想，是他在平凡的日子中，一路跌跌撞撞紧追不舍的"约定"。当他昂起那张稍丑的面容，用满目的沧桑凝视世界后，掮起吉他走在未知的小路上，便把身后沉甸甸的脚印留给我们去思索。

痛过了，哭过了，赵传告诉自己一定要做个坚强的人，永远去做一只翱翔蓝天的"小小鸟"。于是今天我们看到的就是在这颗久战不衰的心灵支撑下走过一个个艰难历程的赵传，他的精神，是一种内在的，能战胜一切华丽外表下遮掩的空虚、恶劣、卑鄙伪善的精神，最终让我们折服——坚强者将更坚强，奋斗者将生生不息。正是这种坚强的精神使平凡的他，活得如此耀眼。

他唱自己、唱艰辛、唱爱情、唱信念。歌，便是他人生的写照，生命就寓于他的每一首真实而自然的歌曲中。作为一名歌者，他的目标永远是"把生命唱上去，把自己活出来""去拥抱生存之中的残酷和无奈"。用歌声去打动人心，给人力量；用音乐去消除距离，抚慰伤痛。他告诉人们"扛不起，放不下的，交给赵传"。

那是发自内心的独白吗？唱给自己听，唱给每一个听得懂的人听，不管是说他的爱、他的遗憾，说他的过去、现在和将来，低沉也罢、高亢也罢，心灵一丝不挂地面对自己、面对你，我还有他。他勇于真实地对待自我，对待世界和人生，勇于撕开一切虚伪的装饰，勇于坦诚地展现和表达自己的感受。他意味着一种严肃而不流于俗的人生态度，一种执着而不姑息的信念。"当别人误解我的时候/我总是沉默/当世界遗忘我的时候/我一个人过"，这掷地有声的独白，车子沿着海边一路向前，"所有的梦都仍然无恙"。赵传闻到空气中有种咸咸的盐的味道，这味道似乎并不存在，但你又少不了它，赵传说，那好像是一种生命的味道。

想赵传一定有一颗动人的心。"寒风吹散了枯叶，心都碎"，历经坎坷，仍能顽强、乐观、敏感，多情。他歌唱天地的真情与永恒的人生，唤醒我们生命的良知。他急切地探寻这世界的真谛，犹如传说中的默洛普斯鸟，用生命来歌唱困惑与迷惘。赵传一直相信，人与人之间有一座桥梁可以相通，笑容、泪、语言、手势……

赵传依偎着他的吉他，"站得比山还高"。当我们聆听《可以相信的朋友》，觉得他就像一个令人信赖的人，用歌声道出他内心的感受，消除胸中无数寂寞的伤痛。"让我是你可以相信的朋友/不管任何方向由我陪着你走。"当他用暗哑又带着磁性的嗓音唱出颤抖的深情时，总让人悄然心动。深沉的痛苦正是源于对生命的眷恋，而能有的感情都只能用歌声来表达，因为歌声正是连接心灵的纽带。

他唱自己，唱他的平凡与丑陋，便唱出了对人生的思考；唱艰辛，唱他的执着和坚强，便唱出了对孤独的无所谓；唱理想，唱他的信念与追求，便唱出了对现实的一份清醒；唱爱情，唱他的渴盼与惦念，便唱出了往日对恋人的牵挂。赵传，用整个心灵和全部的热情唱出了他平凡外表下这颗火热的心。

今天的赵传已经走过了那些坎坎坷坷，他的笑容虽然没有当年看见那朵野玫瑰的男孩般鲜艳，但他的心情灿烂无比。"午夜的城市很悲哀/像男人犯错后/慌张的等待/远方的天空/就要亮起来"。他用他的摇滚，从震颤的旋律中沉淀出深深的宁静，唱尽人生的心酸，唱出了苦尽甜来。他已感到生命实在不易，让他学会了对自己，对他人的谅解与宽容，也懂得了不懈的追求需要与大家携手。

他高高地站在人群之上，勇敢地告诉人们："我爱你们的心，渺小的比天还大。"

每一个夜深人静的晚上，我用心去听懂他的声音：譬如爱不尽，譬如恨不能，譬如不曾遗忘的信心。无论是哭，无论是笑，理性的赵传给我们的不是躁动和哀伤，因为"我们的心不用双手也能相拥"。

十几年后的赵传仍然在唱着他喜欢的歌，也许"往事历历在目/就让它过去"了，也许"让我多情又让我伤悲/爱上你加一倍"，也许"多少段难忘的回忆/它说来并不稀奇/多少次艰苦的开始/他一样捱过去/患得患失的光阴/只是从前的命运/奔向未来的憧憬/充满大地/眼前不是我熟悉的双眼/陌生的感觉一点点/但是他的故事/我怀恋/回头有一群朴素的少年/轻轻松松地走远/不知道哪一天再相见"。

赵传，不论什么时候，"请你为我再将双手舞动/我会知道你在那个角落/看人生匆匆/愿我们同享光荣/愿我们的梦永不落空/我也将为你献上最真挚的笑容"。在淹没你的掌声中，在无数感动的泪光中，我仍然忘不了你我的"约定"，依然"断不了爱你的心"。

在难忘的一天里感受许巍

这是我难忘的一天
在隐忍和冲动之间
看着你渐渐地远去
消失人海中
……
再次走过熟悉的地方
如今的你不知在何方
你曾给我的温暖感觉
依然在我心

——题记

在苍茫寥廓的秋天的大草原之上，我聆听许巍！

我和许巍一同融化在蓝天、白云之间。

远离喧嚣，剔除浮躁，回归自然，感动于世界的美好。听许巍的歌，有一种来自心灵深处的感动。

"这个世界，有人驻足，就会有人漂泊；有人漂泊，港湾就有意义。"阳光真温暖，一直照进我心里，往事已遥远，一年又一年。

阳光温暖的日子，走在这城市的人群中，在不知不觉的一瞬间，又想起你……

许巍的音乐总是让麻木的心灵驿动，又让浮躁的心灵安详。

很少有歌手能像许巍一样纯净而又深邃，那些悠远而深情略带忧伤的旋律，不论在阳光里还是暗夜中，总是有种拨动心弦的力量，于是梦想和回忆开始交错的浮沉，于是寂寥和喧哗都蜕变成一种寂静，流水行云，悠远空灵……

许巍的歌不是用耳朵来听的，是要用心来听，在听到《蓝莲花》之前，我喜欢很多歌手，苏芮、王杰、蔡琴、陈淑桦、张学友、老狼……如果问我最喜欢谁，我一定是说不出来的，但是许巍是不同的，"没有什么能够阻挡，你对自由的向往……"当乐音闪亮，吉他响起，我知道，我最喜欢的就是许巍了，而且是永远的喜欢。

"天边夕阳再次映上我的脸庞，再次映着我那不安的心，这是什么地方依然是如此的荒凉，那无尽的旅程如此漫长"人生之旅，音乐之旅，我知道，许巍的生命就是一场音乐的旅行，年轻而悸动的心，在荒凉的路上流浪，陪伴他的，有风的旋律、星空的耀眼、花儿的绽放，有迁徙的候鸟，前面是灿烂而宽广的世界，这世界的光明，就深藏在他的心里……

许巍的音乐激越而冷静，有很多时候，听着那些旋律，比如《时光》，比如《九月》，比如《小鱼的理想》，就像他歌词里写的：像一段生活，击打着我们的心，又像利刃般的女人，从心灵的缝隙里穿越，在灵魂里刻下伤痕，如一片妖艳的文身，在阳光和月光下，一样有着清冷的光辉，充满着神秘、不安和欲望，又会在一阵微雨后回归平静和安详……

如果旋律是许巍音乐的灵魂，那些歌词，就是灵魂里跳跃的火花。它们会在暗夜里闪烁升腾，燃起你心灵深处隐藏最深的伤痛和爱恋。"我们在前世约定，一起穿行这世界，一生都不会停歇，永远向着那春天"，许巍的音乐，那是一种永远行走在路上的共鸣，是隐藏着对未知世界的渴望和对生活意义的寻找与热爱。

在往返西宁—恰卜恰—兴海的轿车上，在无尽的大草原之上，在整个旅程里，也是许巍那一首《方向》，陪了我一路，"我用力地挥动翅膀，溶进这宽阔的天空，化作为你盛开的夕阳，越过遥远的千山万水，来到你寂寞的阳台，温暖你疼痛的心"。傍晚来临之前的晚霞中，214国道上车来车往，我已无法忍住那些泪水。我不知道，为什么许巍纯净的声音总是能让心里的思念与忧伤汹涌，然后，又让那种疼痛的驿动归于沉寂，于是，面对着黑暗的车外世界，如镜的车窗映照出的眼神里，又多了几分温柔与怜惜，少了几分怨恨与失落。"谁画出这天地又画下我和你，让我们的世界绚丽多彩，谁让我们哭泣又给我们惊喜，让我们就这样相爱相遇，总是要说再见，相聚又分离，总是走在漫长的路上。"

"秋天的风吹过原野，无尽的星空多灿烂，就在那分手的夜晚，你曾这样轻声告诉我，无论相距有多遥远，只要我轻声呼唤你，你会放下一切到我身边"，许巍歌声里的爱情，总是如此的纯粹和纯净，聆听那声音，在我们的眼前，便盛开出一片世外的桃花源，闭上眼，你真的可以嗅到枝叶的芬芳，感觉到清凉的微风拂面；伸出手，甚至可以触摸到一双真实的温暖，思念想念的距离，也会在一声轻轻地呼唤里，无限制地缩短……

"我思念的城市已是黄昏，为何我总对你一往情深，曾经给我快乐也给我创伤，曾经给我希望也给我绝望"，有的时候，你会觉得，许巍是在你的心里写歌，然后吟唱，一种似曾相识的感觉迎面袭来，仿佛身临其境，于是就有了共鸣，于是在循环的唱和里，又回到年轻而熟悉的岁月，重温遥远而真切的悲喜。

"每一天走在纷乱的世界里面，我才感觉现在要的是简单"，"青春的岁月，我们身不由己，只因这胸中，燃烧的梦想，青春的岁月，放浪的生涯，就任这时光，奔腾如流水"，"一次次想同你一起归回，在梦里和你在阳光里飞，再回味那些事让我心碎，在夜里飘入无尽的伤悲"，"在这个九月的阴郁的下午，我想要离开这浮躁的城市，我决定去海边看一看落日，让秋日的海风使我清醒"，也许他会用最狂乱的节奏，倾诉最原始的感受；也许，他会用浅浅地吟诵，表达最强烈的冲动，纷乱或者和谐，寂静或者震颤。在他的音乐和歌声里，永远是运用自如，没有一点矫揉，没有一点造作，一切，仿若天成。许巍的心，是透明的音符，可以听，可以看，可以触动，所以他的音乐永远是温暖的、知性的，没有一个符点没有一段旋律是可以被替换的。

"一切就像是电影，比电影还要精彩，如此真实的场景，让我分不出悲喜，这是初次的感觉，我想了解这世界，充满悬念的生活，它击打我的心"，听许巍，感受许巍，和许巍一起了解这世界，感受生活的悲喜，于是，音乐有了不同的意义。

有时我会想起
和你经历的故事
那些情景在飞扬
甜蜜又伤感

再次走过熟悉的地方
如今的你不知在何方
你曾给我的温暖感觉
依然在我心
……

喜欢许巍的歌，许巍是一种流淌的力量，低调、不羁；许巍是简单的执着，冷静、激越。听他的歌，有点苍凉，有些温暖，尽管自己和苍凉无染，但这种感受的确温暖。

许巍的歌有种别样的情怀、怀恋、怀旧！淡淡的却沁人心脾！在淡淡的忧伤里，寻觅着过去的足迹！看着那朵蓝莲花，我就情不自禁地想起了曾经的你。夏日的风吹过我思念的城市，星空下时光在旅行，或许那完美生活就在今夜。

许巍的歌里唱着他的爱，也唱出了我的情；因为许巍有爱，而我因许巍而感动。

心醉，一个人的孤单

——阿桑，你离我是远还是近

一

2009 年 4 月 6 日，阿桑走了，一个纯美的灵魂消失了！

桑说："你听，你听——寂寞在唱歌"。

桑又说："孤单，是一个人的狂欢；狂欢，是一群人的孤单。"

桑还说："叶子是不会飞的翅膀；翅膀是留在天上的叶子。天堂，原来应该不是妄想，只是我早已经遗忘，当初怎么开始飞翔。"

阿桑——你的安静，你的孤单，你的寂寞，如空谷幽兰，寂静着、美丽着，遗世独立。

情伤杳杳无处寄，一曲幽深诉衷肠。

二

真不知从什么时候起，我已经开始心醉于一个人的孤单。静静地享受一个人的世界，默默地低吟一个人的歌曲，暗夜中寂寞在唱歌。

今夜，想你了——阿桑。不是因为寂寞才想你，而是因为想你才寂寞。

今夜，无言。其实很多时候，我也总是这样：一个人静静地坐着，一个人静静地听着，一个人从酒场逃离之后静静地醉着。

沉默不是无言，而是爱得深沉。

你听寂寞在唱歌，温柔的，疯狂的，歌声是那么残忍，让人忍不住泪流成河……

喜欢你——阿桑，喜欢你的声音，更喜欢你的歌词，因为你是在用生命唱歌，用歌声表达你生命的喜怒哀伤，表达你那份深沉的忧伤，你是抒发着苦闷的行吟歌者。感谢你，用如此的深情，为我们疗伤。

三

悲伤的情歌里，诉说着痛疼的爱情；努力地歌唱中，唱出人们心中那份情感。哪怕孤独成霜，也要把泪水隐藏。你的温柔是一种慈悲，但是我怎么也学不会，如何能不被寂寞包围。

寂寞虽然很难耐，但寂寞也是我们的朋友。

谁说只有你有寂寞，但你敢在寂寞的时候歌唱。

在浮躁的年代，叶子落在哪里由风决定，寂寞伤到哪里由你确定。春天走了，自由走了，幸福走了，快乐走了，彩虹走了，爱情走了，希望走了，天堂走了……

而你，一直很安静。

"空荡的街景，想找个人放感情，作这种决定，是寂寞与我为邻，我们的爱情，像你路过的风景，一直在进行，脚步却从来不会为我而停。"

四

我有着像你一样的悲情和忧郁，有着与你一样的惆怅和哀伤，但我没有你的放达和洒脱。

原因是我没有疯，也不能疯。或许有一天会有这样的境界。哲人尼采，早在我还没有出生的年代就已经这样做了。

面对人生，我无心退出，只怕收步；又怕伤了谁，却没有安慰。糊里糊涂，就这么任凭摆布。

生活的期许，往往与现实的差距是那样的大。我一个人在路上，独自思量；我一个人在路上，独自彷徨；我一个人在路上，不再向往；我一个人在路上，等待阳光。

在情感的世界里，凡人习惯于生活，吃饭、穿衣、睡觉、游走；而情人习惯于精神，思考、向往、追求、飞翔。这本身就是不同的人生期许。

在这一点上，阿桑，你做到了。在我的理解中，你是为精神而活的，你苦而不悲。

寂寞流年，谁欠谁一曲离歌。

"桑之未落，其叶沃若。"而今虽然物是人非，尽管桑已去。而桑的寂寞在，温柔在，柔情在，追求在。

阿桑，你离我是远还是近？

今夜，听阿桑唱歌，听寂寞唱歌。

我心碎，我心醉，但不孤单。

怀念永远的阿桑！

后记：在我的记忆深处，有许多我崇拜的歌手，诸如邓丽君、翁美玲、海子、张雨生、三毛、黄家驹、张国荣、阿桑……，每每忆及，充溢我的生活及其感情。作为一个写者，早在许多年前，就有一个梦想，一定要抒发对他们的怀念之情。然而工作之繁忙，应酬之繁复，琐事之缠身，醉酒之频繁，常令我顾此失彼。好在我改变了写抒情散文的章法，不去追求严密、严谨，不去追求长篇、大论。直接以感悟、感慨为切入，便捷、直接，已续我衷于写作之常态。这也是2014年我的初衷。为此自3月24日写怀念海子始，到后面的怀念张国荣，便有了计划，一个一个地开始怀念吧，还不迟。或许，这也是到了"寂寞"时唱歌的时候。

点燃一支烟，挽住寂寞的手

天黑得　像不会再天亮了
明不明天　也无所谓了
就静静地　看青春难依难舍
泪还是热的　泪痕冷了

——歌手：阿桑《寂寞在唱歌》

第一乐章　狂想曲

许多个属于夜晚的日子里，放一张自己喜欢的 CD，泡一杯香茶，拿一本书。闻着淡淡的茶香，听着耳机里沙哑轻柔的声音，在柔和的灯光下，摊开手上的书，慢慢品味着寂寞。有时候，我们可以用另外一种的姿态去迎接寂寞。就像今晚，点燃一支上好的香烟，告别白天的繁忙和喧嚣，开始进入寂寞，开始品味寂寞，开始追寻寂寞。

今晚在烟雾缭绕中，在歌手阿桑的《寂寞在唱歌》的乐曲中，你与寂寞挽手，投入到了寂寞的怀抱，与寂寞进行着痴迷的肌肤间的零距离的接触……

关于寂寞，关于寂寞的状态、寂寞的心境，你都不想知道得太多。也许是怕被它传染吧。也许，只是把它当成一个词……

寂寞当若夜半独歌，寂寞当若孤灯夜读书，寂寞当若凝望静坐，寂寞当若静静独自听一支歌曲，吸一支浓浓的香烟。有人说孤单是因为没有人陪伴的失落，孤单的人不一定寂寞，而你却要说寂寞的人一定孤单。寂寞在夜色

429

里绽放，你在夜色中成为你自己。只有同样寂寞的人才看到同样寂寞的人的那种苦涩与无奈……

好在，在一支烟中我们可以品味寂寞，因为寂寞——她在歌唱。

第二乐章　彷徨

这个季节是忧郁的，在秋的萧瑟中，城市处在干巴巴、灰蒙蒙的忧伤里，已经分不清到底是谁的情感在纷涌，让天变了颜色，让地成了汪洋，让心忘了归航。唯能听到风和雨在狂乱地咆哮着，声嘶力竭地诉说着只有自己能听懂的心曲。风雨过处，叶凋零，花残败，枝竟折，伤痕更深、更重、更清晰地留下。

其实，孤独本就应该与寂寞相提并论。孤独难耐，寂寞伤怀。

有多么深情的期盼，就有多么深厚的孤独和寂寞。孤独和寂寞曾是美学的极致探求，孤苦寂寞更是人生的至高境界。孤独寂寞造就了多少千古绝唱，孤独寂寞催生了无数的人间挚爱。

享受孤独和寂寞——

泪与笑俱已化作心灵深处不朽的诗篇。

烟圈一晕一晕地扩散，我在袅袅的烟气中，有点找不到自己。很久了，一直这样的迷失。

第三乐章　忏悔

今夜，你如此寂寞，无论你怎样，都等不到你向往的、盼望的那种生活，于是一颗心变得空洞疼痛。你有些麻木了，希望早已离你远去，你寂寞的心思里，哀愁如水般无痕。

寂寞？是的，寂寞。可寂寞又是什么？是峻峭的你行走在人群中的一份孤独？还是忧伤的你独品一杯红茶的清寂？你如水的眸子，摇曳在一份浅浅的思念里，黯然。

多久了？你的夜不再完整，零零碎碎。总是自己那清瘦的面容，孤单地入睡，又在寂寞牵挂中醒来。一次又一次，梦里梦外，依稀的，总是一个人的身影，孤独将你从寂寞中叫醒，又残忍地把你推入又一个无边的黑夜。过去的日子，你追逐你想要的快乐，挥霍你拥有的快乐，那样无知，那样疯狂。想不到你捞住的却是意外的冷落。当这份虚幻的快乐消耗殆尽时，你拖着一身的疲倦，你怅惘、苦痛，甚至懊丧。终于，你又寂寞下来了，回复到你最原始的模样。寂寞让你愁苦，愁苦让你变得就像羁旅行役的天涯断肠人。

第四乐章　安魂曲

今夜，你这样的寂寞，顺手又打开了潘多拉魔盒。而那里只留下一堆写满文字的乱纸，恍如撕碎了的记忆，又若情感的毁伤。你怅然地望着这堆乱纸，望着灰尘开始积聚的几凳，已经紧闭着的窗户，你不再有奇怪的期待，不再痴迷地盼望着有人来敲这门，叩这窗户，就让寂寞陪它以后的春夏秋冬吧。

今夜，你好像看见寂寞的模样，她没有缤纷的色彩，没有热情的温度，没有海浪的声音，她这样地接近你，包围你，好像一曲无声的音乐。是的，爱不了你，陪不了你，忘不了你，离不了你，就让你独自品味属于你的这份寂寞吧。

心中杂乱不堪，而情若游丝。忽而想起了盛唐豪侠李白。李白诗云"古来圣贤皆寂寞"，圣贤为什么会寂寞？因为圣贤的学识和成就太出色了，所谓曲高和寡，知音难求，自然寂寞了。

忽而也想起了苏轼。苏轼词曰"高处不胜寒"，人到了高处，自己也是难逢对手，孤独寂寞不已。这些孤独寂寞，是成功后的孤独寂寞。

殊不知，任何一个有辉煌成就的人，不管是想成为"圣贤"也好，想登上"高处"也好，路途上也都是孤独寂寞做伴。

也许，在真正的寂寞中才能创造出真正的辉煌。凡欲有所作为者，所走之路，所做之事，多为前人未曾涉猎，以一己之力，耐得住寂寞，披荆斩棘，方能有所成就。

然而，寂寞的人未必都能取得辉煌，但有辉煌成就的人一定能经得起磨难，耐得住寂寞。可以这么说，辉煌是需要寂寞的，为争取辉煌，需要忍常人所不能忍，需要自己与自己较量。而在登上辉煌的巅峰之后，站在金字塔的最顶层，"一览众山小"，众人只能远远仰望你，这更是寂寞的。

在常人眼里，这些人，他们是寂寞的，但同时，他们也是快乐的。为了自己心爱的事业，他们选择了寂寞，但他们又在努力，在奋斗，所以又不是寂寞的。辉煌，不是人人都可以做到的，这是寂寞的辉煌；寂寞，是一种抉择，是一种智慧，是辉煌的寂寞！

第五乐章　走向祭坛

品味寂寞只在夜深人静、明月高照时分才更加分明，更有韵味，才能更好地在深夜对月长啸，才能在悲凉的夜晚傲啸里抒发对生活的感慨，对妻子友人的思念。

点燃一支烟开始寂寞。在孤寂中你发现岁月的寂寞，竟使黑夜更深重了。将最丰富的情感、最刻骨的追求、最辉煌的梦想、最彻底的剖白，一并融入最痛苦的孤独和寂寞之中，承受那刻骨铭心的煎熬，拥有这珍贵难得的情怀。

即使人情冷漠、即便世态炎凉，只要你心不为之动、志不为之夺、意不为之散、情不为之移，直面冷峻人生，珍视心中净土。常常，于无人处、于无声时，孤独之美熠熠生辉。

享受孤独和寂寞——

泪与笑俱已化作心灵深处不朽的诗篇。

寂寞最初源于无奈，然而寂寞并不会让人失落。寂寞是自由的，寂寞未必就是不幸，倒可能是一种磨炼，当心灵趋于平静，精神便得到永恒……今夜你终于知道寂寞孤独的不是你的心，而是你的灵魂。

寂寞的日子里，你用时间雕刻思念；孤独的岁月中，你用誓言坚守承诺。劳累了、疲惫了、失落了、沉默了也千万别怕，"你听寂寞在唱歌，温柔的、疯狂的、悲伤的，越来越深刻"。这世界虽有深情，无奈寂寞如许。渐渐地明白在激情的烈火中，其实，你若是一池春水，你就是池边的那一朵寂寞桃红。瓣瓣落尽在你的掌中，用拼却一生的醉颜唤你忆起。于是，你将把所有的寂寞与孤独藏在心中……

今夜，你点燃一支烟，挽住寂寞的手。

你与寂寞挽手。你享用你的寂寞——

泪与笑俱已化作心灵深处不朽的诗篇。

夏天，一个黑暗的格言

克尔凯郭尔说：生活是一个黑暗的格言。

我觉得万分的正确。

今年的夏天，我很困惑，无名的惆怅，无故失意，极端的空虚，极度的颓废。

我想我是深受到克尔凯郭尔的影响，我不敢想象我该怎样度过这个夏天。

我很无奈。

一场雨之后，天晴了。从阳光中走下来，我又回到了我的房间。

这已经是今年的夏天。

模糊的光线在时间中交织着各种字符，它们嵌入摊在桌子上的书页里，向我展示了一种状态。

无疑，这是一种状态。在一个春天已经结束的日子，面对降临的黑暗，似乎只有摸索到那些神秘字符的笔画，才可以为存在勾勒更多内容。

这个时候，我正在阅读克尔凯郭尔的日记。"衡量一个人的标准是：在多长的时间里，以及在怎样的程度上他能够甘于孤独，而不在乎是否得到他人理解。"克尔凯郭尔向我诠释了一种独处的状态。一个人与一群人，在时间与存在中所保持的关系。

今年的夏天，一切似乎刚刚结束，又刚刚开始。我待在房间里，一个人，除了呼吸，没有任何回音，淡淡的紫丁香味从楼下飘来，这是我熟悉并喜欢的味道。

从很长一段时间开始，我似乎一直在面临这样的生活：从一个人的状态里走进去，然后走出来，像一只鸟，可以随时飞，也可以随时收拢双翼。

我会在休息的日子里闭门不出，或者选择在黄昏或疲倦的时候，绕着古城墙下的小公园散步。或者找个极端没有理由的理由，去痛饮一个晚上，然后孤独地回家，让黑暗实现生活的格言。

孤单是一个人的狂欢，狂欢是一群人的孤单。爱情，开始是陪伴，但我也渐渐地遗忘，当时是有怎样的人陪伴。

在来来往往的人流里，我能够看见发生在时间内外的一些隐秘的变化。这一切，都足以让我深深地沉浸，试图去抓住一些东西。

当一场雨来了又走了，我再次从阳光消失的背面回到我的房间。

那是让我缓慢流动的一个截面，缓慢，这是与时间合拍的一个词语，"只有等一切都真正缓慢下来，心灵才会寻找到自我"。

此时此刻，当我坐在书桌前，我已经能够把身体缓慢交给模糊的光线，看着它们缓慢地通过语言的肢解去与灵魂的火焰接触。

这一切都充满了热力。夏天才刚刚开始，我已经感受到了前所未有的热量弥漫在身边。这不同于激情与勇气。

在时间的岸边我已经走过了三十八年。身后留下一串串时间的脚印，我已经不能够回头，去篡改或抹杀那些脚印的深浅。

一朵花，它可以印证前一花季的怒放；一片阳光，它还可以继续去披露土地的秘密。人生如棋不是棋，棋输了可以重新来过，时光却不会因为哪个人迷路而折回。一些人，已经永远无法与过去的人和事重逢。

无论如何，我已经失去了那样的勇气。从燃烧的岁月中走出来，怀旧是令人感伤的。

现在，三十八岁的事实证明了我需要去经历另外一种历程——冷静而不乏意义的历程，即让我的秘密情感在沉浮之后趋于澄静，保持水一样的澄静。

在这个夏天到来之前，我刚刚疏远了我生命中的几位最好的朋友。

我无法不称他们为最好的朋友，因为他们曾经给予我太多的感动和震颤。但我又不得不与他们保持一种距离。距离会产生美丽，并制造安全。

那些钦佩我的人称赞我，但我不知道他们是否爱我；那些和我交往的人虽然认可我，但我不知道他们是否在骨子里诋毁我；妻和孩子深爱我，但我却不知道我们何时才能相互依靠、团圆。

是的，在一朵花正在盛开的时候，我所担心的不是它怒放出来的美丽，而是开放后能够维持多久。所以，我又重新回到了我自己的世界。

是的，其实我并非万念俱灰。因为我是一个理想中爱的追随者，在我的许多篇文章中，我都在追寻，追寻那种幸福。

然而，今年的夏天，我的感受是痛苦至极的。

我被仓央嘉措的爱情搅得很悲伤，我被克尔凯郭尔引诱而又抛却式的爱情搞得很颓丧。

真正的爱情是没有结果的，真正的爱，会把自己的搞得很忧郁、很黑暗。我知道，在我的生活中，我永远不会去成就理想中的永恒的爱。

爱和信仰，仅是一种精神的寄托，人必须要选择。

克尔凯郭尔在《非此即彼》里这样说："如果你结婚，你会后悔；如果你不结婚，你也会后悔……不管你结婚与否，你都将后悔。相信女人你会后悔；不相信她你也会后悔，不管相信与否，你都将后悔。上吊你会后悔；不上吊你也会后悔，不管上吊与否，你都将后悔。"

我当然不是克尔凯郭尔。

然而，阿桑却这样唱着：

让我脆弱的爱，让我痛苦的爱

让我迷失的爱，但我还是渴望爱

让我温暖的爱，让我美丽的爱

让我微笑的爱，但我还是害怕爱

每天，在所有的光线消失之后，在阒寂中只点一盏灯，然后对着镜子去看闪烁在我眼里的光亮。

我的书桌上始终放着一面镜子。在这个世界上，镜子的存在是多么具有必要性——它为恍惚的人找到了自己仍然存在和活着的佐证。

在无数个欢乐与痛苦并存的日子，在世界深处的黑夜里，我的面前搁着镜子，我会去看镜子中的那个人，看他从眼角到额头再到嘴唇上隐秘的纹路之间所发生的细微变化。

变化是令人惊恐不安的。当一切变化都成为事实，披露在灯光下的那个影子，只是一个被剥掉了外衣的孩子。

这一年，我已经学会通过阅读和写作的方式去找到好好活下去的姿态。

我应该像克尔凯郭尔那样"本真的存在"。

语言的力量制造了另一种火焰，它们在我眼前闪闪烁烁地发出诱惑。

在一些不能平静情绪的日子里，我和一位很有学识的网友保持着联系，她告诉我：生活中除了别人，还有你自己。除了感情，还有更多的事情可以做。这是我能够记住的语言。

为一种状态而洞悉一切并保持内心的完整。这样的豁然，是我所需要的。

在一些飘雨的夜晚，我一个人坐在房间里，这时候，我没有去想更多的人和事。

从美国女诗人蒂丝黛尔的诗里我只是在品味着那种叫作孤独的意境："随着岁月的逝去，我的内心越来越富足，和青年时候不同，我再也不用像从前那样，同每个新认识的朋友，都一见如故，或者一定要用语言把思想塑成具体形状。

他们来也好，去也好，在我看来是一回事。他们得志也好，失志也好，我总会满不在乎。

只要我能保有自我和坚强的志愿，只要我有力量能在夏日夜晚爬上山去，看星星成群涌过来，在山的那一边。

让他们去相信我爱他们，爱得比实在还要多，让他们去相信我非常在乎，虽然我一个人走，假如能让他们得意，对我又有什么关系，只要我本身完整，像一朵花或一块石头？"

夜静悄悄地盛开着它最后的火焰，在我的小房间里，我灵魂的翅膀在时间中盈动。

活的幸福是多么好啊！哪怕是一个人浮在黑暗中，也会有翅膀的声音在心中唱起。

今年四月，我曾喜欢的女歌手阿桑走了，我甚是悲伤。我连续听了一星期她的歌，一切事物都如此亲近，也可以因为有理由拒绝而准确地绕开。

时间已经走入夏季，通过一面镜子，我找到了让自己不动声色的佐证。

同时，我也看到了镜子中的那双眼睛在模糊的光线中始终保持着明净如水。

这无疑是一种很好的状态。此时此刻，我所需要的正是要把自己从恍惚和晃荡的琐事中解救出来，置入一种宁静。

在我过去的文章里，我曾写到属于我自己的宁静：隐藏在时间中的宁静——真正意义上的宁静。从梦境中挣扎出来告别死亡的宁静。

现在，这一切都被我紧紧抓在手中。我的房间，光线照耀出来的语言，它们让我深刻体验到了一个人始终不渝地生存状态，即在一种宁静中所要坚持下去的孤独，它们也许会很忧伤，甚至与别人不发生任何联系，但最终，我相信它会从忧伤之中挣脱出来，向我传递一份微妙的和谐。

这个夏天刚刚开始。我学会了一种拒绝，即把自己从一些人中间分离出来，告别一些故事，和一些情绪。

所有生命的问题都是来自我们身体中的情绪，而产生情绪的则是灵魂。

独处，是克尔凯郭尔的生存方式，他用自己整个生命的过程，诠释着孤独这两个字的博大内涵。

克尔凯郭尔说："灵魂的优越在于看到个体。"现在，我正在经历这样的熔炼过程。从人群中走出来，一个人继续走下去。这不是一种过于激烈的偏颇。人与人之间的联系，其实很简单。形而下的独处与形而上的独立，从永恒的角度去审视，无疑是具有意义的。

一人的状态，需要勇气去进行准确而冷静的思考。当能够真正地看清自己时，什么都已经不再重要。

此时此刻，我已经能够超越围绕在我身边的世俗意义去理解与周围那些人之间的关系。他们是善良而真实的，也是多情而令人心怀忧伤的。

无论如何，我曾经深刻体验过来自他们灵魂深处的抚慰，他们的翅膀轻盈而美丽，但那不是我想要和能够获取的风景。

无论如何，我必须要从那些风景中穿越出去，像一个义无反顾而冷酷无情的殉道者，为现在的生存状态保持最后的孤独。

这一切，也许别人是不能理解的。当我在书房里看着镜子里的那双眼睛，澄静明澈的给我想哭的感动。

这个时候，我会学着像那些伟大而孤独的灵魂一样，双手合十，向着遥远的神祇祈祷："不要抛弃我，允许我活下去，并且做一个能用自己的努力成就自己的人！"

夜静着，我是凭借着克尔凯郭尔在和自己的内心交谈了。"此刻，我的灵魂已是那拉紧的弓，我的思想已待命于箭袋了"。

夜静着，我听见了马鞭的拍击声，那一定是辽阔草原上那个孤独的猎手。克尔恺郭尔的内心图景就像高原，空漠无边，而一个人拥有了自己的内心，也就拥有了整个的世界。

要告别爱情，首先必须进入爱情，对任何事物都是如此。进入它，了解它，才能告别它。告别爱情，好好生活或许也成了我人生的大策略。

不懂得告别，就不可能真正懂得生命的含义。

克尔凯郭尔是孤独的，但谁又不孤独呢？

人生是无意义的，忙忙碌碌，终究逝去。没有人会幸福地度过一生，幸福是短暂的，而苦难却是永恒地存在。

或许有人会说，你太灰色。微笑面对人生，将是一种情趣，一种风度，甚至是一种责任。但在今年的夏天我也只能如此了。

我不知道这是不是我的格言，或许它真的黑暗。

凝望的爱

泰蕾莎修女说：爱，直到成伤。

——题记

"也许孤独是爱最意味深长的赠品，爱此赠礼的人从此学会了爱自己，也学会了理解别的孤独的灵魂和深藏于他们之中的深邃的爱，从而为自己建立了一个珍贵的精神世界。"在今夜，我又在聆听哲学大师周国平对生活的如是说。

今夜有雨，外面的街道上依然车水马龙，而我却在茫然中生活。

忘记了那么多往事，淡漠了那么多情感。回首当初那个凄迷的雨夜，望着雨中闪烁光亮的孤灯，为何这份记忆依然清晰？诚然，时间是可以淡化许多东西的。一旦时空隔断，有些东西注定是我们无法超越的。可是也有一些东西是无论多长时间也改变不了的。那份思念、期盼和等待，便在那个迷离的晚上镌刻成了一种记忆，娓娓道出了一个震颤人心的故事。纵然有一天我魂飞魄散，那份情怀依旧刻骨铭心。

独立窗前，倚着书桌，听着雨打窗户的声响，那份和谐是我曾经的留恋；那份孤独是我曾经走过的沧桑；感受夜雨敲窗的静谧，那份潇洒是我曾经演绎的初恋，那份执着是我真实感情的付出。洒落的泪水与雨水共舞，舞出了轮回中一段动人的往事，舞出了天的注定，舞出了我的人生。今生我该做个与雨为伴的恋人，细细地品味把玩那份雨和灯的真情。前世恋情，今世注定，面对着雨中孤灯的我久久难以入眠。

从来不曾让思维轻易地溜走，而是凝固、是延伸、是开拓，是一刹那间情感叠加的日记，留下的不是单调，而是诱惑泛起的绵绵长音。

爱情誓言，只属于某一刻。

有人说，爱了就爱了，已经爱过，就不必再计较爱情的得与失，哪怕只拥有一时的甜蜜。假若那是一个美丽的错误，那就将错就错，让那错误一直延续下去。人一旦走进爱情的圈子，被感情的浪漫包围，再要抽身就很困难，想要战胜这重重困难，付出的代价是很难想象的。人是平凡的感情动物，很多人的勇气如同吹起的皂泡泡一般，一时间便消失得无影无踪。

曾摘下一朵六瓣丁香花珍藏起来，想证明一个"永远"的故事。过些日子却发现它枯萎了，消失了。以后每一年的春天都去看丁香花，但每一年，总是立的远远的，似乎只有这样，它才能永远淡雅幽香直至地老天荒。情感是场，情感是网，几多较量，几多迷茫。生活是帆，生活是墙，几多奋斗，几多沮丧。这是一个古老的哲理，也是一个常新的问题。尽管许多人想活的潇洒一些，轻松一些，快乐一些，但最终一生也潇洒不了，轻松不了，快乐不了。

世间有太多美好的事物，美好的人。对于没有拥有的美好，我们一直苦苦地向往与追求。为了获得，忙忙碌碌，真正的所需所想，往往要在经历许多流年后才能明了，甚至穷尽一生也不知所得。而对已经拥有的美好，我们又因常常得而复失的经历而存在一份忐忑与担心。夕阳易逝的叹息，花开花落的烦恼……人生本是不快乐的，以为拥有的时候，我们也许正在失去，而放弃的时候，我们也许又在重新获得。对万事万物，我们其实都不可能有绝对的把握。如果执意于追逐与拥有，就很难走出万物，继而走出自己了，人生那种不能自主的悲哀感将会更加沉重。

所以生命中需要升华出安静与超脱的精神。明白的人懂得放弃，真情的人懂得牺牲，幸福的人懂得超脱。例如：当我们目送那只美丽的小鸟飞走，但它的美丽留下；当若干年后我们知道自己所喜爱的人仍在好好地生活，并一如既往地优秀，我们会更加心满意足，如同站在远处观望一棵在风中蓬勃生长的绿树，心中洋溢的是宽敞无比的爱意。

我想你了，在夜静如水而又细雨蒙蒙的时候。

思念的灵魂伴随着空灵的躯壳游走在这个没有你的黑夜。无数的呻吟，无数的表白，恰是我心中的最痛。现实里的分隔，无法牵手的遗憾，都在这夜情感的错位与无言中，我等了很久、很久，像醒不了的梦，日日夜夜重复着，继续着，单纯着对你的倾诉。

雨一直在下……

爱，我们有过；痛，我们有过。当一切都变化成现在——在遥远的两端凝望爱时，心中的彼此依旧是对方不能替代的痕迹。多少次，你眼里的我，没有更改过对你的深情，多少回，我眼中的你，终于淹没在模糊的视线。漂浮，辗转，就是我们不断在相互接受的事实。我们无法再去拒绝这凝望的爱，再不去抗拒绵长的思念，再不去抵制无期的等候，因为，你和我都相信，挥着手，我们会在彼此的眼睛里重逢。

一个人的相思是很苦的，像丝一样的缠绕着。体无完肤的文字，如影相随，但已经习惯于紧抓着苍白空洞的语言让你知道我的孤单与想念时，深埋在梦境里的甜蜜往往是我最好的安慰，躲避在记忆中的片段更加是我离不了的温柔。

此刻的残缺，指向心房，划破了寂静的夜。不断想着的心灵，都能够感应远处凝望的温暖，虽然，我还是这样冷冷落落地寂寥，深深切切地忧伤，可不管何时何境，都将无法逃脱这爱的方式。宿命和邂逅，注定与安排，也许就是无法改变，无法抗拒，哪怕只是一瞬间的相守，终将是那伴着幸福时刻的无声雨水和泪水慢慢滴落的过程。

你，我，都在遥远一方的夜里，天空已经有了用凝望积累的一条属于我们的轨道。

凝望吧！虽然在这个时候，你的视线里没有我，我的眼睛中没有你，但那条遥远的地平线上有着我们相互依偎的身影。

生活在这座小小的城市，习惯了看这座城市里不高的楼，也并不繁华的景，还有脚步匆匆的上班族和悠闲漫步的逛街者。可是我知道，这里，终究不是我要生活一辈子的地方。我心中的那座城池里，必定要有参天的树，茂密的林，成群的鸟，甚至，我希望偶尔能看到一两只小鹿，或者是寻食的松鼠。

从何时起，开始向往静谧？最近的梦里总会出现一个背景，阴凉的森林里，阳光透过茂盛树叶间小小的空隙射在嫩绿的草上，犹如一个个闪着光圈的精灵在绿色的草尖上的跳舞，晃啊晃的，心中便有无限温柔升起，仿佛置身于一堆柔软的棉花之中，或者，是爱人的怀抱。就是这样的背景，常常出现在我的梦里，或者说，这是全景，因为梦里从来都没有我，也没有别人。

但我知道，梦由心生，我必定是厌倦了什么，又期待着什么。

于是我开始怀念，怀念曾经踏过的青草地，怀念曾经捧过的带露的鲜花，更怀念青梅竹马牵手拥抱的每一个细节。而如今，一切都在妄想中，那些年向往却不曾拥有的吊床已经无处悬挂，呆呆的，只是一堆打满了死结的绳子，丢弃在某个晒不到阳光也享受不到阴凉的角落里，积满了尘土。

红尘之中皆是土。我若是花，落地碾成土；我若是草，枯尽化作土；我若是活生生的肌肤骨骼，也总有一天也要与土共眠，随后便化作尘土。可我宁愿能做你心上的一粒尘，在你终老之后，带着我一起入土。

缘何开始？缘何结束？

何为开始？何为结束？

宇宙空间之中传出一粒砂的哭声，飘荡着良久不绝。

外面的雨还在下……周国平又如是说：爱一个人，就是心疼她，怜她，宠她。心疼她，因为她受苦；怜她，因为她弱小；宠爱她，因为她这么信赖地把自己托付给了你。

爱是一种多么深沉的依恋，又是一种多么无休止的挂念。

还是安妮宝贝说的质朴：生命中不断有人离开或进入。于是看见的，看不见了；记住的，遗忘了，生命中不断有得到和失落。于是，看不见的，看见了；遗忘的，记住了。

今夜感到释然……

遥远的思念

梨花又开了，一片洁白。

"乍暖还清冷，风雨晚来方定。"今夜，我知道在孤寂的远方——靠近黄河的小镇，该是梨花盛开的季节了，那里景色一定很美，而我却不能去亲近，这实在令人心痛。细细想来，这也许是我酝酿已久的 2006 年的第一场痛。

当我在紧张地工作之后，当我在酒后沉于醉意的时候，当我敞开胸膛在城市的广场、在迪厅放肆的狂欢了一次之后，当我在夜色中嗅到古城丁香花飘散出的香味的时候，我又想起了梨花。想起那当年门掩梨花，剪灯深夜语的日子……

"风不定，人初静。"

远方，月亮张开梦的翅膀，醉人的梨花香味在夜色中流淌，淡淡的夜幕里，温柔的妻也许正抱着我们的孩子——朵儿，在静谧、恬静的梨树下哼着眠歌。

对不起，我的爱妻，我今夜的放浪形骸绝对不是故意，我只想用酒精去麻醉自己，请原谅，我的忘形。

"思往事，惜流芳，易成伤。"

梨花洁白，我的泪下。有太多的心痛就别喝下太少的酒精，想开心就要舍得伤心。相隔异地生活，让我心痛，今夜在一场痛饮狂欢之后，我注定经过嘈杂走向孤独，人走筵空。疯狂之后往往需要苦苦地反省，去感受生命中最深刻的无聊，这也许就是真正的生活的辩证法。酒醉醒来愁未醒，我独倚床头，想起与妻儿相聚的日夜，妻那熟悉的笑声，那亲切的话语，犹如梨花般朵朵绽放，这是怎样的思念，别样的愁绪。

城市的街道上行人款款，夜色阑珊。而我独想梨花，梨花朵朵，思念眷眷，没有你的城市里，就如同这个城市里我看不到梨花。望碧空夜幕，佳人何处，梦魂俱远。

今夜，我站在寂寞的入口，无法逃避离愁。在生命的等候中，我已然像一个生活的守望者，我看见天边那颗蓝色的星离我好近，我强烈地感到世界的存在，蓦然回首，我只能走近，去品味生活的意义。我的爱妻，我其实是在寻找一种状态啊，能够使我享受人生而不沉湎，看透人生而不消极。然而我捕捉到的却是一种独有的拜伦式的忧郁和伤感。

"天涯地角有穷时，只有相思无尽处。"

婚后的日子聚少离多，思念一年年，相聚一点点，而我们彼此都怀抱着对生活的信念和企盼。每个黄昏心跳的时候，我们都拥有灵魂的交流；每一次相聚面对的时候，我们都拥有快乐的时光。我们彼此守望，因为生活，更因为真爱。

然而，我们彼此必须付出许多，我们必须饱受着情感上的煎熬，每一次的相聚，都让我们体验到无限的温柔、甜蜜和一份安慰；每一次的离别，都让我们平添一种隐隐的痛和一分失意。我们相互的思念有谁能知道，我们闭上眼睛假装可以忘却，一路上走来，留下的眼泪却骗不了自己。

每一次的车站离别，有多少眼泪在那里流淌，有多少愁绪弥漫在它的上空。"自送行，心难舍，一点相思，几时绝。凭栏袖拂扬花雪，溪又斜，山又遮，人去也。"

事实上，越是接近分离的时刻，昔日的爱情的分量就越是显现了出来。我知道我和妻的爱情虽因分离受伤，但不可能死去，因为它的强烈生存本能仍在向我们发出呼唤。我鲜明地意识到，我们每一次虽然面对着聚散离合，但我们的生活轨道却从此越走越近，我的内心一次次地在悲哀中感动不已。

想家的时候，就给妻打电话，她太瘦弱，我害怕她承受不了生活的重担。而她总说很好，很快乐。我知道妻是善解人意的，忍受是她的性格。电话中她总告诉我，"我们的儿子——朵儿，长得又白又胖，很乖很乖……"我说："工作忙吗?"她说："还好，工作上有了很大的起色……"妻也问我："身体好吗? 可否愉快?"我说："还好，工作还顺心……"我说：

"离相聚的日子又近了，不久又将重逢，慢慢等候吧。"妻也异常地喜悦，会心地笑着。

每每倾诉之后，我真的高兴，快乐至极，以至整个夜晚都能听到妻和孩子的笑声。可我知道在这笑声的背后，一定是妻憔悴的面容。妻子那沙哑的嗓音，我听得真切，我知道为了家和孩子，她在操劳，在她的笑声背后是无尽的痛苦、劳累或者是埋怨。每当梦醒以后，她会不会冷，会不会很孤单，每次泪流过后，她的心会不会很痛。

而在异域的城市，我只能把悲伤留给自己，"对闲窗畔，停灯向晓，抱影无眠"。城市的上空星星稀疏，月光淡淡，还是收拾好残缺的心情，让时间证明我们是如此的善待并执着于生活，美丽的相聚应该让我们共同拥有。

为了生活，为了团聚，为了忠于爱情——这种伟大疾病。我们痛并快乐着；我们永远守望着。

梨花开了，我未能去；郁金香开了，你也未能来。

走在夏都的大道上，闪躲在人群里，徘徊在茫然中，在我的内心深处，有着多少守望，就让生命去等候，等候下一个漂流。

日子就这样流淌，情感就这样悲喜交加。

"天长地远魂飞苦，梦魂不到关山难，长相思，摧心肝。"每当我听见那忧郁的乐章，总会勾起我生命的伤痛；每当我看见天空白色的月光，总会想起妻的面庞。我深深地知道，我们的爱从来不计较时间，在规律和不规律之间，在期待和等候之间，我们的生活也永远有着一个共同的主题。在平淡的生活中，我们从不奢望，我们没有誓言，只求用一生去品尝生活的甜蜜，我们步履向前，就让每一次深深的问候和眷恋能成为日后团聚的积淀。

梨花败了，郁金香仍在绽放。

伴着盛夏的和风，我想，我们的痛也应该结束，这么多年过去了，生活也应该有另一副面孔了，我们本来就应该有更多的快乐。如果说我们内心很痛，只源于对生活爱得真切；如果说我们期盼快乐，那是因为我们永远相依。也许，我们的伤感和忧郁就来源于此，但这都是我们生命本质里对生活最生动的抚摸和共振。"最关情，折尽梅花，难寄相思"，这丝丝缕缕的感伤和快乐是我们对于爱最好的阐释。

尽管我们的快乐有时不尽相同，但我们有着同样的痛。在分离和相聚之间，在完美和残缺之间，在理想和现实之间，我们在生命中彼此守望着。

春已去，人依旧，人间久别不成悲。谁教岁岁红莲夜，两处沉吟各自知。

这样的生活现在算来已经十年之久了，现在来回顾，我想说，对于一个既懂得世事无常又珍惜生命和爱的人来说，任何痛苦的事情终将会过去，任何美好的事物只要存在过，便永远存在。

作为这样一个自我的人，我同时觉得这样的环境也给我带来了别人所无法享受的情趣，能够欣赏孤独、寂寞、独处的妙趣。如果没有孤独、寂寞、独处，我的生活就会失去妙趣，我会感到自己孤零零地生活在无边的荒漠中。为此我永远也不会羡慕任何人，生活的意义在于充实，在于守望。

爱其实是脆弱的，爱是要付出努力的，但在我和妻的心中它竟然显得那样的坚韧。因为我们彼此都知道哲人所说的那句话："爱情是人生的珍宝，当我们用婚姻这只船运载爱情的珍宝时，我们的使命是尽量绕开暗礁，躲开风浪，安全到达目的地。谁若故意迎着风浪上，固然可以获得冒险的乐趣，但也说明了他（她）对船中的珍宝并不爱惜。好姻缘是要靠珍惜之心来保护的，珍惜便是缘，缘在珍惜中，珍惜之心亡则缘尽。"

城市的夜空星星点点。今夜，妻，还在乡间的梨树下，独自哼着眠歌……

泰戈尔如是说：不要试图去填满生命的空白，因为音乐就来自那空白深处。

夜的仪式正在进行中，就让生命永远去等候。

做个生命中的守望者吧，我们等待，别焦虑，别忧郁，好好等待戈多！

说好不哭

在很早以来，他就选择了沉默，沉默是一种方式。在沉默中快乐，在沉默中忧伤。在冥冥之中，他沉默着生活，沉默着做事。他是一只沉默的羔羊。

每当深夜，听《布列瑟农》，是一种无奈，是一种忧伤，是一种空悲切。每次与妻儿分别，他们总是哭泣，这次他们——说好不哭，然而，不哭的滋味比哭还要痛苦。犹如那穿越苍凉原野的一匹狼，总要发出长啸。窗外的世界是那样的静。人们都睡了。然而他独自在夜中孤寂地活着。为了生活，为了现在他所要身殉的爱。

今天又一次面对分离，是在与妻相聚了一个晚上之后。在阳春三月，他们看见了什么，是眼泪。在那刻他们不会在乎什么春光明媚，一切将不再重要，只因为分离。梨花开的日子里，他们注定要面对分离，虽然月色魅力，尽管梨花飘香。

朵儿，他的爱子，在他踏上车的那一刻，又在哇哇大哭，这是他预料到的。他知道分别需要面对背影，而背影在他的记忆里是那样的凄凉，那凄凉的背影是他的背影，是妻的背影，是孩儿的背影。背影总是很简单，简单是一种风景；背影总是很忧伤，忧伤是一种美丽；背影总是很孤独，孤独是一种生活。妻抱着孩子在街道上踽踽独行，而他也已随车远去。渺渺茫茫，茫茫渺渺。祈祷的钟声又开始敲响，生命的大车迫使他不得不面对分离。

他没有哭，没有；妻也没有哭，没有。他们要遵守各自的约定——说好不哭。只是他们的朵儿幼小的心灵上蒙上了阴影，他违背了规则。害得他们让该死的眼泪又一次成为抢手货。

今晚，他擦干了蒙眬的双眼，遥望着天边那颗闪烁的星。孤星、夜雨，独自一人，戚戚然，寂寂然；寒风、冷夜，飘远的思绪，伤伤然，默默然……当他打开记忆的闸门，拨动心灵的琴弦时，他的心里充满了悲哀，想起已经故去的父亲；想起在异地的妻子和儿子；想起他为了奋斗而招来的更多的烦恼和更多的敌人……他忘记了自己的青春和生活中所有的快乐，他的奋斗毫无结果。而且，他也疲倦了。

当他躺下身来，取下白天里戴的面具，结算这一天的总账。打开自己的内心，打开自己"灵魂的一隅"，那个隐秘的角落。他怅惘、悲泣、悔恨，为了这一天的失意，为了这一天的忧伤，为了这一天艰难的生活。自然，人们中间也有少数得意的人，可是他们已经满意的睡熟了。剩下那些不幸的人，失望的人在不温暖的被窝里悲泣自己的命运。无论是在白天或黑夜，世界都有两个不同的面目，为这两种不同的人而存在。

眼前一片羽毛在不停地随风飞舞，飘飘摇摇……

回想他和妻子从恋爱到结婚到孩子三岁已足足十年了，而真正在一起生活的日子加起来也不过三年，剩余的七年里为了生存他们疲于奔命。为了他们的爱，他们赖定了相思。他们过着可笑的生活，他们上演着一幕幕一场场可悲可泣梦想团聚的戏剧。他和妻是爱情的无赖，是梦想团聚的痞子。面对痛苦时他不得不这样下一个结论。

绿水本无波，貌而生涟漪，涟漪有代谢，岁月无休止。连安吉里斯·赛勒修斯——一位充满高贵而挚爱的基督徒情感的人，他说："无论孤独如何令人痛苦，也要小心不要变得粗俗；因为，无论你在何处，都能找到一片荒漠。"

看呐！我将漂流远方，

我将独栖荒野。

不要玩弄你的忧伤，

他像秃鹰吞噬你的生命。

在小人物的命运中他注定要成为孤独者——尽管他也多次为命运而深感痛苦，却又总是选择它，因为成为孤独者的命运，毕竟要比成为粗鄙者的命运要少一些痛苦。

他羡慕流云的逍遥，他记恨飞鸟的自由，宇宙是包罗万象的，但他的世界却是狭的笼。他追逐着，追逐着，他不能如愿满足希望。他痛苦的，痛苦的，就是这不能安静的灵魂。

高原小镇，轻轻的微风，绵绵的细雨……黄河上一览无余，视野里找不到妻子期待的身影。

他在古城的一隅，独享着梦中妻儿。

离人的思绪如牵强的秋风，薄薄地依偎在黄河穿越时空的坚强里。在暗夜中他与他的影子对白，睁眼闭眼间全是清瘦忧郁的神情。他坐在床前独自听着夜的声音，夜的忧伤无声息得让他追随。每一个细节，每一幕相聚都在他的心弦上颤动，想为伤感的他们续一首诗，诗里面是伤痕累累的际遇。往日流泪的妻子日日孤寂地走入他梦中，独自徘徊复徘徊，他找不到悲伤的诗句。无数行者的黑暗的夜里，枕着孤寂直到天明。无数个单身的日子里，他的"独角戏"上演着。在孤寂的日夜里他感慨人生如江面柯枝，沉浮复沉浮，一腔激情和渴望却在纸上无羁地飘洒，力透纸背的全是对生活的向往。有人说"厚积"是为了"薄发"，但愿他们的分离是为以后的相聚做好一切铺垫，天边的星星衬着夜色，如一滴滴晶莹的泪滴闪烁在眼睑。"眼因流多泪水而愈益清明，心因饱经忧患而愈益温厚。"

昆德拉说：生活是棵长满可能的树。今夜他不在面对四壁哭泣，夜河缓缓流动，但情感终有温柔的叫人落泪的时候，终有让人品味的时候。爱得痛了，痛得哭了，该张皇？迷惘？失落？还是愤懑？他们在想缘定三生，终有归期——人无语，唯有惆怅地醉去。至少今夜他的梦境中可以和妻相依偎。

夜未央。梦中景去、人去，空留一片寂静。唯有夜在独自哭泣，天使的眼泪，落入正在张壳赏月的牡蛎体内，变成一粒珍珠。

生命的沉重更多的是灵魂的沉重，当情感重压在他的灵魂上时。他孤独、悲伤、痛苦，以至无法承担。他的灵魂空空如也，一无所有。正如周国平说："灵魂永远只能独行……灵魂之所以能够独行，是因为每一个人只能自己寻找，才能找到他的上帝。"卡夫卡活着时绝望地说："一切障碍都在粉碎我。"而他在想它们是否可能化作他所需要的阳光和雨水。当然它需要一些树的注视和呼应。

人生下来就是接受苦难的，哲人如是说。面对它，他能说什么呢？生活中喜怒哀乐，风风雨雨，变幻无常，他们总在追求完满，追求快乐，这也是他们内心中的一种愿望。每每想到这，他总会擦干眼泪，他们用左手甩掉悲伤，用右手拣起希望，因为他们——说好不哭。

别去太在意，不要太悲伤，更不要太忧郁。也许过了今夜他会有喜悦，一个人不会一辈子都是忧伤。当他饱览《圣经》时，他才发现世界永远美丽。眼泪不能为一己的悲痛而是为芸芸众生而流，在涕泪交流时他们满怀感恩的心，在人生的边缘上获取一份释然。耳边又想起了那支《布列瑟农》，那来自天籁的佳音，他轻松了许多，没有什么大不了的，别人能活，他也能活下去。

眼前一片白色的羽毛随风一直飘向远方，遥远再遥远，飘荡复飘荡……

妻儿熟睡了吗？他想应该这样，不这样又能怎样呢？眼前一片羽毛又在飞舞，他接住它，将它撕得粉碎。

从今以后，他们说好——不哭！

在那东山顶上

在那东方山顶，

升起皎洁月亮。

年轻姑娘面容，

渐渐浮现心上。

……

今夜，我正在品读第六世达赖活佛仓央嘉措的情歌。

今夜有雨，外面淅淅沥沥的雨声，触发着我的情思。翻动那绝美的诗篇，我的情感被慢慢浸染。我已然跟随着三百多年前这个最浪漫的藏族诗人，去一同寻找他的爱恋——玛吉阿米。

妻也很喜爱文学，至今还在藏地工作，她说读这等纯美的藏族情歌，是需要氛围的，她为我沏上了一杯酽酽的茯茶，顺便加上一块酥油。我在飘香的酥油茶的熏染下，开始品读着那尘封了三百年的仓央嘉措的爱情。

遥想那一段消逝在风中的爱情，默默地祭奠着这个似乎像南唐后主李煜，又像徐志摩那样一个传奇的男人。

他是一个孤独而绝望的男人。他那份古老而绝望的爱情，那些惊艳又绝美的诗，那种桀骜神秘的死亡无不触动着我的心尖。

我在这里读他，仓央嘉措。

他，是那样的光彩夺目，那样的绝望和洒脱，就像他的情诗，犹如夏都午夜盛开的丁香花抑或是郁金香。

那盛开的，是一种绝望的忧郁而哀伤的美：

那一刻

我升起风马，

不为祈福，

只为守候你的到来；

那一天，

我闭目在经殿的香雾中，

蓦然听见你诵经中的真言；

那一月，

我摇动所有的经筒，

不为超度，

只为触摸你的指尖；

那一年，

我磕长头匍匐在山路，

不为觐见，

只为贴着你的温暖；

那一世，

我转山转水转佛塔，

不为修来世，

只为途中与你相见。

如此痛彻心扉的诗句，如此绝望的爱情，也只有在仓央嘉措的笔下倾泻而出。

我想，那个让仓央嘉措用尽生命来爱的女人，一定是幸福的。

尽管，这份爱情短暂的只有三年。

他不惜用尽了生命之火，用永恒的信仰，点燃那一段爱情，将爱情瞬间升华为绝唱。

我开始读你的诗，读懂你的诗，就了解了你。

暗夜里，我听到那遥远的歌声，歌声来自东山之上，飘缈而绝望，瞬间便穿透了三百年。

为了一个女子，甘冒天下之大不韪，也爱，也恨，也怒，也怅然，但是，终究不悔。

天下之大，仅仓央嘉措一人为之。

为了一个女子，抛弃信仰，舍去富有，甚至割舍了生命，但是，终究不悔。

天下之大，仅仓央嘉措一人而已。

在他生命最后的一刻，在他心底思念的，还是那个叫玛吉阿米的姑娘。

仓央嘉措走了，走得如此从容，如此优雅。就那么淡然一笑，返身步入青海湖中，平静而决然，为后世留下一段传奇故事。

情歌王子仓央嘉措，一生传奇，半世风流，亦爱，亦恨，亦俗，后为情所累。用生命，给后人留下一曲绝唱。

这也许就是这个传奇的情歌王子最好的归宿吧。

今夜，饮了烈酒，听着窗外的雨声，醉眼蒙胧中又读你的那首《见与不见》。一时无语，便在那寒夜中迎风而立，缅怀那一段消逝在风中的爱情，祭奠着那个湮灭在历史尘埃中的男人。

我仿佛看见他，孑身一人，在依稀的月光中独行。在这样绝望而古老的爱情中，时间仿佛停滞。万籁俱寂，万物肃杀，天地之间仿佛只有我与此独存。读毕，怅然若失，看那风逐花落，水流水逝，一切恍惚如梦。

仓央嘉措，我终于读懂了你的忧伤，那些流淌在诗歌中的惆怅。

你无法选择，只有将思念化为文字，一缕缕的柔情，一行行绝美的诗。

没有人知晓你的悲伤，唯一轮寒月，在温柔地看着你。

于是再读你的《问佛》：

……

我问佛：世间为何有那么多遗憾？

佛曰：这是一个婆娑世界，婆娑即遗憾

没有遗憾，给你再多幸福也不会体会快乐

我问佛：如何让人们的心不再感到孤单？

佛曰：每一颗心生来就是孤单而残缺的

多数带着这种残缺度过一生

只因与能使它圆满的另一半相遇时

不是疏忽错过,就是已失去了拥有它的资格

我问佛:如果遇到了可以爱的人,却又怕不能把握该怎么办?

佛曰:留人间多少爱,迎浮世千重变

和有情人,做快乐事

别问是劫是缘

……

死亡,也许就是换一种方式生存吧。

我想,仓央嘉措,正在走向他所信仰的朝圣之路……

今夜他一定会与玛吉阿米相拥,歌唱他与她的爱情,神秘而庄严。

这便是亘古以来的古老爱情吧,古老的旋律是恒河深处流淌出的忧伤。天地之初原本就是如此圣洁,天地之初的爱情,也许如此纯洁。

你就这样爱了。

于是想来:

完美的爱情从不凄美也不悲壮,当它衍化为婚姻后,一定会趋于平淡。

永恒的爱情从来只有凄美和悲壮,它必定不能延续,必须在某个时间定格为悲壮或者遗憾,不能完美。

焦仲卿与刘兰芝的爱情是凄美和悲壮的,因为它不能完满。

梁山伯与祝英台的爱情是凄美和悲壮的,因为它不能完满。

罗密欧与朱丽叶的爱情是凄美和悲壮的。因为它不能完满。

他们的爱情之所以会令人伤惋,令人思慕,是因为他们定格了伟大的爱情,是因为他们就此获得了永恒。

为爱而活着的人是幸福的,但必定要付出巨大的代价,甚至是生命。

仓央嘉措,当你获得了永恒而又凄美的爱情,你可曾想到,那爱犹如毒药。

是那爱情害了你。

许久,许久,我看见月亮皎洁地升起在那东山顶上。

飘落往事化香泥

很多事情总是无法想象，就如很多花瓣飘落在地上，让风吹去，飘忽不定。但是它的余香和那一季的色彩，却永远不会褪去。于是这一切往往会令人产生无尽的回忆和思绪。

记得那年我十二岁，刚上小学四年级，姐姐是老师，为了将来我能出人头地。毅然决然带我离开了家，去她所在的学校上学。

当时我还小，初离父母自然十分恋家。然而生性内向的我，每每想家的时候总是偷偷落泪，总是将这一切全部藏在心中不愿说出，一个人默默地想，一个人暗暗地伤心。

姐姐是家里的老大，对姊妹们都十分疼爱，尤其是疼爱我。给我的体贴细致入微，缺什么不用说，便会准备得很好。但当时在我看来，总没有父母对我的那样亲。姐姐对我要求很严，尤其是在学习上抓得很紧，我每天除了做很少的家务之外，其余的时间便是温习功课，很少有玩耍的时候。我当时也时时觉得这样的生活太拘束，对别的孩子们的自由随性无限憧憬。现在想来，姐姐做的是对的。她总是对我说："过去咱们家里条件不是很好，父亲一个月的工资要养活全家八口。要不是考虑到家庭经济状况，我早就上了大学。现在家里也没有什么牵挂，唯一希望就是你这个小弟弟能考上大学……"而我当时年纪小，哪里能懂这其中的道理，常常很不听话，有时在课堂上说话，做小动作，也有时闯一些不该闯的祸。这样难免挨姐姐的训斥和痛打。于是我开始恨姐姐，越是恨便越是想家。在离家的每个学年里，我天天思念着家，想念着父母，而日子又一天天地过去，无奈中也只有埋头学习。

在靠近青海湖畔的那个小镇，那里的冬天很冷，天寒地冻。现在想来真不知道那些寒冷的日子，我们是怎么度过的？日升月落中，我一待便是六年。在那六年里也不知道发生过多少事儿，也记不清有多少快乐和悲伤。现在记得的只是知道姐姐为了我的学习，操了很多心，为我流了很多辛酸的泪。

在那六年里，在那样的生活里，我学到了很多，懂得了很多，得到了许多，也失去了很多。更为重要的是，在那样的生活里，铸成了我的性格，也决定了今后生活的道路。

记不清是在哪一年，姐夫终于调到了姐姐这里，姐夫人很好，也希望我将来能有一个好的前途。但我又很不争气，成绩总是落后，慢慢姐姐和姐夫有了争执，我知道他们的争执有一半是为了我，另一半是为了家庭。

姐姐那时已是两个孩子的妈妈。为了让我专心学习，姐姐将孩子送走，身边只留下我，我深知姐姐的苦心。一次姐姐和姐夫为了我的事又吵了架。姐夫打了姐姐，姐姐哭着对我说："不要怕，你千万要好好学。姐姐的难处，你是看得见的，你要懂得。我梦里都希望你以后能比姐姐过得好，长大能孝敬父母。"当时我是多么的难过，我哭着，姐姐也哭着……，后来我的成绩有了起色。

可是对年岁不大的我来说，远离父母去偏僻的小镇，心里又有多少说不出的心酸和为难。每次要远离家的时候，母亲总是放心不下，泪水汩汩，而年幼的我又怎会想离开呢？每每坐在西去的列车上，一路都会暗自神伤。在那些日子里，我学着给家里写信，却又忘记了地址。我小小的心灵深处隐藏着很多秘密，慢慢地变得寡言少语，以至于现在在外人面前也不愿意说过多的话。但这也使我情感丰富，并具备了善于思考的能力。

在那些日子里，姐姐除了抓我的学习外，还在空闲时教我习字、写作、背古诗。姐姐是个很好的语文老师。没有想到的是十二年后的我，也做了一名老师，也教语文。我之所以能爱好文学，相信这正是受到了她的影响。她总是说："一个人活一辈子不容易，应该有所作为，更重要的是要有坚韧不拔、迎难而上的精神。为人正直、善恶分明……"这些话我现在都铭记在心里,其实姐姐就是这样一个人，现在不管遇到什么事，我也总是这样做的。无论什么事，尽全力做好，我遇事沉稳、锲而不舍的性格也是这样养成的。

　　六年的经历使我懂得了做人的难处，生活的美好来之不易，更使我懂得了什么是关怀，什么是信念和动力，什么是爱。

　　在最后的一年，我初中毕业了，并以比较好的成绩考进了高中。那时我也长大了，两个哥哥相继离家工作，年迈的父母需要有人陪伴，于是我回到了父母的身边，开始了我的高中生涯。功课越来越重，生活上也没有姐姐严厉的管束，但我却觉得少了些什么。我朝着姐姐所希望的方向努力，然而，虽经努力，但我高考还是落榜了，姐姐对我抱有的大学梦破灭了。我很伤心，姐姐也是如此，但她并没有流泪，只是说："以后再努力吧。"后来我去了父亲原来的单位工作，但我不能忘记自己的理想和姐姐的期盼。无数个日子里，姐姐写信关怀我、鼓励我，让我努力工作……，那份真实的关怀至今令我难忘。

　　十几年的日子眨眼间飘落了。从一个异地飘落到另一个异地。我时常在冬天里展开一些情绪，使我深深地怀念那些往事，那些日子如旗帜般飞扬的落叶，对于我仍是一幅幅特殊的风景。我清晰记得那是一种怎样的寂静。心中残存的枝丫在广阔中随风而逝，许多年以来，我一直难以减却对那种生活的怀念和思索。于我，虽有源源不断的忧伤盈满心间，然而坚定的信念永远左右着我，至少青春的印象永不褪色。

　　如今日子过得精彩，也很无奈。精彩与无奈的冲突，使得心底尚留有一片净土的我倍感真情的温馨与珍贵，往往触景生情，会下意识地掠过一阵幸福的战栗和拼搏的激动。我知道那忘不掉的，自然还有连着痛苦的幸福，自然还有连着料峭的春光，以及在黑暗中依然大放光明的美丽。这种美丽衍生的光泽是连黑暗也无法阻拦的。姐姐呀，你可知道？我终于在艰辛中圆了那个大学之梦，并且朝着自己认为对的方向前行。

　　一切该珍藏的自然早已铭刻于心。让我们感谢时间吧，感谢它教会我们享受幸福时，又教会我们默数光阴，把泥土中掩埋的金子挖出来，把昨天流走的月光找回来，把痛苦化作一泓清泉，洗去所有岁月的尘埃。这时我们才会发现，爱依然在我们心中。直到现在我才知道那是段幸福的时光，一切都在开始和没有开始之间，一切都在明了和不明了之间。

　　其实就在那忽然沉寂的时刻，对往事连同往日的歌早已悄悄飘落了，而且永不复归，而美好也正悄悄进入我们的生活，我们拥有太多的故事。经历是一笔财富，没有这些我不会懂得人生和现实，温馨和苦涩。

许多年就这样过去了。暗淡的月光漂着发白的日子，对于过去、未来，我无怨无悔。而今，在坑坑洼洼的旅途上，我也是感到过累。蓦然如梦、如烟的往事，不由惊起又回头。又想起儿时姐姐教我的那句诗："落红不是无情物，化作春泥更护花。"

夜色浦宁之珠

喜欢西宁这座城，更喜欢这座城的夜色。

今夜古城夜色正浓，夜色下的西宁，静谧温柔而又绚丽多彩。俯瞰我们每日朝夕相处的城市，万家灯火，温馨如斯。此时，思绪与思想携手并肩，流淌着对夜色的情有独钟。月光如水，勾勒着这城市的生动、和谐和繁荣。

迷人的夜色下，"浦宁之珠"塔高高矗立在西山之巅，五光十色的霓虹散发着美妙迷离的光芒，将古城的夜色点缀得色彩斑斓。霓虹渐欲迷人眼，火树银花不夜天。

"浦宁之珠"坐落于西山植物园内海拔 2395 米高的山地上，是上海市浦东新区援建西部的观光塔，是集广播电视发射、城市规划展览、旅游观光为一体的西宁市又一地标性建筑，是现代技术与自然景观的完美结合。经过三年的建设，多功能观光塔于 2008 年 10 月 13 日建成竣工，素有"东方明珠的微缩版"之称。该塔不仅体现了上海作为国际化大都市的特色和把西宁建成青藏高原区域性现代化中心城市的时代主题，更加体现了浦宁两地人民深厚的情谊，奏响了携手共创美好家园的时代强音。

正有诗云："一上高塔万里远，凤凰展翅飞南天。目绘古城金秋色，浦东情满江河源。"

登临其上，西宁全景尽收眼底。极目远眺，蓝天白云，云卷云舒。在这里，你更可以俯瞰西宁千娇百媚、婀娜多姿的夜景，走近西宁，再读西宁。

与匆忙而喧闹的白天相比，西宁的夜晚灯火璀璨，展现出青藏高原中心城市的独特魅力。

当夜幕降临，西宁这座城换上了华丽夜装，为我们展示了她迷人的另一面，华灯初上，这座城市的夜景足以令人沉醉。在城市的夜色里我们用视觉行走，茫茫夜空，浦宁之珠像夜色的眼睛，俯瞰着古老的城市，更像是热爱夜色的灵魂，如同巨人一样静静地守候着这座城市，让我们觉得温暖、踏实、浪漫、温馨。夜幕低空下，俯视整个西宁的璀璨，那是一种只可意会的情致，此时，若有佳人相伴，那便是人生的一大浪漫。城市因人而多姿，人因城市而美丽。

夜晚西宁的一切都是那么优雅与和谐。

一幢幢高层建筑拔地而起，色彩缤纷的霓虹闪烁在鳞次栉比的楼房之间，把高楼大厦装扮得美轮美奂，高架桥从城市当中凌空飞过，橙黄色的路灯沿路蜿蜒而上，长长的灯带似一条巨龙盘旋，又仿佛银河飞落人间。万家灯火犹如夜空中的点点繁星，各色来往的车灯与路灯交汇，使路面形成灯的海洋。如此美丽的一个现代化气息很浓的城市夜景扑面而来，喜欢这样的夜晚，更喜欢这样的夜色，我们情不自禁地在城市的夜色里歌唱。

浦宁之珠，你在夜色中就像天空中最亮的那颗星，照耀着古城西宁。

浦宁之珠，你在天际里就像夜幕中最亮的那盏灯，指引着古城西宁。

时光荏苒，岁月如梭。今天的西宁已经变得更加繁荣、更加美丽、更加宜居，她正向西部高原大都会迈进，并展示出青藏高原中心城市的独特魅力。

漫步街头，生命的绿色一点点地浸染着西宁。南北山的绿化，昔日的荒山、荒坡变得生机勃勃、郁郁葱葱，绿色的屏障使西宁周边的生态发生了明显变化，空气变得很清新了，天空变得更湛蓝了，气候变得湿润了，风沙天气明显减少。一个又一个街心公园，就是一道道靓丽的风景线。绿色播撒在街头巷尾，绿色步入了居民小区，满眼的绿使我们的生活充满诗意。

正可谓："城郭巷陌嫩芽抽，丁香花开醉西楼。平芜碧草绿悠悠，月儿初上柳梢头。"

春季，在和煦春风的吹拂下，树叶冒出嫩绿的芽尖，小草拱出地面探头探脑，花儿打着朵在枝头上摇曳，淅淅沥沥一场春雨过后，满眼是绚丽的阳光和花红柳绿，郁金香、丁香花在城市的公园湖畔、广场绿地竞相开放，姹紫嫣红、浓郁芬芳。青洽会暨郁金香节便在此时拉开序幕，西宁打开了迎客之门，政府搭台招商引资，旅游借着郁金香这块金字招牌，吸引着国内外游客闻香而来，经济发展了，西宁展现出前所未有的新气象。

夏季，浓郁的西部风情，热情的西宁人民，让国内外的游客领略着高原独特的美，西宁沸腾了，欢乐在这片土地上弥漫着、升腾着。西宁的夏天是清凉的，这"清凉"让西宁赢得了"夏都"的美誉。"国际环湖赛自行车赛""三江源国际摄影节""青海湖国际诗歌节"等大型赛事的成功举办，把大美青海优美的自然风光和丰富的旅游资源展现在世人面前。西宁从一个西陲小镇到"惹得游人醉"的"中国夏都"，再走向世界，西宁的知名度越来越高，生活在这片热土上，我们时刻感受到她变化的步伐。

如今的西宁，正走在奋力推进"一优两高"战略，打造绿色发展样板城市、建设新时代幸福西宁的路上，幸福西宁必将不断焕发出时代光彩。"高原明珠·绿色西宁"一定会给世人呈现出幸福之城、绿色之城、梦想之城、活力之城的独特魅力。

我们在午夜里吟唱自己的心曲，放飞思绪在午夜遨游。在浦宁之珠的夜色里，这座城市尽显魅力风采。浦宁之珠照亮了城市，也照亮了对夜景情有独钟的人们的心灵，使夜晚的城市更柔软，更有韵味，也更亲切。生活在这里，我们始终被一种情愫感动着，在人们的目光中，在人们移动的步伐里，"夏都"古城至臻完美，一切尽在高原明珠……

南 朔 山

　　知者乐水，仁者乐山。"水是眼波横，山是眉峰聚。""欲问行人去哪边，眉眼盈盈处。"山和水各有千秋，仁和智都是我们的追求，即使力不能及，也会心向往之。

　　南朔山是青海省境内的名山和道教圣地，又叫西元山，被称为"道藏第四太元极真洞天"。地处湟中县境内，位于鲁沙镇和塔尔寺西南 15 公里处，海拔 3265 米，其山势层峦叠嶂、雄伟壮观，是积石山西段一座奇特的山林。此山层峦叠嶂，山势高峻，山顶平坦。因此山佛道合一，为道家、佛家共同尊崇的修行"灵山"，故而又被称为南佛山。远眺该山，如彩绘的屏风，故民国年间文人墨客又称它为朔屏山。

　　道观始建于明万历十七年（1589 年）。清初由塔尔寺活佛率众僧上进香，添造佛像，成为佛道合一的胜地，每年四月初八，塔尔寺都派僧人进山诵经，已成惯例。信徒香客不辞辛劳，举香前来拜佛敬道，虔诚之致，山观道士晨钟暮鼓，青灯黄卷为信仰修持。

　　南朔山上的道观，距今已有五百年的历史，但在五六十年代遭受劫难，几乎被破坏殆尽。如今道观重新建成，基本恢复原貌。山中栽满松树，加之自生的花草杂木，已具花草丛生、树木成荫的景观，是一处胜似世外桃源的旅游区和避暑胜地。每逢盛夏游客接踵而至，香火鼎盛，洞天福地复显昔日之异彩。

　　此外，还有绿杨洞、太乙极真洞、黑虎洞、无墨沿、黑仙洞、求寿台、舍身崖、滴水崖等富有神秘色彩的名胜古迹。在《湟中县志》中有记载，《西宁续志》中亦有赞美西元山的诗文，有"终南之尾，西元之巅"之说，是名副其实的"洞天福地"。

从南朔山下仰望，悬崖峭壁，怪石林立，而山顶却是能跑开骏马的平滩，故名"朔屏台"。山中飞泉流瀑，清逸绝尘，烟雾齐绕，草木繁茂，美如仙境。据传，自万历十七年苏、张二真人云游至此，修炼成仙，数百年来流传着不少仙话传说，使这座名山更加蒙上了神秘的色彩。

在道教的洞天福地中，南朔山位列七十二福地的第六十六位。据载，明万历十七年，苏、张二真人自五台山云游至此，长住于绿杨洞，苦修苦练，转眼间数十年过去。忽一日早晨，弟子张真人去滴水崖下提水，见水中金光四射，有条鲤鱼活蹦乱跳，他观赏一时，动手舀水，鱼突然跃入瓢中，出家人有戒杀放生之规，遂口称"善哉"，将鱼倒进泉中，复下瓢舀水，鱼依然跃入瓢中。如此数次，张真人无奈，回禀师父。苏师一听，对弟子说："既然如此，你就将它舀上来开斋。"弟子依言将鱼烹熟，时苏师盘山诵经未回，张道嗅其味而难禁口水，自思："不妨掐点鱼尾压压口水。"遂食一点鱼尾。坐师练功之莲台上，习学打坐。忽师至，张道惊而欲起，奈身如千斤，不动分毫。苏师见情戒之曰："休动，你先得道。"自叹道："我苦修半世未遇仙缘，今弟子先成，岂不耻乎。"遂将釜中之鱼尽食，沐浴冠带，到后山一处悬崖上飞身跳下，突然，半崖中现出一块形似手掌的悬岩，撑住苏师仙尸，陡峭处豁开一洞。故此崖得名"舍身崖"，洞谓之"飞升洞"。

这就是一鱼点化二道成仙之故书，记载于《西元纪》中。西元山西元观之历史也就此开始，距今有四百余年。苏、张二道成仙后，十方善男信女络绎不绝，朝山敬香，以人力物资相助，陆续建成八座殿堂，五六座亭阁等。这些建筑物大都依崖而建，十分巧妙别致，真可谓"另有天地"。

自苏、张后，著名高道有张、罗、袁、胡，其中袁是袁守道，法名明发，号三峰，是龙门派第二十代传人，系今青海省西宁市付家寨人，生于1850年，羽化于1953年，仙寿103岁。当地民间传说他骑梅花鹿云游天下，有缩地法，未卜先知，练就三昧真火等神通，且在武术、书画等方面亦有高深造诣，至今民间尚流传着许多关于他滑稽而又充满神秘色彩的传说。

在民间，人们对南朔山主要自然景观做了如下概括："骆驼吃草牧民看，八大金刚在眼前。两眼碧泉似龙眼，青瀑流水鸣溅溅。青狮白象两边站，金猴守门道口前。鹦鹉巡视真奇观，老虎下山把水餐。青蛙朝拜照壁山，合和二仙把棋玩。古松茂密封青崖，后梯高悬挂云天。"足见此处风物之优美，历史之悠久。

其实，大自然的每一处风景都是巧夺天工、美妙绝伦的。当我们走进自然，尽赏百花争艳，聆听万鸟欢歌，嬉戏幽潭流泉，抛却尘世喧嚣，感知大自然的美妙与神奇，感悟人与自然和谐相处的时候，我们感受到了山水所赋予我们的灵性与神韵，感受到了故乡的古朴、自然和美好。

在北方，我喜欢登山，更喜欢观山。山宜远观，远观方可见其型，见其连绵悠远之美。山如眉黛，隐而绵长。近如排闼送青之客，远若美人描画之眉。山也可近观，近观则见其雄伟之势，感叹造化之功。高耸入云，譬如擎天之柱；浑厚难知，更是凡尘精灵。山之美如斯，山之壮如斯。

山是故乡的守望，山是旅人的依恋。读山如品人，山如人，人似山。山无高低，人无尊卑。山不在高，有仙则名。夕阳西下，暮色沉沉，于炊烟缥缈的美丽晚霞下，看南朔山，心旷神怡，思绪万千，看山是一种心情，看山是一种体会。此时，不远远处传来一声声高亢悠扬、粗犷深沉的"花儿"，悠扬的歌声，伴着青稞酒散发出的清香，使人的抒怀、畅想油然而生。

山水是天地之间最美的两种事物：山有情，水有灵。闭目凝神，感山之静，觉水之清。山清水秀，暝然兀坐，凡尘俗世尽随山风而去，故古人云：念与山野同寂，悲喜何由上眉梢。山间之机曲何其多也，闲来坐忘磐石上，天地尽属蜉蝣。尘心顿华，心与自然同在，身与天地共存。

山之久，其与天地共存；山之美，其自然无尘垢；山之静，其无欲无求。山，吾爱之，敬之，友之。

最美西宁桥

"桥"在卞之琳眼里是风景，在废名笔下是禅学。在我看来，它是一种发展、一种追求、一种美好……

古城西宁，被一条亘古的湟水河横穿而过，绵延流长。河是城市的灵魂，而桥，浓缩着城市永不停歇的发展史，它延长了路，把人们带向更美的远方！

每一座桥都以它不同姿态，或横卧，或飞悬，横在河上，飞在水面。水靓桥姿，桥灵水美。水与桥，桥与水，相互辉映，相互点缀。

桥的种类太多，千姿百态、美不胜收。桥的命名更是有它丰富的意蕴。西宁的桥也有着特殊的内涵，例如，五一桥、六一桥、七一桥、团结桥、建国路桥、湟水桥、小桥，等等。这里不谈西宁桥的历史，不去考证它的来由，我们来看看现如今最美的西宁桥。

一　夜色昆仑桥

顾城说：黑夜给了我黑色的眼睛,我却用它寻找光明。

矗立在西宁市中心地带的昆仑桥是近年来省城城建变化的标志，独特的设计凸现西宁的都市气息。昆仑桥全长 1132 米，其中桥梁设计总长为 1026 米。昆仑桥的文化气息主要体现在单塔疏索型双层钢筋混凝土连续斜拉桥，四根空心箱型方柱组成高塔，塔顶设置装饰性球体。

每当华灯绽放，攀上浦宁明珠塔，昆仑桥在七彩灯饰的照耀下璀璨夺目，高架桥上车流涌动，成为城市夜景流动的音符，显现出城市的繁华和大气。眺望远处，中心广场上一盏盏千娇百媚的霓虹灯给西宁的夜晚增添了都市的气息。夜色下的凤凰山，在灯光映衬下更显大气、雄浑。南边的凤凰亭在灯光的映射下五彩斑斓，亭角似凤凰张开的羽翼在灯光的掩映之下，似御风飞翔的状态。夜色下南山寺，不时传来悠扬的钟声，更显古刹的幽静与肃穆。当夜幕降临时，昆仑桥与周边的高层建筑上的灯光交相辉映，让夏都的夜景更加美丽。

夜色中的昆仑桥，俨然是城市的灵魂。她让城市的呆板变得轻灵，让城市的杂乱变得有序。她照亮了城市的生机，整个城市，因她而鲜活起来，灵性起来。她，用优美的线条，强健城市的肌肉，使城市充实、健壮，也更具动感、质感和美感。

二　新区印记——共字桥

共字桥是沿五四大街西延长段跨火烧沟大桥进入海湖新区的一个地标性桥梁，全长127.8米。因整座桥的外形颇似汉字的"共"字，而被人们俗称为共字桥。2007年3月海湖新区以"两轴""两带""三圈核"为基本构架正式开始建设，这座大桥随之建成，成为海湖新区桥梁中蔚为壮观并独具特色的一座大桥。每当休闲时分，人们徜徉在共字桥下，欣赏美丽西宁的城市夜景，感悟古城的沧桑巨变。共字桥东边的老城区端庄稳重、质朴素雅；共字桥西边的海湖新区日新月异、高楼林立、万家灯火，极具现代化气息。

海湖新区以"充满活力的服务型高原生态新城区"为定位，遵循资源节约型、环境友好型的发展理念，突出绿色、人文、环保、科技特色，体现出五大功能特点。如今坐落于海湖新区的青海大剧院、青海科技馆、海湖体育中心等的文体功能圈已经在发挥着它的巨大功能。以万达、新华联为核心的南北向步行街，配以商业、商务办公、特色休闲设施综合形成的城市级特色商业圈成为人们生活休闲的好去处。夜晚的唐道•637散发出无穷的魅力，都市的繁华尽在其中，城市生活如此诱人，人们的脸上洋溢着幸福的笑容。以湟水河为依托形成的滨水生态休闲活动带和以火烧沟为依托形成的南北向蜿蜒穿越新区的文化活动带已经散发着景美水美的别致气息。温柔的夜色里，徜徉在火上沟景观带的亭台水榭，俯仰之间感悟生活的惬意与美好，品味一份旷然的心境。

每个黄昏心跳的等候，是我无限的温柔，徘徊在共字桥头，共度这美好的良宵。每个夜晚来临的时候，美好总在我左右，体味这城市的变迁，抚今追昔，感慨良多。

三　秀丽的通海桥

作为海湖新区新地标，秀丽的通海桥横跨湟水河连接柴达木路。这是我省首座大规模单索面独塔钢箱梁斜拉式大桥，通海桥的建成，将极大地缓解省城的交通压力。该桥主塔"天鹅之颈"高度为 106 米，成为目前西宁市最高的桥。

通海桥是西宁市城市道路路网南北向城市主干道"一环、四横、十一纵"中的环线道路，更是西宁市西部路网与柴达木路连接的重要通道。无论白天还是夜晚，站在海湖新区高楼之上远远望去，造型优美的通海桥都会成为瞩目的焦点，更是海湖新区的新地标之一。

夜幕降临，通海桥主塔两侧斜拉链条上的 LED 节能灯，灯光柔亮清晰，犹如天鹅之翼，优雅非凡、曼妙生姿。桥两侧的护栏造型也与主塔相呼应，数千只蓝白相间的"小天鹅"翩翩起舞、栩栩如生。桥中段两侧，还有方便行人上下桥的阶梯通道，桥下已建成的绿地景观，已为周边市民带来无比惬意的生活环境。海湖新区的发展在很大程度上增强了西宁的城市活力,让这个高原城市更加的宜居美好，如今的海湖新区通过多方位的发展，成为富有高原特色西部窗口。

古城西宁，因桥而优雅妩媚，也增添了丝丝轻盈、丝丝曼妙。这桥，守着湟水河，无论白天黑夜，四季轮回，逐春风亮春色，永栖春景。

古城西宁的夜，高架桥、立交桥、斜拉桥、人行桥……，灯火通明、五彩斑斓，让这座高原城变得更加时尚。这些形态各异、交相辉映的桥，无不见证着西宁的飞速发展。

西宁的桥，你虽然没有那厚重的历史以及文化的积淀，但你优美，不乏气度。你像一个个西北汉子，给人以阳刚之美；又像一个个妩媚的西部女人，给人以阴柔之感。

1989 年，当一首《北京的桥》风行全国的时候，全国人民为之振奋。今夜，当我们醉心于西宁最美的桥的时候，我们为之动容。西宁，你在兴起，你在发展，你屹立于西北，生如夏花般美丽！

麒麟湾公园

林徽因曾说过：有人说，爱上一座城，是因为城中住着某个喜欢的人。

其实，在我心里我也深爱着一座城，起因源于城中那一方秀美的公园——麒麟湾。

一

麒麟湾公园位于西宁市西门南端，南川河西侧。老西宁人或者曾经在西宁居住过的人都知道 1949 年 9 月西宁解放后，麒麟公园更名为胜利公园。1986 年，又将公园的原址扩建为西宁市儿童公园。它的历史可以追溯到 20 世纪 30 年代，西宁人在这里导泉引流、筑堤掘湖，修造亭榭台阁，建成了供游人赏玩的园林，并取名为"麒麟湾公园"，为当时西宁胜景之一，南川河西岸土坡下的一眼泉水也被人们称作"麒麟泉"。2008 年 11 月，麒麟湾公园正式免费向市民开放。这个集现代和传统为一体的滨水景观生态公共绿地，成了西宁极具代表性的城市人文风景名片。恢复旧名，表现了西宁人对历史的尊重，对传统文化的传承。

上善若水，斯美尽之。

麒麟湾公园因麒麟泉得名，麒麟泉又名大神泉，位于南川河西侧的麒麟公园内，泉名来自《晋书》。《晋书》和《十六国春秋·南凉录》记载："建和二年春正月（建和为南凉康王秃发利鹿孤年号，建和二年即公元 401 年），龙见于长宁，麒麟游于绥羌。秃发利鹿孤欲称帝，于是群臣皆劝之……"长宁即今大通回族土族自治县长宁镇，绥羌即今西宁南川。因这一典故，南川河被称作"麒麟河"，河西岸土坡下的泉水也被称作"麒麟泉"。

1932年，当时西宁的有关部门在此移石填土，修建苗圃，后建成麒麟公园。据我省近代著名书法家李德渊书丹的《重修麒麟公园碑记》看，园内有"清泉数十，潴为池塘者六"，泉眼众多，水脉很旺。

麒麟泉是麒麟公园内众多泉水的总名，时至今日，这里的泉眼仍星罗棋布，三五步即有泉水涌出，清流蜿蜒，美不胜收。

子曰："知者乐水，仁者乐山。"水之灵动，山之厚德，能陶冶在城市的或山或水之间，或许正是城市公园建造者的良苦用心。

二

斜风疏雨里，我独自撑着伞漫步在麒麟湾通幽曲径上，眼前迎春花、丁香花开得热烈鲜艳，芳华朵朵诱人，花圃里翻新的泥土释放出清新的芳香，式样别致的灯饰，高低错落，纵横排列，点缀在绿树红花间。行走其中，让人有身处江南水乡的感觉，身心自觉舒畅温暖起来。

时常钟情麒麟湾公园，时常流连公园的花草水木，麒麟湾公园的特色是水景和树景，水景是喷流不息的麒麟泉水，树景是数百棵古老的参天杨树，公园保持了这两大特色，引出的麒麟泉水，汇成溪流，贯穿整个公园，碧水长流、林木葱郁、鸟语花香。漫步在平整干净的石铺路面上，观赏着两岸的溪水景观，流连驻足在由黄铜铸就的西宁府城微缩景观前，你眼前展现出清代西宁府城的原貌：那砖砌的高高的城墙，那雄伟的城楼，那城内的古典建筑，使人领略到高原古城的历史变迁。向南漫步，来到旧有的人工湖和湖上的两座小桥。两座小桥整修一新，湖水清澈，倒影秀丽，碧波荡漾中喷雾之景更是令人如梦如幻。湖东"麒麟献瑞"的高大白色浮雕，带给人吉祥与福运。公园的西侧是麒麟湾商业区，深灰色的仿古商铺，显得古朴优雅。如今的麒麟湾公园溶自然、人文、商业于一体，更加繁荣和美丽。每逢夏季，就会有大批的游人来到西宁，在这里游玩、避暑，享受大自然赐予的美好之地。

我钟爱这样的城市绿地，在浮躁的城市喧嚣声里，偷得半日闲暇，把焦躁疲惫的自己放行在城市逼仄的一方隅苑里，消遣放浪，娱悦身心，享受花草树木的抚慰，堪称生活之一大快事。

盛夏五月，高原夏都天高云淡，风和日丽，蔚蓝的天际之下，徜徉于风光旖旎的麒麟湾公园，你可以尽享她的清幽静雅，惬赏绮丽如画美景，也可以在得天独厚的天然氧吧中尽情吸吮她的酣畅采风。五月的麒麟湾公园是热烈的。看那一丛丛花树，在阳光里自由盛开，尽情绽放。花儿争先恐后地展示自己的芳华，那样的热烈，那样的奔放，那样的让人心醉，把五月打扮得风姿绰约，充满活力；五月的麒麟湾公园是热情的。她热情地把西宁风光拥入怀里，把快乐拥入怀里，把活力拥入怀里，引得天南地北的人们都来游玩观赏，意兴盎然；五月的麒麟湾公园是热闹的。休闲的日子里游人如织、川流不息，唱歌、跳舞、健身、游戏，尽情娱乐，纳凉聊天，吹拉弹唱，无所不能，无所不乐。晌午时分这里时常会传来质朴而又高亢的花儿，夜幕之时这里又成为各族人民跳锅庄和广场舞锻练的聚集地，幸福快乐的歌声舞曲声飘荡在公园的上空，回荡在天地间。

其实，我独爱幽静。闲暇时喜欢独自漫步在远离喧闹的林荫道上，随意散漫地欣赏夜色下的麒麟湾的美景，放松一下心情，陶然自乐。

三

翻开尘封的历史，蓦然发现故乡小城的麒麟湾，竟也有着较为久远的历史和深厚的文化底蕴，不禁让人憧憬赞叹。怀古追远，每当沿着麒麟湾泉水边散步，穿行于春花秋月中，晨钟暮鼓陪伴我穿越时光，游走在古今之间，追寻遗落在繁华中的悠悠古城，心驰神往之情不胜言记。正如有人诗云："半城古韵半城水，一川烟波一川帆。纵横街巷听异调，逶迤千载存远音。"一座雅韵悠扬的古城了然心中，心醉神迷之情竟不能自已。在我心里我深爱着这座城，起因源于城中这一方秀美的公园——麒麟湾。

每座建筑和公园绿地都是城市的文化名片，错落在一起，连缀了小城的精神韵致。生活在鸟语花香、绿树成荫、流水潺潺、欢歌笑语的美好环境里，已经成为社会共同的心灵呼唤，成为社会发展文明进步的远景描绘。麒麟湾公园能让我们在喧嚣和浮华中，时时眷顾我们心中那条源远流长的青海根、青海魂，滋养久远的追求，让心灵更加宁静淡远。

永远的乡愁——我家的庄廓院

　　中国是一个拥有千年历史的文明古国，在中原大地之上龙的传人们繁衍生息，衣、食、住、行，日升月落。住宅，是人们生活起居的重要场所。说起民居，民居的主要作用虽然是为实际生活服务的，但其实作为一种文化产物，它是具有多种功能的，它也是跟社会各种文化、物质、精神密切相关的。而民居院落承载着各地区特色及当地文化，在同一地区内的不同民族生活中，民居的形式也不尽相同。

　　谈到民居，中国的民居种类可以说是数不胜数。由于中国各地区的自然环境和人文情况不同，各地民居也显现出多样化的面貌，在不同历史时期和不同的地区有不同的变化。中国民居是各地居民自己设计建造的具有一定代表性、富有地方特色的民家住宅。在中国的民居中，最具特点的民居有北京的四合院、西北黄土高原的窑洞、蒙古的蒙古包、福建的土楼，等等。而青海最具民族特色的民居是传统的青海东部地区河湟民居——庄廓院。

　　青海河湟地区聚集着很多民族，包括汉族、回族、藏族和土族等，民族文化的不同使得各区域的民居有着较大程度的差异。青海河湟地区民居的形态更加多样化，并且在河湟地区独特的地质气候条件下,传统民居的营建体现出了极强的区域适应能力。

　　在寒风凛冽、空气稀薄的西北高原，只有依偎黄河的土地丰饶潮润、草木葱茏。黄河宽展的两岸和河湟谷地，高大厚实的土墙围拢的院落随处可见，这便是青海河湟地区最典型的民居样式——庄廓。

　　青海农村家家户户都居住在庄廓院内，所谓庄廓院实际上是有着高大土筑围墙、厚实大门的四合院。庄廓一词为青海土话，庄者村庄，俗称庄子；

廓即郭，字义为城墙外围之防护墙。内城外郭，合称城郭。如有护城河则称城池。庄廓一词从村庄廓墙演绎而来。庄廓与城郭有着传承关系。

青海庄廓院看似简单土气，却有着影响深远的历史和极强的实用性。由于青海地处边远，气候高寒，长期的战乱、严酷的环境和就地取材的本能造就了它独有的风格。唐宋以来，青海战火连绵、烽烟不息。兵燹匪患长期困扰百姓。明代伊始，建城堡、设驿站、屯兵移民为国策。所以县有城池，村有堡子，户有庄廓，都是防御性很强的生活居所。

青海古建筑专家张君奇先生说：青海居民的庄廓院与北京四合院相比少了些华丽，与江南水乡民宅比，又显得朴拙。但它是在青海高原长期的历史条件和漫长的高寒环境中磨砺出来的，是青海劳动人民长期赖以生存的居所，承载着青海的乡土文化。因而老庄廓里的建筑装饰既营造了艺术感染力，又节约了成本，主要突出的是大门、窗户、家具这些引人注目的地方。那些遗留在老庄廓门楣、窗棂、照墙、家具上的木雕、砖雕、彩绘艺术，在经过漫长岁月濡染后所留存下来的残影，依然令我们惊叹叫绝。遗憾的是，这些黄土地上鲜活的庄廓正在被钢筋和水泥篡改。现代都市里高楼大厦的庞大身影蛮横地侵占了人们的思维观念，在乡间诗意的田野上，竖立起了越来越多的水泥小楼，模样呆板相似，毫无生气。这些远离城市的老庄廓似乎愈来愈没有了立足之地。不敢想象，随着时代的发展，庄廓院会不会慢慢被城市疏远，被时间遗忘？

说起庄廓院，我自然想起了老家贵德的庄廓院，记得父亲光荣离休之后，在贵德县城北村买下了有四分地大的一座比较标准的四合院。

我清楚地记得搬进这座庄廓院是在 1981 年的夏天。就在这付庄廓院里，我在父母的养育之下，逐渐成长。这座庄廓院承载着我的整个童年和少年时期，承载着所有我对家的回忆，也在我心中留下一段浓浓的乡愁。

这些年随着年龄的增长，我经常会想起一些以前的事情。那年那月，那人那事，就像演电影一样在眼前浮现，而承载这些美好回忆的，就是家乡的那付老庄廓。

春天的老庄廓充满了生机。我家的老庄廓中央是一个很大的花园，花园里除了干柴牡丹、月季、芍药等众多的花木，还有三棵苹果树，一架新疆无籽葡萄树和一株不太大的杏树。春天，站在老屋门口向庭院一望，春暖花开、春意盎然，一家人尽享这田园般的生活！此时的葡萄树、苹果树、杏树开始发芽了，所有的花都盛开了，庄廓院呈现出一派生机勃勃。父亲母亲每天忙碌着，打理庄廓院里的花草和一些自己种的蔬菜。新鲜的空气、和煦的阳光、芳香的泥土气息，年少的我在这里真正感受到了春天的老庄廓带来的无穷欢乐。

几度春秋，往事不堪回首。老庄廓里有欢乐，更有着太多的泪水。

父亲是在老庄廓里去世的。我们兄弟姊妹六人从这里送走了我们至亲至爱的父亲。那是在三十一年前，那年我刚十八岁高中毕业。父亲的离去，在当时给我的感觉就像天塌下来了一样。每每想起当年的场景，我都会黯然泣下。我清楚地记得，过了很长一段时间，我和妹妹还会趴在正屋父亲的牌位前伤心痛哭。后来，带着对已故父亲的深深怀念，我和妹妹也都读完书，相继工作，成家生子，姊妹们都开始了各自的生活。

父亲去世后，母亲一直在老庄廓里独自生活。母亲自父亲去世后经历了一段非常悲伤的日子，想起父亲，母亲就会独自啜泣。每当我们在母亲身边的时候，母亲想起父亲，就会在庄廓院里和我们聊起父亲当年的抗战往事，以及父亲在劳改农场做管教工作时的故事和经历。每每说起父亲的经历，母亲的眼中都会闪耀出兴奋的光芒，都会传达出母亲对父亲的思念。随着我们长大，脑海里对儿时的记忆渐渐模糊，而母亲的诉说让我们一次次加深了对儿时在老庄廓里生活的记忆，加深了对父亲生前的记忆。

无数个夏夜抑或是每一个大年三十，我们兄弟姊妹都会聚在老庄廓院里陪母亲度过每一段难忘的时光。夏夜里当吃过母亲亲手炒的洋芋丝，吃过母亲亲手做的羊肉尕面片后，我们都会坐在老庄廓院的屋檐下乘凉，贵德的夏夜有时也是很燥热的，然而和母亲一起喝着茯茶，和母亲一起聊着父亲和她的过去，我们都很满足，在后半夜才会悄悄睡去。

每当大年三十，那是我家老庄廓院最有人气的日子，兄弟姊妹团聚在一起，大家各自分工，早上打扫完院落，给父亲上完坟回来，在古旧的大门上贴好鲜红的对联，母亲也就开始忙碌起来。年三十的晚饭要吃臊子面，母亲不喜欢吃机器面，无论怎么劝，她都要亲自用擀面杖擀，然后用刀切出细而均匀的面条，姊妹们则开始忙碌着准备晚上的饭菜和饺子馅。

厨房里随着风箱的"啪嗒、啪嗒"声，房顶的烟囱升起袅袅炊烟，丰盛的年夜饭好了，老庄廓院里弥漫着饭菜的香味。每每饭前，母亲都会先在父亲的遗像前点好酥油灯，上好香，然后用小碗盛好饭菜，小心仔细地供好，我们大家才能举杯畅饮，分享新年的喜悦和欢乐。后半夜，当我们沉浸在过年的欢乐之中的时候，母亲依然闲不住，一个人独自跑到院落中给每一间土炕添些锯末，她总是说，过年了，一定要暖暖和和的……我记忆中的温暖，是老庄廓院堂屋里温暖的炉火，是散发着柴草烟味的土炕，更是母亲一颗对待子女暖暖的慈爱之心。

走过沧桑，历经繁华。在岁月的年轮里，昔日的老庄廓院随着时光的流逝和母亲一天天的苍老，也慢慢变得斑驳、沧桑了。随着人们生活的富足和条件的改善，老庄廓院周围的邻里，也都把庄廓院里的老房拆除，盖起了敞亮的楼房。后来，哥哥决定改造老庄廓院，老庄廓院四面的老屋全部拆除，北面盖起了宽敞明亮的二层小洋楼，屋内客厅、餐厅、卧室、卫生间、储藏室都是按城里的样式设计的，其余三面也都盖成了砖混结构的平房。花园也被重建，只可惜当时施工把苹果树、杏树、葡萄树都挖掉了。母亲搬进了老庄廓院的新房，一家人欢快热闹，欢声笑语荡漾在院子的上空……

值得沉思的是，院落房屋虽然换了新颜，但我总觉得似乎少了点什么，每次回家我总是想起在老屋居住时的情景，一幕幕漫溯心房……站在窗前仿佛看到父亲的身影在老庄廓院里浮现，回忆起父亲的模样，就像又和他一起在老屋里出出进进。老屋虽然在流经的岁月中消失，而脑海里老屋的烙印却从未褪去，我至今无法搁浅对老庄廓院的怀旧和追念。老庄廓院就像一首歌曲总是氤氲在我的心里宛转悠扬。现在想来，才发觉焕然一新的新院毕竟少了古老的庄廓院所蕴含的，内在的一种韵味和它独有的意义。

后来，因母亲年迈，身体多病不能独立生活了，我把她接到省城西宁，和我们一起生活。父亲过世二十七年后，母亲走完了她平凡的一生，那年，母亲八十二岁。

母亲也是在老庄廓院里去世的。我们兄弟姊妹六人从这里送走了我们至慈至爱的母亲。母亲遵循着生老病死的自然规律，永远地离开了我们，离开了她曾经生活过的老庄廓院。

转眼四年过去了，物是而人非。但我依然深切的想念着老庄廓院。老庄廓院里的每一块砖瓦和泥土，都堆砌成古朴的岁月和纯朴的爱，难以割舍。

这份真挚的感觉时时敲打着我，沿着丝丝缕缕的脉络寻回老屋。飞扬的尘土间，我仿佛看到父亲母亲站在熟悉的院落里面带笑容迎接我们，顿时心里有种柔柔的刺痛——原来，思念仍轻易的连系着我和他们，却穿不透时间和距离。

今夜，我在城市的家中述说着老庄廓院的春夏秋冬，老庄廓院伴随我度过几十年，品味着老庄廓院的冬暖夏凉，感受着老庄廓院里的温馨和亲情。时间可以掩饰沉默，岁月却埋没不了记忆。从时间的缝隙里穿身而过，远离城市的噪音，满怀伤感地走近老屋。我温柔地抚摸着它已经粗糙的身段，它的慈祥、疼爱像绿色的藤蔓绊住了我，时光的沧桑和流失总让人扯出心底的那份悠远，这个曾经熟悉的院落每处都承载着太多的回忆，尽管生活中有无数风雨，我依然用时间来堆积对老庄廓的思念。原来想念是一种任性，我仍用力与之相拥。刹那间，突然明白，在时间的长河里，老庄廓院以回归自然的状态向我们指引着岁月与生命的生生不息。不敢想象，随着时代的发展，最终它和这个寂静的小村庄一样，会不会慢慢被城市疏远，被时间遗忘。

故乡，你是我在他乡登高时不由自主的眺望；老庄廓院，你就像穿越贵德的蜿蜒绵长的黄河之水，你是我永远挥之不去的惆怅；父亲、母亲，你是孩子永远魂牵梦绕的挂想。

我终于明白了，老庄廓院是一种精神的信仰，是岁月变迁的记载。故乡的老庄廓院早已刻进了我的脑海，嵌入了我的内心，沁入了我的骨髓。因为那是一片溢满温馨的家园，是一块镶满爱的乐土，是一幢装满幸福的城堡。

我家的庄廓院，你是我永远的乡愁，我不知道，经年之后，我游弋漂泊的恋乡之魂能否找到回家的路？

绝　恋

讲述一段异域的风情和一段异域的传奇人生，聊以作为在那段日子里的纪念和怀想。

——题记

荒原、野狼，黑风、冰冻……

闭塞、蒙昧、野性、疯狂……

我永远也忘不掉我起初工作和生活过的那个地域。

在那条件匮乏、充满野性的地方，风在咆哮，卷着沙石似利刃在猥亵、挑逗、骚扰着我们的地域。

永远真实的故事必将永远为你所记起。

在青海湖之南，有广袤的大草原——切吉大草原；在塘格拉玛——一个用藏语写成的地名，一个用风谱写生命的地方。

我在那度过了我的黄金时代。

那是一个永远难忘的年月。

那是一个连兔子都不愿待的地方。

但，我又绝对不可割舍，因为那里有我的爱、我的情。

山高路远，草原无边，狂风肆虐，五个多月的风季里，就在那，我生活着，一过就是八年。

至今，我都无法想象我所经历的那段岁月。

我的生命的一部分时光就消逝在那了，在这片土地之上我有过泪水也有过欢乐，有过荣耀也有过耻辱，有过激情也有过颓废，有过热爱也有过诅咒……

或许在我的人生中必定要经历但丁所谓的三个阶段：地狱——炼狱——天堂。

今晚我怀着激动的心情来忆起我的地狱生活中的一些细节和令我永远难忘的爱恋。

我必须牵住这记忆的手。

我很无奈，实际上我已经很多年不愿去想这段类似传奇般的经历。然而，我觉得我必须用我的思想之笔将它写出来，将它变成文字，闲时给自己品味，或让别人替我品味，让文字成为我个人的生命的历史纪录，让文字成为生活中人与人沟通的载体。

因为苦涩或许也是一种美丽。

也因为该死的温柔必定是一种情爱的高潮。

结束是在 2001 年的 7 月，我终于可以去城市，去我当时向往的地方，去找寻生命中的乐土。

离别永远是件痛苦的事，尽管平日里你永远咒骂的地方，在离别的那一刻，竟然也有着一丝留恋。

人，真的很奇怪，一个人要能活懂自己真难。不能拥有的追求，拥有了不珍惜，热爱你的你不爱，你爱的你却得不到……我不能了解自己，也不能看清自己；我看不懂别人，也许别人也看不懂我。

这许多年来，我就这样生活着。情感所致，情字了得。

我必须站在记忆里感受我离别前的那一夜，感受我们的情与爱的高潮在那夜的此起彼伏，回肠荡气。

那夜，与我结交八年有余的几个"狐朋狗友"为我送行。

我永远忘不掉这几个怪不兮兮的名字："程倒""刘狗毛""印杂皮""田混混""聂畜"……当然，我也永远记得我当时的绰号："杨不醉""杨酒仙"，这个绰号已经很多年没人叫了，今天想来好亲切、好温暖、好浪漫、好潇洒。也许人活着就图个乐子，而在当时，我们的使命就是在那个连鬼都见不着的地方，打破郁闷，与嚎叫的风声一比高低。

我永远不会忘记我们的快乐和情谊。

回想起在我离开前的日子里，除了上班之外，我们的娱乐就是喝酒，无聊的时候，值得庆贺的时候，在任何一个想喝酒的时刻，我们都会给自己找个喝酒的理由，我们能立刻凑成堆说喝就喝，拿酒的拿酒，买肉的买肉，然后痛饮一天或一夜。现在想来那时的笑谈痛饮、海阔天高、无拘无束，真是其乐无穷。

我清楚地记得曾有一个月，我醉过 34 次，我床下的酒瓶后来清理时装了满满一架子车。因为喜悦，因为欢乐；因为寂寞，因为无聊和无奈。我清楚地知道我们能走到一块，是因为志趣相投。在塘格拉玛这样一个孤苦寂寞的地方，虽然艰苦，但我们并不觉得可怕，更重要的是因为待在这里我们是没有任何前途的。

日复一日年复一年，我们在这戈壁草原都会成为这里的酒徒，我们的抱负最终谁也不会得以实现。我们的绰号虽然在别人听来觉得很是古怪，其实我们都是知书达理之人，都是心怀某种志向和技艺的人。只是在这里我们又能怎么样呢？在别人的眼里我们都是微不足道的小人物，在当时我们又会被别人看重多少？

其实，文化在戈壁地域也许本来就连一颗虫草的价值都不如，人们在某些情况下怎会看重它呢？这也许就是我们这些人一天天沉沦下去的原因了。

我们中的每个人在每一次喝酒的时候都会发出同样的感慨，都梦想着有朝一日能够逃离这片死亡之海。

我的这一天，终于到来了，经过千辛万苦的辗转，终于能有机会调到市里，但这也面临着分离了。我是一个懂情谊的人，我知道这一别会意味着什么，意味着也许此生我们都很难再见。当然兄弟们也有同样的感受。

那一夜，我们大家痛饮着，我们开怀狂喝，大碗大碗地喝下去，一瓶又一瓶，因为多年的喝酒造就了我们这些人"吨位级"的酒量。喝完了就从这里唯一的一个小卖店去买，我不知道喝了多少酒，刚领来的一个月的工资在不到一夜的功夫一文不剩。那又何妨，为了朋友我连心也卖。离别情长，情深似海，该说得都说了，该嘱托的都嘱托了，该寄望的都寄望了。剩下的就只能将满腔的情感寄托在这香醇的酒里。

尽管大家都已显露出醉意，但都在竭力的控制，因为作为酒徒的人是从来不会在酒上认输的。喝，就要喝得痛快，划拳就要划得响亮。我知道我们彼此都会将我们的情感演绎到最高潮，兴致所酣。

现在想来，只有在大漠戈壁滩上的我们哥们之间的饮酒才是真正的喝酒，才是此生我们最浪漫、最洒脱的事，从不推托从不作假，想喝就喝想唱就唱。

然而，在来到城市后一切却归于平淡，这里再也没有我们的那种质朴干练和大气了，在这里每一次喝酒我都会见到忸怩和造作，更见到一种虚情和假意，说不定你今晚喝多了，或者说了些酒话，第二天肯定就会被人抓为话柄。人啊，真是这样，当你得到一样的时候必将会失去一样，这就是所说的公平。

那一夜忽然想起了一个在我最艰难岁月里相识相知的女人，用现在的话来说可能就该叫"红颜"。我觉得这一走也许就是我和她之间永久的诀别了。兴致所至，也不愿去想太多，打发一个朋友飞车去请。如果不是一个朋友的提醒，这辈子可能会留下无尽的遗憾。

达娃央宗——一个美丽的像格桑花一样的藏族女人。我和她的相识，也是因为酒。这辈子与酒结下了很多的情缘，而与央宗的相知相识是我此生在酒与女人之间的经典杰作，或者叫作大自然的杰作。

塘格拉玛冬季的野外会冻死一切生物（就连鸡猫兔狗如果裸宿必将冻死无疑）。记不清是哪年的冬夜了，好像是 1996 年 12 月，那天白天上了会儿班，"刘狗毛"说五六里外的藏族居住区有他的一个朋友请吃羊肉，于是撂下工作，各骑一辆单车，冒着呼啸的大风，欣然前往。

那天，我们从下午一直喝到深夜，藏族兄弟的豪爽和热情永远令我折服，那种不醉不罢休的风格直到现在一直影响着我。我自己也弄不清到底喝到几点，"刘狗毛"那天不胜酒力，早早就"爆了米花"，然后躺倒在热乎乎的土炕上，一睡不醒。

那晚，我本也可以不走，但第二天一早还有一项工作急于要做，所以必须离开。在摇晃之中，我谢绝了主人的挽留，骑上单车顺着一条模糊不清的羊肠小路歪歪斜斜地骑行。草原上寒风刺骨，逼得人喘气都很困难。喝了酒的人是见不得风的，一吹即醉。我骑了不到一里地，双手就僵硬起来，尽管带着厚厚的皮手套，双耳双脚更是刺痛，然后一歪从车子上摔了下来，爬起来接着再骑几次，都摔倒在地。我知道自己醉得不轻，车绝对不能再骑了，于是撂了单车，打算走路，但似乎醉得更厉害了，居然辨不清方向了，"回到那个藏族家去吧"，我想。然而我也失望了，他们的帐房全然一样，我根本无法辨识。我想睡倒在地，但我知道只要倒地绝对会被冻死，这样的事在我们那里每年冬天时有发生。我艰难地挪动着，我知道绝不可以停止，停止即意味着死亡。就这样我又走了约莫一里地，再也无法挪动，我看见一座帐房，周围没有狗，于是我奋不顾身地冲了进去，里面传来一声惊叫。

这就是达娃央宗家。当时我说话都已很困难，双手双脚僵硬，耳朵疼痛难耐，后来慢慢说明来意，央宗赶紧生起了牛粪火，给我取暖，不久手脚暖和过来，有了知觉，但耳朵却出奇地疼痛。我知道耳朵被冻坏了。不一会儿耳朵上就起了水泡，我疼痛难熬，是央宗找来冰块让我敷在耳朵上，不久疼痛减轻，但痊愈可能就会很久了。

现在想来真的后怕，但也怀有一种非常的感恩。人的一生就是这样，有险亦有福。对于这一点我一直到现在都看得很清楚，我从不把任何一件好事看得很好，也不把任何一件坏事看成就是绝对的坏。

温暖，人是需要温暖的，尤其是在绝境之中，温暖就显得尤为重要了。我活了过来，天不绝我，这是我命；遇见红颜，这是我幸。我的无赖个性或许就在此时形成了。

马灯下，透过微弱的灯光，我这时才开始打量这个藏族女人，很年轻，有着藏族女子特有的风韵和妩媚。她叫达娃央宗，父母到另一草场牧羊去了，她当时23岁，我26岁。

炉火，奶茶，女人。

我一夜未眠，央宗也在炉火边陪着我，添火倒茶。那晚我度过了我今生唯一的一个永远不眠的草原之夜。

第二天清晨，我找回了单车，告别了央宗，我说："我会来感谢的。"她说："到我家来吃羊肉喝酒吧，我等着你来……"我的耳朵很久以后才痊愈，后来我经常到央宗家去，吃肉喝酒，我也带我们这一伙去，央宗家成了我们打发时光的又一个"圣地"。央宗有时也到我们这儿来，我们同样欢迎、款待。

在寂寞的地域，在我忧郁孤寂的时候，央宗实在是带给了我莫大的安慰和帮助，以及一个男人最必需的柔情，尤其是在当时我们周围女人极少的年代。

男人和女人的事其实很简单，日子久了，有了情就会有爱。藏族女人对于爱更是很坦然，那种质朴的野性让我不知所措。我也知道我俩是没有结果的，家里是不会允许我的，尽管我爱她。

我也不是王洛宾，我的胆识不够。直到去年的一天，有女同事突然看着报纸说我很像王洛宾的时候，我的心一惊。哎，我当时要有王洛宾的十分之一的胆略，或许今天我也会演绎一段现代版的"在那遥远的地方"。我最大的越轨行为就是有一次和央宗长久地以吻对缄。

后来，央宗出奇地对我好，时常给我拿肉拿酥油拿糌粑，我们一同度过着一种暧昧的日子。

后来记不清是什么原因，我与央宗疏远了，也许是我痴迷于酒，有酒的日子我的生活不寂寞，与央宗的接触似乎就这样中断了。

离别的那一夜，我等了近两个小时，央宗终于来了，她身穿氆氇，是那种底边有五寸宽的旱獭皮并配有银饰的藏族礼服，宛若圣女般出现在我的面前，我的心被她撼动着，在她的身后跟着一个大概两岁的小女孩，我明白她嫁人了。她见到我非常激动，凝视着我，她已经知道我就要走了，要永远地离开这里了。

已有酒意的我感慨万分，对她说了许许多多的话，其中的一条就是我对不起她对我的爱，她只是说："那是从前了，别去想了，如今我已是别人的女人……"那一夜我落了泪，央宗也失声痛哭，不是因为没有成为永恒的爱人，而是因为我们将各自失去在无数个日夜以来汇聚在心的情感。

今夜，我在听李玟的《月光爱人》，潸然泪下。因为那歌词和我当时的心境乃至现在的心境竟然是如此吻合呀！

我醒来/睡在月光里/下弦月/让我想你/不想醒过来/谁明白/怕眼睁开/你不在/爱人心/沉入海/带我去/把它找回来/请爱我/一万年/用心爱/爱是月光的礼物/我等待天使的情书/说你爱我/我愿为了爱沉睡/别醒来

永恒哪/在不在/怪我的心/放不开/北极星/带我走/别躲藏/把爱找出来/我爱你/每一夜/我等待/我的心/为了爱/睡在月之海/孤单的我/想念谁/谁明白/我在月光下流泪/也在月光下沉睡/没有后悔/等待真心人把我吻醒/我愿为了爱沉睡/到永远

临别之时，她送我一把非常精巧的藏刀，她说她买了很久了。藏族女人买刀送人，一定是会送给她的夫君的。我默然，我知道这么多年来，央宗一直把我当成她的夫君。许多年来，这把刀一直被我收藏着……在我的人生之中，我在不知不觉中演绎了一场真实的、如泣如诉的草原绝恋。

经过倒淌河，翻越日月山，穿过哈拉库图，我远离了戈壁草原。

我带不走塘格拉玛的一丝云彩，我挥一挥手作别我的朋友和我永远爱恋的达娃央宗。

再见，朋友。央宗，如果有缘下辈子一定娶你，一定与你演绎一场"在那遥远的地方"。

今夜，我想要紧紧抓住你的手，轮回告诉我希望还会有，看到太阳出来，天亮了，白云飘荡的草原上，你我一定会相拥在如海一样的茫茫草原……

三年后，我在繁忙的城市里，听说我以前的单位因为机构改革撤并了。

"印杂皮"作羊皮生意，赚了大钱，但在草原戈壁滩突患肺积水，无法抢救，逝去；"田混混"因依然醉酒，娶不到媳妇，某夜晚，踢打某女人宿舍门窗，情节严重，被开除公职，至今下落不明；"刘狗毛"生性懒惰，嗜酒如命，看破人世，与世无争，做小本生意谋生；"聂畜"几经周折，调到海南岛某监狱，做了狱警，从事行政工作；"程倒"辞职，到内地某私立学校做老师，年薪十多万。

我与达娃央宗，至今未见过面。她过得会很好，因为她嫁给了扎西，很有钱，现在不知该做第几个孩子的母亲了。

后 记

　　按照本意，我从没打算要出一本诗集或文集。作为高中语文教师，平常写一写诗歌或散文，一方面源自多年来对文学的酷爱，另一方面源自教师这一职业。要成为优秀的语文教师，不仅教学技艺要精湛、学术方面有成就，而且写作方面须要有一定的功力，这样才能够更好地去教书育人，行为世范。

　　多年以来，写了很多诗歌，也写了很多散文以及与学生一起写的同题作文。熟悉我的人都认为我的诗歌和文章写得还算不错，时而碰面寒暄，总会建议并鼓励我出一本集子。很多时候我都是一笑而过，觉得没有多大必要，写作仅仅是我教学和生活之外的兴趣爱好。并且平时我也不善于将写过的作品存留、收集、整理，也因为没有将来要出版的意图，许多的作品完成或发表之后，也就不翼而飞了。同时，我对自己的作品时时持有否定态度，尤其是年轻时候写成的作品，翻看时竟然觉得太浅显、太幼稚……近几年，随着孩子长大，家事渐少，我也有了较多闲暇时间。其间，写了不少诗歌和散文。静下心来时，想想还是应该出一本，尽管诗艺不精、才疏学浅、文采不高，只能算作平庸之作，但这也算是对自己一个阶段以来文学创作的小结及纪念。

　　从 1993 年发表第一首诗和第一篇散文到现在，28 年了。时间说长不长，弹指一挥间；说短不短，一万多个日子却足以让我们韶华远逝，物是人非。一路走来，许多梦想渐行渐远，但对于生活在高原的我，尤其是在茫茫大草原上生活过的我而言，血脉里总流淌着一种难以割舍的情感，这种情感犹如高原一望无际的蓝天镶嵌着的云朵，犹如茫茫草原之上的牛羊和芨芨草，总能带给我无限的遐想和美好的希望。我时常被草原独特的魅力和精神深深吸引和感染，并以此抒写我内心的热爱和梦想。时常，我会回想过去大草原上的生活，心中就会感慨万千。有痛苦，有甜蜜，有激动也有感伤。但是，这些经历于我、于我的诗歌和散文都有着深刻的意义。或许，我的言说与表达是浅显偏颇的，甚至是主观臆想的，但却蕴含着我对这片土地的爱恋与思索、理解与回味、追寻与敬畏。

我清楚地知道，有很多路是无法回头的，只能让它定格成风景或者记忆。不管现实有多艰难，我们都要坚定信心，只要我们矢志不移地前行，一切阴霾都会被吹散在风中。

我最初是偏爱写散文的，因为散文可以在美与哲理的基础之上，更便于表达自己的内心和思想。而写诗，则源于懒惰。因为教师职业的缘故，许多个夜晚需要备课、批改作业，需要做教学研究，实在没有太多的闲暇。于是试着用一些更精致的词语或句子来支撑和维持这点爱好，虽不能表达的淋漓痛快，却也能将偶尔捕捉到的灵感予以寄托。总以为有些内心深处的感情和希冀可以用一种高雅而含蓄，凝练的方式表达出来，于是乎，朦胧起来，虚幻起来，缥缈起来……

在我的心里，诗歌是寂寞的。她是独守一隅的恬静；是夜半残灯下的思考；是黄昏品茗的闲适随意。从文字到意境都是一种孤独的存在方式，曲高和寡的缘故，没有更多的读者，也不可能让所有人去理解、去读懂、去读的透彻。于是，诗歌因静谧而变得高雅和神秘，也更显珍贵。

诗歌的价值在于欣赏。它的美需要有内涵和有共鸣的人来欣赏和体验。正因为如此，诗歌比其他艺术形式更加高贵、优雅、有气节，宁愿烂死闺房也不愿曝尸市井，坚持诗歌的清高就是坚持艺术的欣赏价值。我总以为，高贵的东西并不是能遍地生长起来的。它要挑剔土壤，还要苛责温度，甚至阳光和雨露的精度……

诗歌于我，是一种精神和信仰。寒冬的时候可以慰藉着在温暖的炉火旁取暖；寂寞的时候，亦可以在暗夜中孤芳自赏、自我陶醉。现实，经不起幻想；浪漫，经不起推敲；爱情，经不起考验；诗歌，经不起分析。当一段感情慢慢变为另一段感情，当一种生活慢慢变为另一种生活，当一个环境慢慢变为另一个环境，当一个人慢慢变为另一个人，便没有了最初的寄托，没有了曾经的浓烈和希冀，有的，只是诗歌和幻想。

　　爱情，能把常人培养成诗人。写诗，却不是为了纯粹的爱情。无论写爱情的美好，还是写相思成灾、隐隐作痛，都是对情感的揣摩和体验，毕竟我们都想追求爱情和生活的美好。在我而言，对爱情的感悟，实质上是基于对生活的感悟，却并不是有些读者认为的诗歌本身蕴含和传达的情感故事。生命的意义、爱情的表达，是所有文学创作的主题，诗歌也不例外，它用自己特有的简洁，奏响了关于人生思考与爱情体验的主旋律。

　　写写停停，断断续续。这么多年来，我的时间、精力多交与了生活的挣扎和教学的琐碎，能安静写作的时间并不多，自己认为能拿得出手的就更少。回首去看时，感到很惭愧。我亦不能确认我的诗歌、散文有什么用，但如果他们能够被一部分人欣赏和喜欢，当然前提是这一部分人应该有着与我相似的感悟、契合的灵魂；能够滋养、安慰他们的心灵，使他们在尘世的劳碌、平淡的生活中得到些许的慰藉、温暖，并产生一些情感上的共鸣，能和我一起快乐、一起忧伤，那对我便将是意外的奖赏，半生忧郁而沉默的我也会为此而感到幸福、欢乐。

　　在我的文学创作路上，我需要感激他们，我所钟爱的诗人华兹华斯、拜伦、惠特曼和叶芝，他们卓著的诗歌才华和崇高的诗歌美德所赋予我的精神影响，仿佛春天的煦风不止一次地吹遍了我生活过的河湟谷地的那个小县城，吹开了我久居的切吉大草原的土地。我也像喜欢诗歌的大多数人一样习读过当代中国诗人北岛、舒婷、顾城、海子，以及我仰慕的青海著名诗人昌耀的作品。没有他们的指引，我的诗歌或许也就没有方向。

　　先前的诸多作品零零散散，甚至不见踪影，就像失散了的孩子，或多或少让人牵挂。近些年来有闲暇的时间了才把生活当成了诗歌在吟唱，把孩子当成了诗歌在哺育，把学生当成了诗歌在培养。在生活中、在网络上接触了不少文学界有声望、有造诣的老师，学到很多东西。于是，又捡起了当初的闲情逸致，有时间就写点，偶有作品见诸报端或网媒。

　　四季之中，我尤喜春天。我以一颗敏感的心时常在春天回忆，在春天欢愉，在春天伤感。回忆童年的月夜，回忆青春岁月，回忆我的恋情，回忆我在春天的如烟往事……一个人的生命从嫩绿春天面向未知打开，憧憬是美的，而忧郁也是美的。春天该很好，你若尚在场。这里的"你"，可以是"我"，可以是"你"，也可以是"她"。但我依然祈望：

把青春记述在绿色的篇章

把幸福交给春天去绽放

春天该很好　你若尚在场

约你同行上演一场昆仑之恋　地老天荒

春天的阳光，温暖而素洁，清新而妖艳。窗外，春花绽放，如烟的柳枝在微风中飘摇，温婉了眉间的浅笑，灿烂了荒芜的心灵。故乡的春天，满园的梨花绽放，春风过处梨花如雨、花雨缤纷。这缤纷的花雨就如同我的寂寞在歌唱，它虽然不能芬芳四季却也染透了河湟谷地春色的音符，留在了我爱恋的时空。

有人说："划过天空的鸟，让天空充满了更多的想象。"与其说我喜欢这样的天空，不如说我喜欢这样的鸟儿，尤其喜欢它们在春天自由自在地飞翔，喜欢它们对天空的那份执着与勇气。

流年岁月，红尘之上，一朵朵的时光之花平淡地盛开，一枚枚的文字结成果实。人的一生，有多少流年絮语奏响心音的旋律，拨动内心的共鸣，启迪生命的真谛。而笔和灵，则可以清晰地记录时光的痕迹，承载岁月的记忆。

诗歌，应该呈现一个人内心深处的颤动。诗歌于我来说，是美丽而遥远的梦，是内心情感与憧憬的记录。诗歌带给我的是一种感动，而这种感动只属于自己卑微的隐私和广袤的空间。黑暗深处感召我的词语的光芒，是灵魂一直想要抵达的高度。

诗人是孤独的，孤独的是他们的灵魂。有人说："海子是孤独的，海子的诗歌是孤独的。"我想这就是诗人的宿命，也是诗人的神性之所在。豪尔赫·路易斯·博尔赫斯说："命运之神没有怜悯之心，上帝的长夜没有尽期，你的肉体只是时光，不停流逝的时光，你不过是每一个孤独的瞬息。""我写作，不是为了名声，也不是为了特定的读者，我写作是为了光阴的流逝使我心安。"黑夜里，我无数次地在品读这其中的韵味，把这些文字当作是我灵魂的独白。

独守那一夜一夜的清风，听风声，听虫鸣，岁月渐老。一路写来，艰辛已经遗忘，而快乐犹在。我的写作显然微不足道，相对于文人大家，我的表达只针对内心这一方小小的天地。我用诗歌和散文抒写自己在艰苦岁月的孤寂、忧伤和期盼；我用诗歌和散文表达我对生活的认识和人生的追求；我用诗歌和散文追求人间的真情和爱恋……

这本诗文集，分成诗歌部和散文部两大部分。所选作品大都是近些年来刊发在各类报刊和网媒之上的，也有一少部分是相对较早时候的。"诗歌部"收录了200余首诗歌。"散文部"收录了近些年来的，以及部分目前可以找到并完成整理的30余篇。实际上还有很多手稿，因时间关系暂时无法完成整理，期待以后在适当的情况下整理收纳。

这些诗文，它们朴实无华，甚至有些还很稚嫩。但它们像一片片雪花，有飞舞的美好，有哀伤的冰凉，也有碎裂的疼痛；它们，像一片片羽毛，有梦幻的飘逸，有自由的梦想，也有迷茫的悲伤。尽管它们所书所表如时光和流水般易逝，但却在我的心房之上，真切地存在过。当我整理这本集子，过往及回忆再次走近，历历在目，触手可及。

正如这样一句话：像上帝一样思考，像平民一样生活。很多时候，一个人静下来，望着远方、天空或草原，我一次次陷入迷茫和无奈的深渊，无法自拔。唯有诗歌，像一朵云，承载着我的心灵和思想，畅游在辽阔的天空，无忧无虑。

云朵，是自由的，但又是孤独和虚幻的，容易被我们所忽略。我想，我所追求的只是一个又一个云朵般的幻影，短暂而易变。但这并不重要，飞蛾扑火，依然义无反顾。或许，这就是我坚持下去的理由。其实，我的肉身并不孤独，我有我挚爱的家人和众多的友人；还有我钟爱的香烟、青稞酒、我的诗歌和散文。

最后，特别感谢中国作家协会会员、青海广播电视台编审委员会专家委员，主任编辑、副研究员葛建中先生给我的中肯评价，并为诗文集作序。感谢青海人民出版社，诗文集的顺利出版有赖于社里编辑老师的多次修改并提出诸多宝贵意见。感谢西宁市教育科学研究院杨佳谕女士为了诗文集的付梓几经校对，付出了辛勤努力。真心感谢给了我莫大鼓舞和激励的家人及友人们，有你们的支持我才能走到今天这一步，尽管步子不大，但亦可喜。

2021年6月10日于青海西宁